Scarlet

스칼렛

www.bbulmedia.com

그에게
빠져들다

그에게
빠져들다

SCARLET ROMANCE STORY

루연 장편 소설

Contents

프롤로그

21살의 뜨거운 여름.

산 지 두 달밖에 되지 않은 에어컨이 하필이면 주말에 고장이
났다.

참다못해 옆집 강유네 부모님께 전화로 허락을 받고 놀러 간
세희는 자연스럽게 TV를 켜고 소파에 몸을 편히 뉘었다.

하지만 막상 놀러 가니 강유는 방에서 나오지 않았고, 가끔
세희와 놀아 주던 강유의 형 강욱도 어디를 간 건지 보이지 않
았다.

이 집에서 혼자 노는 것은 흔한 일이라 할 일이 없어서 채널
을 돌리고 있는데, 그녀 자신도 모르게 손이 멈추고 화면에 시선
이 고정되었다.

〈제가 아무래도 나이도 어리고 하다 보니…….〉

톱스타들이나 유명한 화제의 인물들만 나온다는 토크쇼였다.

집에서는 TV를 보지 않는 세희는 저 프로그램이 뭔지, 어떤 내용인지 전혀 몰랐지만 지금 화면 속에 보이는 남자의 저음의 부드러운 목소리가 귀에 박혔다.

그리고 깊은 눈동자, 그리고 와이셔츠 안으로 느껴지는 탄탄한 몸매에 시선을 뗄 수가 없었다.

그녀는 아무런 생각도 나지 않았다. 그저 시선이 화면 안의 그를 따라갔다.

톡톡.

"응?"

그녀는 누군가 자신을 방해한다는 걸 깨닫고 미간을 찌푸리며 뒤를 돌아보았다.

그곳에는 이 집 주인의 둘째 아들이자 그녀의 소꿉친구인 강유가 서 있었다.

"무슨 일이야?"

작은 목소리로 또박또박 발음하는 강유의 말투에, 그녀가 정신을 번쩍 차리고는 잠시 멍하게 있다가 이내 고개를 절레절레 저었다.

"아, 에어컨이 고장 나서."

그녀의 입을 빤히 쳐다보던 강유가 고개를 끄덕였다.

"거봐, 누구 왔다니까."

"응?"

세희는 자신과 강유 외에 다른 사람의 목소리를 듣고 자신도 모르게 고개를 돌렸다. 그리고 그녀를 보고 있던 강유도 덩달아 고개를 돌렸다.

그의 방에서 나온 사람은 작고 귀여운 여자였다. 여자는 세희를 위아래로 훑어보더니 대놓고 얼굴을 빤히 보았다.

"아, 저번에 말했던 내 소꿉친구. 사진 보여 줬었잖아. 기억하지?"

강유의 말에 여자는 달갑지 않은 눈빛으로 입꼬리를 올리며 싱긋 웃었다.

"반가워요. 지수정이라고 해요. 강유 애인이고요."

쿵—

강유의 애인이라는 말에 넋을 놓고 있던 그녀는 심장이 쿵 떨어지는 걸 느끼며 정신이 번쩍 들었다.

꾹 다문 입술에 경련이 일어나고, 손끝이 바들바들 떨린다. 강유의 여자친구를 소개받는 상황이 이제는 익숙해질 법도 한데, 심장은 전혀 익숙하지 않은 모양이다.

하지만 이런 일에 어떻게 대처해야 하는지 잘 알고 있다. 어떤 표정을 지어야 하는지, 어떤 말을 해야 하는지, 지금 자신이 어떻게 해야 집까지 드나드는 그저 여자인 친구로 보이는지.

세희는 자연스럽게 싱긋 웃으며 자리에서 일어나, 수정에게 다가갔다.

"반갑습니다. 처음 뵙는 분이네요."

그렇게 잘 알고 있음에도 불구하고, 짧은 문장에 많은 의미를 담고 있는 말을 던졌다.

그것을 수정도 눈치를 챘는지 미간을 잠시 찌푸리더니 강유를 쳐다보다가 다시 세희를 바라보았다.

하지만 세희는 여전히 웃는 얼굴로 강유에게 다가가 어깨를 툭 쳤다.

"미안. 눈치 없게 방해해서. 간다."

"에어컨 고장 났다며? 있다 가."

"어이고, 나 커플 사이에 껴 있는 취미 없거든요. 카페에 갈 거야. 간다."

세희는 강유에게 손을 흔들어 보이고는 뒤를 돌아 수정에게 꾸벅 인사를 하고 현관 쪽으로 발걸음을 옮겼다. 현관문을 열고 문이 닫히는 그 순간, 수정이 강유에게 쏴붙이는 목소리가 들렸다.

'얼마 안 가서 헤어지겠구나.'

강유는 사람들을 잘 만나지는 않았지만 그의 준수한 외모와 큰 키, 그리고 다부진 몸매에 여자들이 먼저 다가오곤 했다. 그러다 보니 당연히 만나는 여자도 많았고, 자연스럽게 그녀가 본 여자도 많았다.

"나는 왜 그중에 한 명이 못 되는 걸까."

세희는 혼자 푸념을 늘어놓으며 자조적인 미소를 지었다.

터벅터벅 걸어가는 발걸음이 무겁다.

그냥 방 안에 들어가서 쉬면 그만인 것을, 그에게 말한 것처럼 어느덧 카페에 들어가 아메리카노를 시킨 자신을 보니 어이가 없었다.

'그래, 아무리 마음이 아파도 더운 건 더운 거지.'

카페는 얼마나 에어컨을 세게 틀었는지, 밖과는 다른 세상인 것 같았다.

주문한 아메리카노가 나오고, 괜히 빨대를 빙글빙글 돌려 가며 카페에 흘러나오는 노래를 듣고 있는데, 잘 알고 있는 멜로디가 귀에 들어왔다.

무너지는 마음에도 애써 미소를 지어. 날 보며 웃고 있는 네가 있어서……

'아, 신정훈 노래다.'

그녀는 아메리카노를 홀짝이며 카페 내에 흘러나오는 노래를 가만히 들었다.

어느 한 남자가 짝사랑하는 여자의 옆에 있는 남자를 보면서 아픈 마음을 붙들고 웃을 수밖에 없다는 내용의 가사.

그저 흔하고 흔한 짝사랑하는 사람의 마음을 담은 노래지만, 자신이 그 심정을 누구보다도 잘 알기에 마음에 와 닿아서 자주 듣는 노래다.

아무리 아파도, 아무리 힘들어도 친구로서라도 미소를 지어 주는 상대방 때문에 아무렇지 않은 척을 한다는 그 노랫말이 지금 자신의 상황과 어찌나 똑같은지.

마치 저 노래가 자신의 이 상황을 이해하고 대신 말해 주고 있는 것만 같아서 피식 웃어 버렸다.

"어?"

무심코 돌린 시선 끝에 아까 TV 프로그램에 나왔던 남자가 서 있었다. 카페 창밖, 길 한가운데에 서 있는 남자의 무심한 표정, 큰 키, 떡 벌어진 어깨는 주변의 사람들의 시선을 빼앗아 갔고, 그녀의 시선도 빼앗아 갔다.

'잡아야 돼!'

속에서 다른 누군가가 외치는 것 같았다.

그녀는 자리에서 벌떡 일어나, 두어 모금 마신 아메리카노를 내버려 두고 카페 밖으로 뛰쳐나왔다. 그리고 그 남자가 서 있던 곳으로 발걸음을 옮겼지만, 그 남자는 처음부터 그 자리에 없던 사람처럼 사라지고 없었다.

"뭐지……."

당황스러운 그녀는 주변을 둘러보며 작게 중얼거렸다.

순식간에 그녀의 심장을 떨어트린 남자를 보았던 그해의 여름은 잊히지 않을 것 같았지만, 시간이 흐르며 그저 가볍게 지나가고 잊혀 갔다.

1화
굶주렸나 봐

27살의 가을. 그녀의 일상은 새벽에 집에서 나와 1년 전부터 운영을 시작한 베이커리, 'tasty'에서 빵 반죽을 하는 것으로 시작된다.

군대를 막 제대해서 새벽에 단시간 아르바이트를 하며 자신의 옆에서 보조를 해 주는 재형이와 함께 7시에 오픈을 준비하고, 손님이 없어 한가한 시간에 잠시 커피를 마시는 여유는 그녀에게 행복한 시간이었다.

"너도 한 잔 마실래?"

"아뇨. 괜찮습니다."

재형은 살짝 웃는 얼굴로 정중히 거절했다. 그런 재형을 본 그녀가 씩 웃으며 다리를 꼬았다.

어린 나이에도 게으름을 피울 줄 모르는 재형이 썩 마음에 들었다. 수입만 많다면 시급을 더 올려 주고 싶지만, 앞의 소문난 베이커리 때문에 기를 제대로 못 펴는 터라 시급을 더 올려 줄 수 없는 게 정말 미안했다.

딸랑—

그녀는 방울 소리에 커피를 옆 의자에 놓고 자리에서 일어나며 빙긋 웃었다.

"어서 오세요."

"어, 그렇다니까."

그녀가 밝게 웃으며 인사했는데도 이어폰을 귀에 꽂고 전화 통화를 하느라 바쁜 여자 손님. 이른 아침이어도 출근 시간대라 차가 많이 밀려서 바쁠 텐데, 전화를 받으며 여유롭게 빵을 고르는 것을 보아하니 출근 시간까지 여유가 있는 모양이다. 그녀는 그 여자 손님을 보며 어깨를 한 번 으쓱이고는 뒤를 돌았다.

"응, 한 달 전부터 강유 씨랑 사귀고 있어."

멈칫.

그녀는 천천히 카운터 뒤편으로 걸어가던 발걸음을 멈추었다. 자신의 귀가 잘못된 걸까? 분명히 저 여자가 '강유 씨'라고 했다. 이 세상에 '강유'라는 이름이 흔치 않다고 하면 거짓말이지만, 불길한 기운은 온몸으로 느껴졌다.

"응응. 처음에는 두 번 거절당했는데, 결국 받아 냈지. ……아니, 억지는 아니었어. 아무래도 콤플렉스가 있는 모양이더라고. 그래서 거절한 거였어. …… 어? 아, 뭔지는 비밀. …… 에이, 그래도 안 돼. 아무리 친구라도 다른 사람에게 알리고 싶어 하지 않는 걸 말하고 다니면 강유 씨가 싫어할 거야.”

여자의 통화 내용을 가만히 듣고 있던 세희가 팔짱을 끼고 심각한 표정을 지었다.

콤플렉스가 있어서 고백을 거절한 ‘강유’라는 이름을 가진 남자. 세희가 알고 있는 ‘강유’도 자신의 한 특성에 콤플렉스가 있는 사람이다.

그녀의 소꿉친구 한강유는 17살의 겨울에 큰 교통사고를 당했고, 그로 인하여 거의 1년 동안 병원 신세를 졌다.

부러지거나 금이 간 다리는 문제가 되지 않을 정도로 빠른 회복을 하며 담당 의사도 놀라게 하였다. 하지만 단 하나, 그가 회복하지 못한 것은 귀, 바로 청각이었다.

귀가 민감해서 작은 속닥거림에도 뒤를 돌아보던 그가 다른 사람이 귀에 입을 대고 큰 소리를 질러도 듣지 못했다. 평소에는 TV 소리가 시끄럽다고 볼륨을 낮추라며 잔소리를 하던 그가 아무리 볼륨을 올려도 듣지 못했다.

남자아이의 나이 17살. 한창 민감할 나이에 듣고 싶은 걸 들을 수 없다는 사실을 깨닫고, 받아들이는 일은 쉽지 않았다. 그저 남의 일만 같았던 장애가 그에게 큰 충격을 주었다.

강유는 퇴원을 하고 나서도 방에서 나오지 않아서 주변 사람들의 걱정을 샀다. 혹시 엉뚱한 생각이라도 하는 건가 싶어서 보조키로 방문을 열고 들어가자, 강유는 그저 침대에 멍하니 앉아서 아무런 행동도 하고 있지 않았다.

그때 세희가 먼저 방 안에 들어가서 강유의 어깨를 잡았다. 그러자 강유가 놀라지도 않고 멍한 눈빛으로 자신을 올려보던 기억이 아직도 생생하다. 그리고 그는 말했다.

'나 정말 아무것도 안 들려. 세상이 전부 음소거가 된 것 같아. 아무래도 누가 세상의 볼륨을 전부 다 낮춰 놨나 봐. 그렇지 않고서야 이렇게 아무것도 안 들릴 리가……'

세희는 조용히 속삭이는 듯 말하는 강유가 너무 슬퍼 보여서 가만히 꼭 안아 주었다. 그리고 등을 가만히 토닥이고 있는데, 강유가 세희의 어깨에 얼굴을 묻었다.

'부모님, 형은 물론이고 네 목소리도 들을 수 없어. 네가 부르는 노래도 들을 수가 없고, 네가 나를 불러도 난 반응할 수 없어. 미안해. 미안해, 세희야.'

자신의 잘못도 아닌데 미안하다고 하는 강유의 말을 들으며 엉엉 소리 내어 울었다. 소리는 들리지 않아도 몸의 떨림으로 그녀가 울고 있다는 걸 안 강유가 그녀를 안고 토닥여 주던 날이 있었다.

'지금이야, 잘 지내니까 괜찮지만.'

그건 모두 과거형일 뿐이다.

강유는 현실을 냉정하게 직시하고 자신의 상황을 받아들이기 위해 노력했다. 수화도 배우고, 입 모양을 보며 말을 읽는 연습도 꾸준히 했다.

처음에는 행동이나 표정을 과장되게 표현을 해야만 정확한 파악이 가능했지만 지금은 평소에 하는 말의 속도까지는 읽을 줄알게 되었고, 그의 가족 모두가 노력한 덕에 간단한 수화로 일상생활의 대화 정도는 할 수 있게 되었다.

'같이 있으면 소통에 큰 무리가 없기는 한데……'

강유는 자신이 듣지 못하는 걸 사람들에게 최대한 알리지 않으려 했고, 최대한 노력했다. 밖에라도 나가는 날에는 이어폰을끼고 빼지 않았으며 말을 하다가도 자신의 목소리 크기가 어떤지 확인하곤 했다.

하지만 그 노력이라는 것이 결국은 사람을 멀리하는 것이 되었고, 검정고시로 고등학교 졸업증을 딴 강유는 대학에 진학하지 않고 소설가인 세희의 아버지, 중권에게서 하나하나 배워 가며 소설가로서 입지를 다지고 있다.

"아……"

세희가 뭔가를 깨달은 표정을 지으며 여자가 전화에 정신이팔려 있는 모습을 뚫어져라 쳐다봤다.

어디서 본 얼굴이라고 생각했더니, 확실히 누군지 기억났다.

강유의 담당 편집자.

자신이 알기에 저 여자가 강유를 담당한 것은 1년 정도였지만, 만난 적은 없었다. 딱 한 번 예전에 베이커리 문을 일찍 닫고, 카페에 친구를 만나러 가서 우연히 강유랑 함께 있는 걸 본 적이 있다. 그때 간단하게 인사만 나누고 처음 보는 터라 저 여자는 자신이 누군지 기억하지 못하는 것 같지만, 자신은 이제 확실히 기억이 났다.

'저 여자가 말하는 '강유'가 내가 알고 있는 '한강유'가 맞구나.'

하지만 별 감정은 생기지 않았다.

사람을 멀리한다고 해서 강유에게 여자가 없던 건 아니었기 때문에 익숙하다.

뭐, 그중에 반은 강유의 번듯한 겉모습에 다가왔다가 강유에게 청각 장애가 있다는 것을 깨닫고 다시 가 버리는 사람도 있었지만, 소통하는 것에는 문제가 없으니 더욱더 호기심을 가지고 달라붙으며 그와 만나던 여자도 있었다.

"잠깐만, 나 계산 좀 하고."

강유가 그동안 만났던 여자들을 떠올리며 지금 자신의 가게에 있는 여자를 몰래 훑어보다가, 여자의 말에 아무렇지 않은 척 카운터 앞에 섰다. 그리고 여자가 내민 트레이 위의 빵을 하나하나 확인하며 계산했다. 양을 보아하니 혼자 먹을 건 아닌 것 같았다.

'강유랑 같이 먹을 모양이지.'

별 감정은 생기지 않았는데도 불구하고, 자기 생각에 씁쓸함이 밀려왔다.

자신의 남자이기를 바랐지만, 단 한 번도 자신의 남자가 된

적이 없던 남자가 또 다른 여자의 남자가 되어 버렸다. 강유에게 장애라는 것이 생겨도 그녀의 마음은 변하지 않았다. 그렇게 마음을 바랐는데도 자신의 마음은 한 번도 그에게 닿은 적이 없었다.

'애초에 고백도 못 했으면서 뭘 바라는 거야.'

"수고하세요~"

계산을 다 끝마치고 해맑게 인사를 하면서 가는 여자의 뒷모습을 보면서 세희가 한숨을 푹 내쉬었다.

160cm가 안 되어 보이는 아담한 키에 약간 통통한 몸매의 소유자였다. 그리고 약간 동그란 얼굴에는 빙긋 웃으면 반달눈이 되는 커다란 눈과 앙증맞은 코, 앵두같이 붉고 자그마한 입술이 자리 잡고 있었다.

거기에다 그런 귀여운 얼굴을 살포시 덮는 검은색의 긴 생머리까지. 이 모두가 너무나도 착해 보이고 여려 보여서 작은 일에도 울 것 같아 보였다.

대한민국 여자들의 평균 키보다 조금 큰 키에 가냘픈 체격과는 조금 거리가 먼 자신과는 정반대의 이미지였다. 물론 그녀도 어깨가 떡 벌어지거나 체구가 큰 편은 아니었지만, 가냘프다고 할 정도는 아니었다.

예전부터 앙증맞고, 귀여운 스타일이 강유의 이상형이라는 것을 알고 있었다. 운동 덕택인지 아니면 유전인지는 잘 모르겠지만, 키가 쑥쑥 자라 180cm를 넘긴 강유는 세희가 이상형이 있느냐고 물어보면 항상, 한결같이 '작고 귀여운 여자'라고 대답했다. 그 말을 듣고는 까르르 웃으며 로리콤이냐고 놀리기도 했지만, 초조함을 감출 수 없었다.

강유의 이상형을 처음 들었을 때의 나이 17살. 그때 그녀의 키는 159.5cm였다. 남들이 들으면 욕할지 모르겠지만, 그 후로 키가 크기 싫어서 별 쇼를 다 해 봤다.

꾸준히 하던 줄넘기도 하지 않고, 몸에 안 좋다는 인스턴트 음식으로만 세끼를 때우기도 했다. 또 햄버거와 같은 정크 푸드라고들 하는 음식으로만 배를 채운 날도 많았고, 그렇게 좋아하던 우유까지 끊어 본 적이 있었다.

'그런데 지금은……'

세희가 속으로 중얼거리며 유리에 비친 자신을 바라보았다. 그렇게 노력을 했음에도 불구하고, 하늘은 그녀를 배신했다.

한 1년 정도 지났을까. 2학년으로 올라가고 나서 얼마 지나지 않아 신체검사 때 재어 본 그녀의 키는 167cm였다. 옷을 입을 때마다 짧아지는 바지 길이와 소매 길이를 느끼며 애써 고개를 저어 거부해 보아도 현실은 어쩔 수 없었다.

그녀는 167cm라는 키에 53kg이라는 몸무게를 가졌다. 머리카락이 긴 걸 좋아하지 않았는데, 그동안 노력하여 겨우 길러서 염색한 적갈색의 머리카락이 목까지 살짝 덮여 있었다.

전체적으로 봤을 때 남들에게 미인이라는 말이나 예쁘다는 말보다는 호감 간다는 말을 많이 들었다. 대신 풍만한 가슴에 얇은 허리, 탄력 있는 엉덩이와 긴 다리 덕분에 몸매 하나는 정말 잘 빠졌다는 소리를 들으며 살아왔다.

하지만 호감이 가든 안 가든, 몸매가 잘빠졌든 안 빠졌든, 자신이 원하는 스타일이 아니었기 때문에 자신에게 쏟아지는 사람들의 시선은 모두 그녀의 관심 밖이었다.

"후……."

세희는 고개를 절레절레 저어 버리고는 카운터 안쪽에 놓은 의자에 털썩 앉았다.

'에라이, 그놈의 소꿉친구.'

부모님들끼리 친한 사이인지라 그녀가 기억하지 못할 때부터 친구 사이였다. 하지만 그 소꿉친구라는 사실이 강유가 자신을 여자로 느끼는 것을 방해하고 있었다. 아니, 그렇다고 생각한다.

"후우……."

그녀가 멍하니 빵을 바라보며 한숨을 내쉬다가, 번뜩 정신을 차리고는 고개를 절레절레 저었다.

"괜찮으십니까?"

가만히 옆에서 지켜보던 재형이 말을 건넸다. 그의 목소리에 세희가 피식 웃으며 고개를 끄덕였다.

"응. 괜찮아, 괜찮아."

그녀의 말은 재형에게 하는 말이 아닌, 그녀 자신에게 하는 말이었다.

아침의 상황에 지치고 일에 지쳤다. 거기다가 오늘따라 짜증 나는 손님은 왜 이리 많은 걸까.

자신이 잘못 골라 놓고 왜 표기를 제대로 해 놓지 않았느냐며 따지는 사람, 친구와 수다 떨며 빵을 잔뜩 고르다 바닥에 모조리 떨어트려 놓고는 죄송하다는 말 한 마디 없이 도망을 가 버리는 사람, 계산한 빵을 바로 뜯어서 먹더니 맛없다며 쓰레기통에 버리고는 화를 내며 가 버리는 손님까지.

대부분이 대로 건너편에 있는 소문난 베이커리에서 보내는 사람들이라는 걸 알고 있다.

예상치 못한 자신의 베이커리에 손님이 몰리자 견제하려는 수작인 것이다. 다 알고 있는 일이었지만 심신이 모두 지치는 것은 어쩔 수 없었다.

"아우. 열 뻗쳐서 미치는 줄 알았네."

그녀가 뒷문으로 나와 문을 잠그고 아픈 어깨를 두드리며 중얼거렸다.

아무리 긍정적인 마인드를 가지고 있는 그녀라지만, 계속되는 짜증에 정말 한바탕 뒤집어엎고 싶었다. 아침부터 뭔가 시작이 좋지 않더니만, 끝까지 좋지 않았다.

'아이고 내 신세야.'

그녀가 고개를 절레절레 저으며 집으로 향했다. 베이커리에서 집까지의 거리는 걸어서 10분 거리. 그리 멀지 않은 길이라서 걸어서 다니고 있다.

"피곤하다. 집에 빨리 가서 자고 싶어."

그녀는 기운이 없어 몸을 축 늘어트린 채 천천히 걸어갔다. 10분 정도면 멀지 않은 길임에도 불구하고 오늘따라 멀게 느껴졌다.

멈칫.

약 100m 앞에 한 남자와 한 여자의 모습이 들어왔다. 그리고 그녀는 자연스럽게 발걸음을 멈추었다.

서로 웃으며 대화를 하는 두 사람을 가만히 보았다. 자신의 소꿉친구이자, 짝사랑 상대인 한강유와 아침에 강유와 사귄다고 말하며 행복한 미소를 짓고 있던 여자였다.

강유가 그 여자를 향해 서 있고, 여자는 그런 강유를 쳐다보는 것도 부끄럽다는 듯, 얼굴도 제대로 보지 못했다.

보기 좋았다. 너무 보기 좋아서 씁쓸한 미소가 밀려옴을 느끼다가 이내 고개를 저었다.

'이러면 안 돼, 강세희. 정신 차리자.'

그녀는 볼을 가볍게 치고는 다시 발걸음을 옮겼다.

"어? 여~"

세희는 언제나 그렇듯 밝은 얼굴을 하고, 강유를 이제야 본 듯 성큼성큼 다가가서 그의 어깨를 툭 쳤다. 그러자 옆에 있던 여자가 눈을 동그랗게 떴다.

"내 기분 탓인가, 어쩐지 굉장히 오래간만이다?"

"그러게."

"문자 보냈는데도 홀랑 씹고."

세희가 강유를 노려보았다. 그러자 강유가 어깨를 으쓱였다.

"집에 가는 중이야?"

"나야, 뭐."

그가 말을 돌리려 한다는 사실을 깨달은 세희는 바람 새는 웃음을 지으며 강유를 따라 어깨를 으쓱였다.

"너는 집에서 데이트하고 애인 집에 바래다주는 길?"

이런 상황은 아주 익숙하다. 평소처럼 아무렇지 않게 대화를 나누고 헤어지면 된다. 쓰린 속이 그녀를 괴롭혔지만 그런 속을 애써 숨기며 여자에게로 시선을 돌려 싱긋 웃으며 꾸벅, 인사를 했다.

"안녕하세요."

세희의 가벼운 묵례에 여자가 같이 싱긋 웃으며 깍듯하게 인사를 했다.

뭔가 어설퍼 보이는 행동도 웃는 모습도 어찌나 귀여운지, 같은 여자임에도 정말 꼭 안아 주고 싶을 정도였다.

'정말 강유 이상형이네.'

아무리 봐도 정말 그동안 강유가 말하고, 바라던 이상형이었다. 항상 작고 귀여운 여자와 만나기는 했지만, 같은 여자가 봐도 이처럼 사랑스러운 여자는 없었다.

세희는 속으로 긴 한숨을 내쉬고는 여자에게 손을 내밀었다.

"네, 반갑습니다. 강유 소꿉친구예요. 이름은 강세희고요."

"아, 저도 반갑습니다. 민도아예요."

도아도 여전히 웃는 얼굴로 그녀의 손을 마주 잡았다.

"그랬구나. 설마 베이커리의 언니가 강유 씨가 말하던 세희 씨일 줄은 몰랐어요."

도아가 악수하던 손을 놓고 말했다. 사교성이 좋은지, 바로 '세희 씨'라는 말이 나온다. 그녀는 어색하게 굴면 자신이 강유를 좋아한다는 게 티 날 수도 있다는 생각에 그 친근함을 웃는 얼굴로 받았다.

"강유가 제 얘기를 하던가요?"

"네. 이런저런 얘기 잘 해 주더라고요. 아, 그리고 갑자기 들이닥쳐도 놀라지 말래요. 어렸을 적부터 익숙한 일이라면서."

"어머, 저 녀석이 그런 얘기를 했단 말이에요?"

"네."

도아가 다시 한 번 빙긋 웃으며 대답하자, 세희가 몸을 돌려 강유의 뒤통수를 쳤다.

다른 사람이 있는 만큼 평소처럼은 아니지만, '탁' 소리가 나게끔 때리자 강유는 아무렇지 않다는 얼굴로 뒤통수를 비비적거리며 세희를 보았다.

"왜 때려?"

"인마. 들이닥친다는 얘기를 해 주면 어떡해?"

"이왕이면 대비하는 게 좋잖아."

"아이고, 잘나셨어, 정말."

세희가 입술을 삐죽이며 말하고는 다시 도아에게로 시선을 돌렸다.

"이제 걱정하지 마세요. 도아 씨도 있으니까 앞으로는 자제할 거고, 지금도 그러고 있으니까요. 그럼 잘 들어가세요. 베이커리에도 자주 들러 주시고요."

그녀는 웃으며 말했지만, 거짓말이었다. 사실은 오지 않기를 바랐다. 그날 하루는 안 좋은 일만 가득할 것 같다는 말도 안 되는 핑계를 스스로에게 대며.

하지만 도아는 그런 세희의 마음은 전혀 모르기에 방긋 웃으며 고개를 끄덕였다.

"물론이죠. 강유 씨네 갈 때마다 들를게요."

도아는 아주 친절하게도 언제 온다고까지 말해 주었다. 이 순간 세희는 속마음을 나타내지 않는 자신의 완벽한 표정 연기가 원망스러웠다.

그녀는 도아에게 한번 웃어 보이고는 강유에게로 시선을 돌렸다.

"강유 너는 도아 씨 잘 데려다줘. 이렇게 귀여운 아가씨는 누가 납치해 갈지 모르니까."

저 도아라는 여자가 강유의 애인이라는 것 자체가 마음에 들지 않고 정말 밉지만, 그녀의 말은 진심이었다.

정말 미운데, 정말 귀엽다. 힐을 신은 상태라서 운동화를 신은 자신과 키는 똑같았지만, 꽉 안고 깨물어 주고 싶을 정도의 귀여움은 달라지지 않으니, 변태가 납치해 갈지도 모른다는 생각이 들었다.

"걱정하지 마. 도아 씨는 내가 지켜."

당당하고 자신감에 가득 찬 강유의 목소리가 귓가에 울렸다. 세희는 잠시 가만히 있다가 피식 웃으며 손을 들어 보였다.

"그래. 잘 다녀와라. 도아 씨, 잘 가요."

"네. 나중에 뵐 수 있으면 또 봬요."

도아의 말에 그녀가 여전히 웃는 얼굴로 고개를 끄덕였다. 그리고 점점 멀어지는 두 사람.

두 사람의 모습이 점이 되어 없어질 때까지 그 자리에 서 있던 세희가 스스로에게 코웃음을 치며 뒤를 돌았다.

'아무것도 할 수 없으면서.'

정말이지, 소꿉친구를 짝사랑하는 일은 너무 힘들다.

☆

"고백을 못 한다고 생각한 그 순간부터 이런 상황은 예상했잖아?"

중학교 때부터 단짝인 윤지가 회사가 일찍 끝났다며 와서 의자에 자리 잡고 앉기에 자신도 그 옆에 자리 잡고 앉았다. 중간중간 오는 손님들을 받으며 강유의 이야기를 털어놓자, 그녀는

27

시니컬하게 대답해 주었다.

"맞지. 예상하고 있었지."

"네가 네 마음을 말하지 않는 이상 변하는 상황은 없어. 뭘 바라는 거야?"

"그러게. 뭘 바라는 걸까."

차가운 윤지의 말에 그녀가 피식 웃고는 한숨을 푹 내쉬었다. 그런 세희를 빤히 보던 윤지는 고개를 절레절레 저었다.

윤지에게 세희는 마음만 먹으면 무엇이든지 할 수 있는 친구다.

그 입맛 까다로운 강유가 세희의 빵이라면 주는 족족 받아먹을 정도로 그녀의 빵 만드는 솜씨는 좋았다.

그 모습이 좋다던 세희는 제빵사가 되었다. 그저 강유가 자신의 빵을 먹는 모습이 좋아서.

"넌 강유와의 일에 너무 자신이 없어."

"어쩔 수 없잖아. 어떻게 해도 강유가 나를 여자로 보지 않을 걸 아니까."

"여자로 보지 않을 걸 알면서도 10년 넘게 짝사랑하는 너도 웃긴다."

"그러게 말이야. 나도 웃기다. 이걸 왜 하는 걸까."

그녀가 커피를 휘휘 저으며 씁쓸하게 웃었다.

이제는 강유의 어디가 좋은 건지 자신도 잘 모르겠다. 너무 오래 짝사랑만 했던 터라 그 이유를 잊어버린 것 같다.

분명히 어릴 때는 어느 날 차가 오는 거리에서 자신을 감싸는 강유가 멋져 보여서 시작된 풋사랑인 듯한데, 지금은 차가 오는 거리에서 자신을 감싸 줄 남자는 많다.

그래서일까, 지금은 강유를 좋아하는 이유를 물으면 대답할 수가 없다.

"왜 하는지 모르겠으면 그만하는 게 좋지 않을까 싶다. 이제 그만할 때 됐잖아?"

"그만할 수 있었으면 진즉에 그랬겠지."

"나는 네가 충분히 그만할 수 있을 거로 생각해. 너, 강유 짝 사랑하면서 남자도 만났잖아. 내가 보는 강세희는 한강유라는 남자만을 열렬히 사랑하는 순정파가 아닌데."

윤지가 냉정하게 판단하고 말했다. 아기 때부터 소꿉친구인 강유보다 학창시절에 더 많이 붙어 있었던 윤지가 하는 말이니 틀린 말은 아니라고 생각한다. 자신 스스로보다는 다른 사람이 보는 내가 더 정확할 테고, 윤지가 틀린 말을 한 적이 없었으니까.

"그때는 강유가 나를 좋아하면서도 티 내지 못한다고 생각했어. 그래서 '계속 아닌 척하면 다른 남자를 만날 거야'라는 생각으로 했던 거였지. 뭐, 잠자리도 그냥 별로였고."

"이거 봐. 할 건 또 해 봤네. 근데 별로였어?"

"어. 그냥 아프기만 했단 말이야."

세희의 투덜거림에 윤지가 피식 웃으며 자리에서 일어나 기지개를 쭉 폈다.

"침울한 분위기는 됐고, 노래방이나 가자."

그녀가 스트레스 받거나, 기분이 안 좋을 때마다 노래방을 간다는 걸 알고 있는 윤지가 자리에서 벌떡 일어나며 말했다. 그런 윤지를 보며 그녀가 고개를 끄덕이고 자리에서 일어났다.

"미친 듯, 소리쳐 봐! 그냥 미치는 거야! 아아아아악!"

그녀는 노래의 가사처럼 정말 미친 듯 소리쳤다. 너무 소리를 지른 탓인지 콜록거리기까지 했지만, 노래는 계속 이어졌다.

"야, 너 도대체 내가 한 곡 부르는 동안 몇 곡을 예약해 둔 거야? 내 노래가 안 나오잖아."

세희가 노래를 열심히 부르는 동안 노래만 계속 찾다가 지친 윤지가 투덜거리며 말했다.

"그래도 노래 잘하니까 봐준다, 칫."

물론 칭찬 같지 않은 칭찬도 잊지 않는다.

그런 윤지를 보며 세희는 혀만 삐죽 내밀며 웃어 보이고는 다음 노래를 부르기 위해서 목을 가다듬었다.

지금 세희가 부르려는 곡은 깔끔한 고음 처리가 돋보이는 뛰어난 가창력만으로 인기를 끌고 있는 신비주의 가수, 하유림의 노래였다.

"야, 나 화장실 다녀온다."

갑자기 벌떡 일어난 윤지는 자신의 앞에 있는 마이크를 들어 말했다. 세희는 고개를 끄덕이는 사이 재빠르게 방을 나가는 윤지를 보다 다시 화면으로 고개를 돌렸다.

잔잔한 멜로디로 시작한 노래. 상처받기 싫어 밀어내던 여자를 받아들인 남자가 사고로 떠난 후의 이야기를 그린 서글픈 노래.

노래가 점점 클라이맥스를 향하며 엄청난 고음으로 치달았다. 하지만 세희는 숨도 제대로 안 쉬고 눈을 감고, 고개를 뒤로 젖히며 반주에 따라 음을 높여 갔다.

음을 높이면 높일수록 온몸에 소름이 돋았다. 시원하게 나가는 목소리가 자신의 모든 스트레스를 다 풀어 주는 것 같아서 짜릿하다.

"후우……."

고음을 다 뱉어 낸 세희가 개운하고 만족스러운 표정을 지으며 숨을 길게 내쉬었다.

짝짝짝.

"응?"

다른 사람들이 같이 있으면 모를까, 윤지랑 단둘이 있을 때는 박수 칠 이가 없는데. 갑자기 들려오는 박수 소리에 뒤를 돌아보니, 어느 한 남자가 문 옆에 삐딱하게 기대어 자신을 빤히 쳐다보고 있었다.

그와 눈이 마주친 순간 그 깊은 눈동자에 심장이 쿵 떨어지는 소리가 들리는 듯했다. 화들짝 놀란 그녀가 시선을 급히 피하며 당황했다.

"방을…… 잘못 들어오신 것 같은데요."

"잘못 들어오진 않았어요."

저음의 매력적인 보이스. 그녀는 온몸에 소름이 돋음을 느끼며 몸을 움츠렸다.

"무슨 말씀이신지……."

뚜벅뚜벅.

남자의 구두 굽 소리에 세희는 어쩔 줄 몰라 하며 눈동자를 이리저리 굴렸지만, 별다른 해결 방법은 나오지 않았다.

"내가 무섭게 생겼어요? 왜 그렇게 겁을 먹어요? 나 나쁜 사람 아닌데."

아까보다 부드러운 말투에 그녀가 천천히 고개를 돌려 보니, 그녀가 내려다볼 수 있도록 남자가 그녀의 앞에 쭈그려 앉아 있었다. 예쁘게 초승달처럼 접힌 눈이 그녀의 가슴을 조용히 두드렸다.

"이름은 라민. 보다시피 성별은 남자예요."

"아…… 네."

남자는 자신의 소개에도 세희가 대답만 하고 말자 피식 웃었다.

"그게 끝이에요?"

"네?"

"내가 이름을 알려 줬으니, 똑같이 알려 줘야죠."

"아……."

그의 말에 세희가 고민했다. 다짜고짜 방에 들어와서 자신의 앞에 쭈그려 앉아 있는 이 사람에게 뭘 믿고 자신의 이름을 알려 준단 말인가.

'이상한 사람이면 어떻게 하지.'

예전에도 멀쩡하게 생겨서 자신을 스토킹하던 남자가 있었다. 나중에 강유와 강욱에게 걸려서 혼쭐이 났지만, 그 과거의 기억을 떠올리자, 쉽게 말을 할 수가 없었다.

"으흥?"

세희가 고민만 하고 대답을 하지 않자, 그가 고개를 갸우뚱거리며 콧소리를 냈다. 세희는 숨을 길게 내쉬며 천천히 입을 열었다.

"세…… 세희예요. 강세희."

"세희 씨군요."

"네."

민이 부드러운 목소리로 친근하게 이름을 중얼거렸다. 세희는 다시 한 번 느껴지는 심장의 가벼운 두드림에 고개를 절레절레 저었다.

"세희 씨, 단도직입적으로 말할게요."

"네?"

민의 뜬금없는 소리에 그녀가 고개를 갸우뚱거렸다. 그러자 그가 씩 웃었다.

"가수 할 생각 없어요?"

"……."

민의 말에 침묵이 돌았다. 민도, 세희도 아무런 말도 하지 않고 서로의 눈동자만 계속 응시했다.

'빠져들 것 같아.'

솔직한 감정이었다. 민의 눈동자는 정말 깊었다. 눈동자에 빠질 것만 같다는 게 무슨 소린지 이제야 알 것 같았다.

"아, 뭐라고 하셨죠?"

민의 눈동자를 바라보다가 그가 하는 소리를 제대로 듣지 못한 그녀가 다시 물었다.

"가수 할 생각 없어요?"

"네. 무대공포증이 있어서 가수가 될 생각은 전혀 없어요."

움츠러들던 행동과는 다르게 대답은 단호했다. 너무 단호해서 그의 얼굴에 당황한 빛이 나타났다.

"왜요? 나 능력 있는 프로듀서예요."

"프로듀서?"

그녀가 경계의 표정을 지으며 몸을 뒤로 점점 빼자, 민이 앉았던 자리에서 일어났다.

그러고는 안주머니에서 종이와 펜을 꺼내어 무언가를 끄적끄적 적기 시작하더니 세희에게 내밀었다.

"자요."

"뭐예요?"

"보면 몰라요?"

세희는 민의 말에 뒤늦게 그 종이를 보았다. 그 종이에는 간단하게 핸드폰 번호, RM 뮤직 스튜디오라는 글씨가 쓰여 있었다.

"RM 뮤직 스튜디오?"

"나를 지금 이상한 사람으로 보고 있잖아요. 오늘 하필 명함을 안 가지고 와서 적었어요."

"여기에서 무슨 일 하시는데요?"

그녀의 질문에 민이 고개를 갸우뚱거렸다.

"이상하다. 연예인만큼은 아니더라도 나 꽤 인기 많은데. 나한 번도 본 적 없어요?"

그의 뜬금없는 질문에 그녀가 고개를 절레절레 저었다. 그녀의 행동에 그가 어깨를 으쓱였다.

"그래요. 모를 수도 있죠, 뭐. 나는 아까도 말했지만 뮤직프로듀서예요. 더 궁금한 건 인터넷에 검색해 보면 나오니까, 못 믿겠으면 검색하고 전화를 줘도 돼요. 그러니까 나중에 조금이라도 마음이 바뀌거든 연락 줘요. 그럼 나는 바빠서 이만 가 볼게요."

민은 혼자 주절주절 말하고는 손을 흔들어 보이며 방에서 나갔다. 바쁘다는 말이 거짓은 아닌 것 같았다.

그녀는 종이를 들고 멍하니 민이 나간 문을 보며 있다가 다시 종이에 시선을 두었다.

'별 이상한 사람 다 봤네.'

세희는 이상한 사람이라는 생각을 하면서도 종이에서 시선을 떼지 못했다.

'가수라…….'

"아우, 살 것 같네."

가만히 생각하고 있는데, 문이 열리며 윤지가 들어왔다.

"아, 왔어? 늦었네?"

"응. 갑자기 배가 아파서 말이야."

윤지의 말에 세희가 잠시 멍한 표정으로 있다가 입을 열었다.

"너는 역시 때와 장소를 가리지 않는구나."

"내가 그렇지, 뭐."

세희의 말에도 윤지는 그저 어깨를 으쓱여 보이고는 소파에 앉으면서 세희가 들고 있는 종이를 보고는 고개를 갸우뚱거렸다.

"뭐야, 그건?"

"아, 이거?"

세희가 윤지에게 민이 적어 준 종이를 넘겼다.

"RM 뮤직 스튜디오, 라민?"

윤지가 미간을 찌푸리며 고개를 갸우뚱거렸다. 그런 윤지의 반응에 세희가 덩달아서 고개를 갸우뚱거렸다.

"왜? 아는 사람이야?"

세희의 물음에 윤지가 고개를 끄덕였다.

"응. 정보는 아는 사람이지. 서로 아는 사이는 아니고."

"응? 어떤 사람이기에 정보를 알아?"

세희가 수상쩍은 표정으로 물었다.

윤지는 그 종이를 보며 잠시 생각하는가 싶더니, 다시 세희에게로 시선을 돌렸다.

"너, 라민 몰라?"

"모르지."

"네가 좋아하는 하유림 프로듀싱 해 준 사람이잖아. 작곡도 작사도 그 사람이 한 건데."

"전혀 몰랐어."

세희의 말에 윤지가 숨을 길게 내쉬며 고개를 절레절레 저었다.

"그래, 네가 무슨 관심이 있겠느냐마는. 라민이라고 하면 웬만한 사람들이 다 알 정도로 유명한 천재 프로듀서야."

"천재?"

"그래. 노래면 노래, 작곡이면 작곡, 작사면 작사. 그 사람이 키운 사람들은 모두 대스타잖아. 네가 그리 좋아하는 하유림도 노래 하나만으로 뜨게 만들었지. 뭐, 솔직히 신비주의라는 콘셉트가 통한 것도 있지만……. 아무튼, 네가 좋아한 가수들은 모조리 그 사람이 프로듀서였잖아. 너 예전에 신정훈이 부른 '미소'라는 노래 기억 안 나?"

세희가 윤지의 말에 피식 웃었다.

"왜 기억 안 나겠어. 내가 그 노래를 얼마나 들었는데."

아직도 기억 속에 생생한 노래다. 자신의 마음을 대변하는 것만 같아 즐겨 들었던 노래.

지금도 가끔 듣기는 하는데, 예전만큼 마음에 와 닿지는 않는 것 같다.

"그 노래 작사, 작곡한 사람이 라민이라는 사람이고, 예전에 박재선이라고 있었잖아. 얼굴은 좀 아니었지만 노래가 완전히 끝내줬던."

"아아, 알지. 그런데 그 사람, 노래도 끝내주고 상도 쓸어 가기는 했지만, 그걸로 가수 생활 끝났잖아. 점점 존재가 작아지더니 이내 사라져 버리더구만."

"그게 왜 그런 것 같아?"

"글쎄다. 항상 라이브로 했으니, 노래 실력은 진짜였는데."

세희는 알 수 없다는 표정을 지으며 어깨를 으쓱여 보였다. 그런 세희를 보며 윤지가 그럴 줄 알았다는 표정으로 씩 웃었다.

"뭐, 뭐야 그 표정은?"

그런 윤지의 표정이 썩 마음에 들지 않은 세희가 얼굴을 찌푸리며 말했다.

"그게 다 그 사람 때문이거든. 라민."

"그 사람이 왜?"

"박재선이 노래는 잘했지만 그 사람이 그렇게 뜰 수 있었던 건 그 사람 덕분이었어. 그런데 그렇게 뜨고 나서 오만방자해진 박재선이 자신에게 어울리는 노래는 자신이 직접 만들겠다며 겁도 없이 프로듀서로 나섰다가 망했지. 거기다가 더욱 놀라운 건, 라민 그 사람의 나이가 올해 29살이라는 거!"

윤지의 말에 세희가 고개를 갸웃거렸다.

"그게 왜?"

"이 바보야! 지금이 29살인데, 12년 전에 한 사람을 이미 대스타로 만들어 놓았었다는 건 무슨 말이겠어?"

"……17살에 그런 일을 했단 말이야?"

"그래. 그러니까 대단하다는 거지. 내가 알기로는 그전부터 음악에 재능이 있었다나 봐. 훨씬 어렸을 적부터 음악을 만들어 왔다고 하니까. 어릴 때부터 여러 기획사에서 데리고 가려고 한 모양인데, 천재가 괜히 천재가 아닌 거지. 수많은 유혹을 다 뿌리치고 작게나마 자신의 뮤직 스튜디오를 열어서 지금은 잘나가는 프로듀서야."

윤지의 말을 듣고 있던 세희가 입을 오물거리듯 움직이며 뭔가를 생각하더니, 이내 입을 열었다.

"어찌 그냥 정보를 아는 것치고는 되게 잘 안다?"

"네가 모르는 게 이상한 거야. 중학교 때 한참 난리 났었잖아. '혜성 같은 가수 박재선을 만들어 낸 천재 프로듀서, 라민'이라고."

"그랬구나. 그런데 나는 왜 전혀 기억에 없지?"

"너는 원래 네가 좋아하는 가수의 노래 말고는 관심 없잖아.

스캔들이 나도, 결혼한다고 해도. 은퇴한다고 하면 말은 달라지겠지만."

윤지의 말에 그녀가 푸스스 웃었다.

"그건 그렇지. 그나저나 그런 사람이 나한테 가수가 될 생각이 없느냐고 물었다는 건 내가 그 정도로 노래를 잘한다는 거야?"

"어. 내가 누누이 말하지만, 너 노래 잘해."

윤지의 칼 같은 대답에 그녀가 뒤통수만 긁적였다.

어릴 적부터 다른 사람들에게 노래를 잘한다는 소리를 많이 듣기는 했지만, 그냥 남들보다는 좀 더 잘하는 정도라고 생각했다.

그런데 그렇게 대단하다는 프로듀서가 자신에게 가수를 할 생각이 없느냐고 물어볼 정도면 잘하기는 잘하나 보다.

"아, 그런데……."

"응?"

"아……."

세희는 불현듯 떠오른 말을 윤지에게 하려다가 슬그머니 웃으며 고개를 절레절레 저었다.

"아니, 아무것도 아니야. 말하려던 게 뭔지 까먹었어."

"응?"

윤지가 이상하다는 표정으로 그녀를 빤히 쳐다봤지만, 그녀는 묵묵하게 시작 버튼을 눌렀다.

말할 수 없었다.

그 남자를 보면서 심장이 떨어질 것 같았다는 건, 그 남자를 보며 심장이 두근거렸다는 건 말할 수 없었다.

'내가 남자에 굶주렸나 봐.'

그녀는 고개를 절레절레 저어 버리고 노래에 열중했다.

2화

무서워요

딸랑.

"어서 오세요."

그녀가 직장인 퇴근 시간과 학생들의 하교 시간에 맞추어서 빵을 만들고, 잘 만들어진 향긋한 빵의 냄새에 흡족한 미소를 띠고 있을 때, 언제나 그렇듯 문이 열리며 맑은 방울 소리가 들려왔다. 오후 타임 아르바이트생인 천이가 다소곳이 인사를 하며 들어왔다.

"으흥."

천이가 구워진 빵을 포장하기 위해 안으로 들어가고 빵을 진열대에 정리하고 있는데, 이제 막 들어온 손님의 콧소리가 들려왔다. 고개를 살짝 돌려 보니 남녀가 다정하게 팔짱을 낀 상태로

찰싹 달라붙어 있었다. 그냥 보기 좋은 연인인가 보다, 하고 고개를 돌리려는데, 가게를 이리저리 휙휙 둘러보는 폼이 영 찝찝하다.

피식—

가게를 둘러보던 커플 중의 남자가 한쪽 입꼬리만 올리면서 웃었다. 저건 누가 봐도 비웃음이었다.

"뭐야, 밖의 디자인은 괜찮기에 들어왔더니, 안은 완전 거지 꼴이잖아?"

뜬금없이 들려온 비웃음이 섞인 시비에 세희는 안면이 굳어지는 걸 억지로 막으며 끝까지 빵 진열을 끝마쳤다.

"그러게. 거기다가 빵은 더럽게 맛없게 생겼고."

그 뒤를 이어서 옆에 있던 여자가 받아쳤다. 작정하고 온 모양이었다. 분명히 그 소문난 베이커리의 계획일 것이다.

'그래도 전 주인은 괜찮았는데.'

세희는 고개를 절레절레 저었다. 분명 자신이 여기에 베이커리 문을 열고 나서 3개월까지는 전 주인이 그 길 건너에 있는 베이커리를 운영하고 있었다. 그 전 주인은 간혹 자신의 가게에 와서 빵을 먹으며 평가도 해 주고, 여러 가지 조언도 해 주던 인상 좋은 아주머니였다.

다른 베이커리 체인점이 없는 이 동네에 오랜 세월 동안 있으면서 블로그에 맛집이니, 뭐니 하면서 이름도 꽤 알린 베이커리였는데, 어느 날 갑자기 유명 베이커리의 체인점처럼 주인이 바꿰었다.

전 주인은 베이커리를 해서 번 돈으로 다른 사업을 하려고 이사를 갔다는 소문이 있었는데, 그것까지는 잘 모르겠다.

아무튼 이번 베이커리의 주인은 단기간에 커지는 자신의 베이커리를 경계하며 어떻게든 가게의 손님을 떨어트리려고 한 달 전부터 계속 이런 사람들을 보내고 있다.

"자기야, 그냥 나가자."

"그래, 이런 거지 같은 베이커리에서 파는 빵은 뻔하니까."

"……."

세희는 여전히 그 두 사람을 바라보며 얼굴을 찌푸렸다. 안절부절못하며 있던 천이가 그녀 옆으로 다가와 소매를 꼭 붙들었다.

"언니……."

그녀는 자신을 조용히 부르는 천이의 손을 잡아 내려놓으며 애써 미소를 지어 보였다.

"괜찮아."

"하지만……."

천이가 아르바이트를 한 지 이제 두 달째. 베이커리 디자인을 가지고 뭐라고 해도, 복장을 가지고 뭐라고 해도, 못된 손님이 성적으로 장난을 쳐도 세희는 화를 내거나 짜증 내지 않고 잘 대처한다는 사실을 그녀도 잘 알고 있었다.

빵을 먹고서 맛없다고 해도 사람 입맛이 다 다르니 어쩔 수 없는 것이라며 자신을 스스로 위로한다는 사실도 잘 알고 있다. 하지만 빵을 맛보지도 않고 무조건 뭐라고 하는 것은 못 참는 것 또한 아주 잘 알고 있다.

"실례합니다, 손님."

"뭐야."

그녀가 부드러운 목소리로 조용히 말하자, 남자가 얼굴을 찌푸리며 고개를 돌렸다.

"방금 뭐라고 말씀하셨죠?"

세희는 자신의 풍만한 가슴을 강조하기 위해서 팔짱을 꼈다. 자신의 몸매가 사람들의 시선을 끈다는 사실을 잘 알고 있었고 특히 남자들은 그녀를 처음 볼 때 무의식중에 가슴으로 눈이 간다는 것도 알고 있었다.

물론 강유에게는 별 효과 없었기에 딱 달라붙는 옷을 입는다거나, 과도하게 파인 옷을 입는다거나, 팔짱을 끼는 행동은 하지 않았지만 오늘은 예외적이다.

"오……."

세희의 예상대로 남자의 시선은 세희의 가슴에 고정되었다. 예상을 빗나가지 않는 남자의 시선에 세희가 고개를 돌려 남자의 애인으로 보이는 여자를 보았다. 여자는 살짝 시선을 밑으로 내려서 본인의 가슴을 보고 있었다.

그런 여자의 시선에 세희도 자연스레 시선을 내렸는데, 뽕으로 애써 커 보이게 만들어 놓은 인위적인 가슴이 눈에 확 들어

왔다.

여자도 그걸 아는 모양인지 곱게 화장한 눈썹이 찌푸려지는
게 보였다. 그녀는 다시 고개를 들어 세희의 가슴을 한 번 보더
니, 얼굴을 찌푸리며 이미 정신을 반쯤 놓아 버린 남자를 노려보
았다.

"자기야!"

"아, 어…… 응?"

남자는 여자의 큰 목소리에 뒤늦게 정신을 차리고 여자를 돌
아봤다. 하지만 이미 헤벌쭉해진 표정은 감출 수 없을 정도로 훤
히 드러났다.

"자기, 지금 뭘 보고 있는 거야?!"

"아니, 그게 아니라……."

여자가 남자의 팔에 끼고 있던 팔을 빼고는 허리에 손을 올리
며 씩씩거렸다.

그런 여자의 모습에 당황한 남자가 빠르게 표정을 가다듬고
세희를 노려보았다. 하지만 무서운 기세도 잠시, 남자의 시선은
다시 밑으로 내려가고 있었다.

"자기, 저렇게 큰 가슴이 그렇게 좋아?!"

여자가 열이 많이 받은 모양인지, 세희의 가슴을 손가락으로
가리키며 소리쳤다.

그런 여자의 말에 세희는 여전히 팔짱을 낀 상태로 어깨를 으
쓱여 보이고는 남자에게로 시선을 돌렸다. 그러자 남자가 입만

붕어처럼 뻐끔거리다가 여자와 같이 손가락으로 세희를 가리켰다.

"내, 내가 일부러 본 게 아니야! 저 여자가 팔짱을 껴서 가슴을 강조한 탓이라고!"

세희가 유치한 장난 때문에 벌어진 유치한 싸움을 보며 피식 웃었다. 피식거리는 웃음소리를 남자가 들은 모양인지, 미간을 찌푸리고 세희에게 고개를 돌렸다.

"웃고 있어? 우리는 너 때문에 이렇게 싸우고 있는데?!"

남자는 당당하게 반말로 소리쳤다. 그런 남자의 말에 그녀의 미간이 살짝 찌푸려졌다.

"정말 죄송합니다만, 무슨 말씀이신지 모르겠네요. 왜 저 때문이죠? 제가 보기에 원인은 손님이 엉뚱한 곳에 시선을 돌린 탓 같은데요."

미간이 찌푸려짐과 동시에 그녀의 얼굴에서는 미소가 사라지고 적의만 남았다.

어차피 이 사람들은 손님이 아니라 자신에게 시비를 걸려고 온 적에 불과하다. 지금 자신의 행동이 저들에게 득이 될지도 모르지만, 그냥 참기에는 그녀에게 인내심이 남아 있지 않았다.

"하, 뚫린 입이면 단 줄 알아? 거기다가 손님한테 그 표정은 뭐야, 지금!"

남자가 크게 소리치며 옆에 나열되어 있던 빵들을 트레이째로 들어 세희에게 집어 던졌다. 그 쟁반은 큰 소리를 내며 세희의 머리에 맞았고, 머리를 부여잡은 세희가 괴로워하며 얼굴을 찌푸렸다.

"자, 자기야."

남자의 예상치 못한 행동에 여자가 놀란 모양인지, 화가 난 것도 잊고 남자의 소매를 잡아당겼다. 남자도 쟁반이 세희의 머리에 맞을 때 난 소리가 너무 컸던 탓에 놀란 모양인지, 뒤로 주춤주춤 물러나고 있었다.

"지금…… 뭐 하는……."

"이 정도면 영업 방해에 기물 파손 정도 되려나?"

세희가 고통에 여전히 얼굴을 찌푸린 채로 고개를 들며 힘겹게 말하는데, 한 남자의 목소리가 불쑥 끼어들었다.

"오호라? 상대방 폭행까지?"

남자의 저음의 목소리에서는 아무런 감정도 느낄 수가 없었지만, 그래서 더 무서웠다. 세희가 고개를 들어 보니, 그곳에는 지난날 노래방에서 잠깐 만났던 남자가 서 있었다. 그녀에게 가수를 권했던…….

'라민이라고 했던가?'

세희가 민을 떠올리고 있는 사이, 그는 남자의 멱살을 잡고 벽에 밀어붙이더니 위로 들어 올렸다.

남자는 켁켁거리면서 민의 손을 붙잡았지만, 민은 힘을 쉽게 풀 생각이 없는 듯했다.

"남의 가게에서 이렇게 행패를 부리면 쓰나."

민은 고개를 돌려 잠시 밖을 보고는 피식 웃었다.

"길 건너의 베이커리 주인이 가게 밖에서 괜히 서성거리면서 여기를 보는 것을 보아하니 저기서 시킨 모양인데……. 잘못하면 경찰에 신고해서 철창신세를 지게 할 테니까, 사과나 하고 조용히 가지?"

민의 목소리는 상당히 위협적이었다. 어찌나 위협적인지, 가만히 지켜보고 있던 세희와 천이도 마른침을 꿀꺽 삼키며 자신도 모르게 조금 움츠러들었다.

"이봐. 알았어, 몰랐어?"

민이 얼굴을 더욱더 가까이 들이대며 물었다. 그러자 멱살을 붙잡힌 남자가 끼끼거리며 고개를 세차게 끄덕였다.

"그래?"

민이 멱살을 놔주자마자 남자는 바닥에 주저앉더니 켁켁거리면서 숨을 헉헉 들이마셨다.

"사과 안 해?"

숨을 몰아쉬던 남자는 마음에 들지 않는다는 듯 얼굴을 찌푸리고 있다가 민이 자신을 빤히 보고 있다는 사실을 깨닫고는 자리에서 일어나 세희에게로 몸을 돌렸다.

"죄, 죄송합니다."

남자의 사과에 세희는 어깨를 으쓱여 보이고는 아무런 말도 하지 않고 있다가 무언가 생각난 표정으로 입을 열었다.

"사과야 그렇다 치고, 길 건너의 베이커리 주인에게 이 말 좀 전해 주세요. 다시 한 번만 이런 소동을 일으킬 사람을 보냈다간, 가만히 있지 않겠다고."

"네, 네. 그럼 안녕히 계십시오!"

남자는 건성으로 인사를 하고는 여자의 손을 잡고 재빠르게 베이커리에서 빠져나갔다. 그런 두 사람을 빤히 보던 세희는 고개를 절레절레 젓다가 자신에게 도움을 준 민이 있는 곳으로 다시 시선을 돌렸다.

"고마워요."

"나 안 잊고 있었네요. 잊었을 줄 알았는데."

부드러운 미소. 그녀가 덩달아서 어설프게 웃었다.

저 미소와 저 눈빛을 잊을 수 없었다. 심지어 처음 만난 사람이 꿈에서도 나타나는 바람에 아침에 일어나서 깜짝 놀라기도 했다.

"아, 근데…… 여기는 어쩐 일로……."

"음……."

세희는 대답을 하지 않고 웃고만 있는 민을 보며 뭔가 불길한 느낌에 얼굴을 찌푸렸다.

"여긴 어떻게 알고 오셨어요?"

"작업실이 이 근처여서 지나가다가 몇 번 본 적 있거든요. 오늘은 용기 내서 들어와 봤죠."

"설마…… 또 권유하려고 온 건 아니죠?"

"글쎄요."

"응?"

싱긋 웃으며 알 수 없는 대답을 하는 민을 보며 세희가 미간을 찌푸렸다. 그리고 자신과 민을 초롱초롱한 눈망울로 보고 있는 천이를 힐끔 보고는 한숨을 푹 내쉬었다.

그래, 윤지의 말에 따르면 이 남자는 자신이 모르고 있던 게 더 이상한 사람이다. 천이 나이면 한창 연예인에 관심이 많을 테니, 자연스럽게 이 사람도 알고 있을 것이리라.

그녀는 카운터에서 만 원짜리 지폐 한 장을 꺼내어 천이에게 건넸다.

"천이야, 잠깐만 심부름 좀 갔다 올래?"

"심부름이요?"

"응. 가서 아이스크림 좀 사 와. 너 먹고 싶은 걸로."

"아, 전 괜찮은데."

"남은 건 너 갖고."

"아……."

세희의 말에 천이가 고민하는 게 눈에 들어왔다.

이 상황을 지켜볼 것인가, 아니면 아이스크림도 먹고 시급보다도 많이 남을 거스름돈을 가질 것인가.

세희를 힐끔 본 천이가 자신이 나가지 않으면 상황에 진전이 없을 것이라는 판단을 내리고는 이내 고개를 끄덕였다.

"네. 다녀오겠습니다."

"응. 조심히 다녀와."

천이는 미련을 버리지 못하고 아쉬운 표정으로 두 사람을 힐 끔거리면서 천천히 베이커리에서 나갔다. 세희는 천이가 자신의 시야에서 완전히 사라질 때까지 쳐다보다가 숨을 푹 내쉬면서 민에게로 시선을 돌렸다.

"저기요, 라민 씨. 손님의 행패에 저를 도와주신 건 정말로 감 사합니다만…… 혹시라도 저에게 같은 질문을 하려고 하시는 거 면, 몇 번을 물어보셔도 제 대답은 같아요. 저는 못해요. 아니, 안 해요."

"저 아직 아무런 말도 안 했는데요."

"……."

세희는 민의 말에 괜히 민망해져서 화끈거리는 얼굴을 숨기기 위해 고개를 푹 숙였다.

"고개는 왜 숙여요?"

민의 손이 볼에 부드럽게 닿았다. 깜짝 놀란 세희가 자신도 모르게 고개를 번쩍 들자, 아까와는 다른 눈빛으로 자신을 보고 있었다.

그래, 저 눈빛을 기억하고 있다. 처음에 자신을 쳐다봤을 때 처럼 깊고 진지한 눈빛. 그 눈빛이다.

세희는 심장이 다시 한 번 쿵, 떨어지는 걸 느끼며 뒤로 주춤 물러났다.

"왜, 왜요?"

"음, 세희 씨가 가수에 관심이 없다는 건 어쩔 수 없지만, 남자를 그런 식으로 도발하는 건 하지 않는 게 좋겠어요."

"네, 네?"

민이 천천히 다가오자 당황한 세희가 제대로 된 대답을 하지 못하고 말을 더듬었다. 그러자 민이 씩 웃었다.

세희는 순간 뒤로 물러날 곳이 없다는 걸 깨닫고는 마른 입술을 깨물었다. 그러자 민이 세희에게 바짝 다가오며 고개를 숙여 귓가에 속삭였다.

"너무 섹시해서…… 나도 혹할 뻔했잖아요. 조심해요."

쿵쾅쿵쾅.

심장이 미친 듯이 뛰고 있다. 너무 빨리 뛰고 있어서 숨도 제대로 쉬기가 힘들다. 그녀의 귓가에 속삭이는 그 목소리에 다리에 힘이 풀릴 것 같았지만 꾹 참았다.

"조심 안 할 거예요?"

그의 말에 그녀가 고개를 힘차게 저었다.

"조심할 거죠?"

끄덕끄덕.

그는 그녀의 끄덕거림에 만족스러운 표정을 지으며 뒤로 살짝 물러났다. 그와 동시에 그녀도 다리에 힘이 풀려서 휘청거렸다.

"이런."

그는 재빠른 행동으로 그녀에게 다가가 허리를 감으며 끌어당겨 안았다. 졸지에 그의 품에 폭 안긴 그녀가 놀란 표정으로 눈을 멀뚱멀뚱 뜨며 그의 옷깃을 꽉 붙잡았다.

자신의 온몸에 느껴지는 그의 단단한 몸, 단단한 팔, 단단한 어깨. 아까 쿵쾅거리던 심장이 제대로 진정을 못 한 상태에서 이런 일이 닥치자, 심장이 입 밖으로 튀어나올 것 같았다.

"세희 씨 어디 아파요?"

"아뇨. 괜찮은데요."

"괜찮은데 이렇게 휘청거려요? 어디 앉을 곳 없어요?"

"카운터 안쪽에…… 방이요."

"아아."

그가 고개를 끄덕이더니, 그녀의 다리 밑으로 팔을 넣어서는 번쩍 안아 들었다. 그런 그의 행동에 자신도 모르게 그의 목에 팔을 감은 그녀가 그를 쳐다봤다.

"저 무거운데요!"

그녀의 말에 그가 피식 웃기만 하고 카운터 안쪽으로 들어갔다.

"하나도 안 무거워요. 아, 문 좀 열어 줄래요?"

그의 말에 그녀가 얌전하게 팔을 뻗어서 문을 열었다. 그러자 그가 그녀를 방 안에 앉혀 놓고 문턱에 앉았다.

"세희 씨, 이렇게 약해서 어떻게 해요?"

"네? 저 안 약해요."

"큰일 났다, 이제."

"네?"

그녀의 말에는 신경도 쓰지 않고, 자기 할 말만 하는 그를 보며 그녀가 고개를 갸우뚱거렸다. 그러자 그가 피식 웃으며 자리에서 일어났다.

"세희 씨 이제 큰일 났어요. 아까 내가 말했죠? 조심하라고. 정말 조심하는 게 좋을 거예요."

"아……?"

그는 멍청한 표정으로 쳐다보고 있는 세희를 보고 피식 웃으며 손을 흔들어 보였다.

그리고 홀연히 자리에서 일어나 가 버리는 민을 보며 세희가 심호흡을 했다.

아무리 생각해도 이제 두 번 본 남자한테 다리가 휘청거릴 정도로 두근거린다는 게 이해가 안 되었다.

"내가 얼굴을 밝혔던가? 아, 그래. 강유만 봐도 얼굴이 잘생기기는 했지. 그게 아니면 기댈 곳이 필요한가? 하긴, 요새 좀 힘들기는 하지. 아니, 아무리 그래도 다른 사람한테는 안 그러면서 왜 저 사람한테만?"

그녀는 혼자 중얼거리며 이미 그가 가 버리고 없는 그곳을 멍하니 쳐다보았다.

☆

딸랑.

"어서 오……."

"안녕하세요."

비가 오는 평일의 오후. 베이커리 문이 열리며 나는 방울 소리에 세희가 인사를 하려는데, 들어온 손님의 인사가 중간에 말을 끊었다.

익숙한 목소리에 고개를 돌리니, 우산을 접어 문 옆의 우산꽂이에 꽂은 도아가 세희를 보며 빙긋 웃고 있었다.

세희는 잠시 멍청하게 있다가 뒤늦게 정신을 차리고 살짝 웃었다.

"안녕하세요, 도아 씨."

세희의 미소에 도아는 여전히 웃는 얼굴로 고개를 꾸벅이고는 쟁반과 집게를 집어 들어 빵을 고르기 시작했다. 그저 빵 하나를 고르는 모습이 어찌도 저리 행복해 보이는지. 도아의 모습을 보다가 다른 곳으로 시선을 돌렸다.

'사랑하는 사람과 같이 있으면 다른 사람 눈에도 저렇게 행복해 보이는 걸까.'

도아의 행복한 모습은 정말 보기 좋았다. 하지만 왜 하필 그 행복의 상대가 강유인 것일까.

자신의 말 한마디에 사이가 멀어질까 두려워, 그저 친구로 바라보기만 했던 한강유의 여자.

그 사실 하나만으로 보기 좋은 행복한 모습이 그녀의 입맛을 쓰게 하였다.

"후……."

세희는 숨을 길게 내쉬며 고개를 돌리고는 벽에 몸을 기댄 채 밖을 빤히 보았다.

밖에는 소나기가 내리고 있었다. 분명히 일기예보에서 소나기가 온다고는 했으나, 일기예보를 못 본 사람들이 많은지 갑작스러운 비에 허둥지둥 거리를 지나가기 바빴다. 몇몇은 비를 피하는 것을 포기한 듯, 처량하게 비를 맞으며 터벅터벅 걸어가는 모습도 보였다.

"세희 씨는 정말 몸매가 좋네요."

"네?"

멍청히 밖만 보고 있던 세희가 도아의 갑작스러운 말에 어리둥절한 표정으로 시선을 돌렸다.

"몸매가 정말 예뻐요. 벽에 기대어 서 있는 자세가 꼭 모델 같아요."

도아가 해맑게 웃으며 말했다. 그런 뜬금없는 도아의 말에 세희가 어설프게 웃으며 관자놀이를 긁적였다.

"아, 고마워요."

어정쩡하게 고개를 숙이며 인사를 남긴 세희가 다시 고개를 돌렸다.

주위 사람들이 자신에게 아무리 몸매가 좋다고 해도, 그들의 시선을 아무리 빼앗아도 자신이 원하는 남자의 시선 하나를 빼앗지 못한다는 게 참으로 웃겼다.

딸랑—

그녀는 궂은 날씨와 다르게 맑은 방울 소리가 들리자 인사를 하려고 시선을 돌렸다.

"아?"

하지만 자신의 눈앞에 나타난 홀딱 젖은 민의 모습에 인사는 쏙 들어가고, 두 눈만 동그랗게 떴다.

그의 단단한 몸매를 드러내는 하얀 와이셔츠와 물이 뚝뚝 떨어지는 머리카락은 금방이라도 샤워를 하고 나온 사람처럼 너무나도 섹시했다. 그 섹시한 모습이 머릿속에, 그녀의 심장에 박혀왔다.

"안녕하세요, 세희 씨."

"아, 잠깐만 기다려요."

그녀는 자신이 얼마나 멍청하게 서 있었는지를 깨닫고는 그의 인사에 대한 대답 대신, 카운터 안의 작은 방 안쪽 자그마한 화장실로 향했다.

그 작은 방에서 더 안쪽으로 들어가 화장실 문을 열자, 달콤한 딸기 향과 옅은 핑크빛이 그녀를 반겼다.

그녀는 수납장에 넣어 둔 수건을 꺼내어 다시 매장으로 나왔다.

"자, 닦아요."

"닦아 주면 안 돼요?"

"네?"

"농담이에요."

혹 치고 들어오는 그의 말에 그녀는 바로 반응할 수가 없었다.

그도 그걸 아는지 그냥 피식 웃으며 넘기고는 그녀가 준 수건을 받아 들더니, 머리를 터는 대신에 손으로 꾹꾹 누르며 물기를 제거했다.

작은 행동 하나하나가 그녀의 눈길을 사로잡아 멍하니 있던 세희가 잊고 있던 도아를 생각해 내고는 고개를 돌렸다.

"……."

"……."

그리고 맴도는 침묵. 도아는 동그란 눈을 말똥말똥 뜨고 자신을 보고 있었다. 그런 도아의 모습이 귀엽기는 했지만, 한편으로는 조금 부담스럽기도 했다.

"저기, 도아 씨?"

도아는 그녀의 부름에 대답 대신 고개를 갸웃거렸고, 세희가 살짝 웃으며 입을 열었다.

"빵…… 다 골랐으면 계산해 드릴게요."

"아, 네."

도아도 살짝 웃으며 대답했고, 민을 한 번 보고는 세희에게 빵을 넘겼다. 세희는 미소를 유지한 채 계산을 마치고 빵을 봉투에 담아서 주었다.

"나중에 또 올게요."

"네."

도아가 봉투를 받아 들고 아직도 문 앞에서 머리를 말리고 있는 민에게 고개를 꾸벅여 인사하고 나갔다. 세희는 그 모습을 보며 뒤통수를 긁적였다.

'이상한 생각 하는 건 아닌지 모르겠네.'

그녀는 자기 생각에 피식 실소가 나왔다. 도아가 의심을 하든 말든, 그로 인하여 강유도 덩달아 오해를 하게 된다고 하더라도 큰 문제는 없을 것이다.

자신이 알고 있는 상황이 오해인지 모르는 강유는 언제나 그랬듯 잘 만나라면서 축하해 줄 것이다.

"세희 씨."

"네?"

가만히 서 있던 민이 진지한 표정을 하고 천천히 입을 열었다. 세희는 괜히 긴장돼서 두 눈만 깜빡거리며 마른침을 꿀꺽 삼켰다.

"저 추운데 방 안에 잠깐 들어가 있으면 안 될까요?"

"아, 들어와요."

그녀는 그의 춥다는 말에 순간 당황해서 그에게 다가가 젖은 소매를 잡아 이끌어서 방 앞에 세워 두고는 화장실에서 수건 하나를 더 꺼내어 바닥에 깔았다.

"앉아요. 추워요? 갈아입을 옷은 없는데 어떻게 하지."

"괜찮아요."

"네?"

그녀가 우왕좌왕하다가 괜찮다는 그의 말에 고개를 돌리니, 그는 젖은 와이셔츠를 벗고 안에 입고 있던 러닝셔츠까지 벗은 상태였다.

그녀는 단단해 보이는 그의 근육질 몸에 시선을 떼지 못하다가 스스로 화들짝 놀라서 고개를 돌렸다.

"그, 그러고 있을 거예요?"

"아마도? 왜요? 마음에 안 들어요?"

"아니, 마음에 들고 안 들고가 아니라…… 야하잖아요."

"내가 여자도 아니고, 웃통 벗고 있는 게 뭐가 야하다는 거예요? 아니, 설사 여자라고 해도 세희 씨도 여자면서, 뭘."

"그거야……."

그녀는 더 이상 말을 잇지 못하였다. 그냥 자신이 이상한 상상을 하니 야하게 보이는 거라는 걸 솔직하게 말할 수 없어서 입을 꾹 다물었다. 그러자 그가 자리에서 일어나서는 세희를 향해서 팔을 뻗었다.

그녀가 당황해하며 두 눈을 질끈 감았는데, '탁' 소리가 나며 문이 닫혔다.

세희가 눈을 슬그머니 떴을 때 그는 수건을 바닥에 깔고 그 위에 앉아서 머리를 털고 있었다.

"무, 문은 왜 닫아요?"

"아무리 내가 남자라도 여러 사람이 보면 부끄러우니까요."

"아아……."

그녀가 가슴을 쓸어내리며 숨을 길게 내쉬었다. 그런 그녀를 빤히 보던 그가 고개를 까딱거렸다.

"세희 씨는 내가 다가가면 왜 그렇게 겁을 먹어요? 내가 무슨 짓이라도 할까 봐서?"

"아니, 그건 아니고……."

그녀가 말끝을 흐리며 고개를 돌렸다.

이상하게 이 남자 앞에만 서면 말도 제대로 못 하는 바보가 되는 것 같았다.

자신에게 물건을 던지는 손님에게도 당당했던 그녀인데, 이 남자 앞에서는 눈도 제대로 맞추기가 힘들다. 이대로는 계속 힘들 것이다. 자신만의 페이스를 찾아야 한다.

그녀는 두 눈을 감고 숨을 길게 내뱉으며 천천히 눈을 뜨고 그를 똑바로 바라보았다.

"아니, 거짓말했어요. 사실 나는 라민 씨가 무서워요."

"응?"

갑작스러운 그녀의 발언에 그가 두 눈을 동그랗게 떴다.

"왜요?"

"그건 비밀이지만…… 나쁜 뜻은 아니에요. 그냥…… 그런 게 있어요!"

그녀는 차마 자신이 느낀 바를 그대로 말하지 못하고 얼굴을 붉히며 자리에서 일어났다.

"드라이기는 저기 화장실에 있어요. 나는 이만 나가 볼 테니까, 잘 말리고 가요!"

그녀는 괜히 틱틱거리고는 밖으로 나왔다. 방 안에서 큰 소리로 웃는 그의 목소리가 들려와 화끈거리는 볼에 차가운 손을 올렸다.

"아, 왜 이렇게 부끄럽지."

그녀는 차가운 손으로도 식힐 수 없는 뜨거운 볼에 부채질했지만, 볼은 식을 줄 몰랐다.

3화
안 덮칠게요

타다다닥, 타닥.

"후……."

키보드를 두드리던 도아가 고개를 뒤로 쭉 젖히고 숨을 길게 내뱉었다. 몸이 너무 뻐근한 것 같아서 기지개를 켜다가 몸을 축 늘어트리며 아까부터 머릿속을 헤집고 다니던 생각을 다시금 떠올렸다.

"라민……."

도아는 혼자 중얼거리며 비 오던 날에 들렀던 세희의 베이커리 'tasty'에서의 일을 떠올렸다.

그곳에서 만난 남자를 알고 있다.

29살이라는 나이에 화려한 이력을 가지고 있는 유명한 뮤직

프로듀서. 어릴 적에는 천재라는 수식어를 달고 많은 TV 프로그램에 나와서 알고 싶지 않아도 저절로 알게 될 수밖에 없었다.

'굉장히 장난꾸러기같이 생겼어.'

솔직히 이제 몇 달 있으면 서른인 사람에게 할 말은 아니지만, 정말 장난꾸러기같이 생겼다. 좋게 말해서 천진난만한 어린아이 같은 얼굴이랄까. 싱긋 웃는 얼굴이 남자다우면서도 그와 반대로 귀여운 모습이 보였다.

"무슨 사일까."

도아는 마우스를 이리저리 움직이며 혼자 중얼거렸다.

그의 손을 거친 가수들 중에서 성공하지 않은 이들이 없다는 말이 과언이 아닐 정도로 그의 명성은 자자해서, 자신의 성공을 바라며 다가오는 이들이 많아 사람들과 어울리지 않기로 유명한 사람이다. 그런 사람이 세희와 웃으며 이야기하고 아주 다정한 모습도 보였다.

'관심이 있는 건가?'

아예 가능성 없는 말은 아니었다. 솔직히 세희는 같은 여자인 자신이 봐도 충분히 매력 있다. 딱히 얼굴이 빼어나게 예쁘다고 할 수는 없지만 역시…….

"몸매가 끝내주지."

도아는 자신도 모르게 고개까지 끄덕이며 생각했다. 하지만 그럴 수밖에 없는 것이, 모델만큼 큰 키가 아닌데도 불구하고 작은 얼굴, 그리고 긴 다리로 비율이 모델 못지않았고, 잘록한 허리 덕분에 더욱더 강조되어 보이는 풍만한 가슴이 여자인 자신의 시선을 끌기에도 충분했다.

'그에 비해서 나는……'

도아는 시선을 잠시 아래로 뒀다가 다시 위로 올렸다. 그래도 일단은 여자라고, 살짝 올라와 있는 가슴 봉우리가 눈에 들어왔지만, 세희에 비하면 형편없는 볼륨감에 자연스럽게 한숨이 나왔다.

세희가 강유의 소꿉친구라는 걸 알게 된 순간부터 마음이 불안했다. 어릴 때야 그렇다고 쳐도 사춘기를 지나면서 서로 정말 아무런 감정도 없었을까? 강유는 자신이 예쁘고 사랑스럽다고 했지만, 자신이 남자라면 키도 크고 몸매가 좋은 세희를 선택했을 것이다.

"아아, 내가 지금 무슨 생각을 하는 거야."

도아는 고개를 휘휘 저어 버렸다.

하지만 고개를 흔들수록 두 사람이 같이 있는 모습이 머릿속에 맴돌았다. 투닥거리며 장난을 치던 두 사람의 모습은 너무나도 잘 어울려서 자신은 그저 동네 동생이 된 것 같은 기분이었다.

갑자기 쳐들어와도 놀라지 말라는 건, 자신보다도 훨씬 자유롭게 그 집에 오가고 있었다는 것이다. 자신이야 강유 부모님이 안 계실 때만 왔다 갔다 하지, 부모님이 계시면 항상 밖에서 만나고 있다. 하지만 두 사람은 부모님도 친하다고 하니, 그런 건 전혀 문제가 되지 않을 것이다.

"아, 진짜. 민도아! 그만! 그만!"

도아는 결국 의자에서 벌떡 일어나서 괜히 방 안을 왔다 갔다 했다. 민과 세희를 생각하다가 왜 강유와 세희를 생각하게 됐는지 모르겠다. 아무리 세희가 매력적인 여자라도 강유는 자신의 애인이고, 세희는 그저 친구일 뿐이다.

"그래, 친구일 뿐이지."

자신의 마음을 진정시키고자 하는 중얼거림과는 다르게 마음은 여전히 불안했다.

☆

"강유 씨, 이거 먹을까요? 아니면 저거?"

세희는 지금 자신의 앞에서 다정하게 팔짱까지 끼고 빵을 고르고 있는 한 커플을 보았다. 도아의 질문에 강유는 그저 고개를 흔들거나 끄덕이기만 했지만, 도아는 그것만으로도 만족스러운 표정을 지어 보였다.

'일부러 저러는 것 같은 건 내 기분 탓인가.'

굳이 저렇게까지 딱 달라붙어서 하하 호호 웃어 가면서 빵을 고를 필요가 있나, 싶을 정도로 과하게 보였다. 하지만 막 사귄 커플의 닭살 행각이라고 치부하고 그냥 고개를 돌려 버렸다.

심장에 기분 나쁜 찌릿함이 느껴졌다. 그리고 덩달아서 머리까지 지끈거리며 그녀의 미간을 저절로 찌푸려지게 하였다.

딸랑!

"응?"

관자놀이를 꾹꾹 누르고 있는데, 여느 때와는 다른 힘찬 방울 소리에 놀란 표정으로 고개를 돌렸다. 그곳에는 벌컥 열린 문과는 다르게 여유롭게 싱긋 웃고 있는 민의 얼굴이 있었다.

"안녕하세요."

쿵쾅쿵쾅.

마치 막 일어난 후에 인사하는 것처럼 느긋한 민을 보자 닭살 커플의 행각에 찌푸려졌던 미간이 펴지고, 씁쓸하게 찌릿거리던 심장이 귓가에 울렸다.

순식간에 돌변한 심장의 반응에 세희가 멍하게 있자, 민이 그녀에게 성큼성큼 다가와서 고개를 갸우뚱거렸다.

"어라? 우리 세희 씨, 얼굴이 왜 이럴까? 어디 아파요?"

세 쌍의 눈동자가 갑작스럽게 나타난 민을 계속 쳐다봤지만, 민은 양손으로 세희의 얼굴을 붙잡고 이리저리 살펴보았다. 정신을 번쩍 차린 세희가 '우리 세희 씨'라는 말을 떠올리고 일부러 미간을 찌푸렸다.

"'우리' 요?"

"흠, 많이 아픈가?"

하지만 민은 세희의 말은 들은 체도 하지 않고 얼굴을 잡고 있던 손을 놓고 뒷목을 살짝 잡더니 고개를 숙이며 이마를 맞대었다.

갑작스러운 민의 행동에 세희는 피할 틈도 없이 눈만 커다랗게 뜨고 자신의 눈 바로 앞에 있는 민의 눈동자를 바라보았다. 그러자 민의 눈이 예쁘게 접힌다.

"열은 많이 없네요. 그래도 미열이 있으니까 오늘은 들어가서 쉬는 게 좋을 것 같은데. 계속 문 열어 둘 거예요?"

조금만 움직이면 입술이 닿을 것만 같은 거리에, 세희가 마른침을 꿀꺽 삼키며 고개를 살짝 흔들었다.

"아, 아뇨. 2시쯤에 닫을 생각이었어요."

"으흠."

민은 시계를 보더니 고개를 끄덕이며 싱긋 웃었다.

"지금이 1시 30분이니까, 30분 후면 닫을 거라는 소리죠?"

"아, 벌써 시간이 그렇게 됐나요?"

"네. 벌써 시간이 그렇게 됐어요."

민은 세희의 말을 따라 하며 계속 방글방글 웃었다. 그런 민의 얼굴에 세희가 미간을 찌푸렸다.

"아까까지만 해도 아픈 거 아니냐며 걱정한 사람이 왜 그렇게 웃고 있어요? 내가 아픈 게 좋아요?"

"에이, 좋을 리가. 다만 30분만 기다리면 세희 씨를 집에 데려다줄 수가 있고, 그 30분 동안 세희 씨랑 계속 있을 수 있다는 게 좋을 뿐이죠."

"나를 집에 데려다준다고요?"

"네. 싫어요?"

민은 여전히 방글방글 웃으며 세희에게 대답했다. 깔끔한 그의 대답에 세희는 잠시 생각에 빠졌다.

애정표현인지, 그냥 하는 말인지 모를 민의 말에 자신이 어떻게 반응을 해 줘야 할까. 그리고 무슨 생각으로 하는지도 모르는 말에 반응하는 자신의 심장은 뭐라고 설명해야 할까.

"세희 씨?"

"네?"

"생각 다 했어요? 싫은 건 아니죠?"

"아, 싫은 건 아니고요."

"그럼 됐어요."

좋다고도 하지 않았지만, 개의치 않고 시원스럽게 넘어가는 민의 반응에 체념한 듯 그냥 다른 곳으로 시선을 돌려 버렸다.

'아……'

그리고 그곳에는 민과 자신을 쳐다보고 있는 도아와 강유가 서 있었다. 자신의 머리를 지끈거리게 한 저 두 사람을 가만히 보고 있자니, 괜찮아졌던 머리가 다시 욱신거려 왔다.

"많이 아파요?"

관자놀이에 손을 가져다 대자 민이 바로 반응을 보였다.

"민 씨 말대로 그저 미열일 뿐이에요. 조금 욱신거리는 것만 빼면 괜찮아요."

"그럼 그만 닫아요. 일찍 닫으려고 빵도 안 만든 거 아니에요?"

"그렇기도 하지만……."

세희가 말끝을 흐리며 얼버무렸다. 그러자 그가 세희의 어깨를 잡고 끌어당기며 도아와 강유에게로 시선을 돌렸다.

"이만 문을 닫아야 할 것 같은데, 다 고르셨습니까?"

정중한 말투. 세희가 낯선 그의 목소리와 말투에 고개를 살짝 들어 올려 그를 쳐다보자, 그가 시선을 느낀 모양인지 세희를 향해 싱긋 웃어 보이고는 다시 고개를 돌렸다.

"아, 다 골랐어요."

도아의 대답에 민이 싱긋 웃는다.

"그래요? 다행이네요. 방금 대화를 들으셨다면 아시겠지만 세희 씨 몸 상태가 별로 안 좋아서, 그만 닫아야 할 것 같거든요. 양해 부탁드리겠습니다."

"아, 아뇨. 괜찮습니다. 어차피 다 고르기도 했고……."

민의 정중한 말에 도아는 어쩔 줄 몰라 하면서 두 손까지 흔들어 보였다. 그런 모습이 귀여워서 욱신거리는 머리를 꾹꾹 누르면서도 피식 웃어 버렸다.

"세희, 너 어디 아파?"

"응?"

강유의 물음에 시선을 돌린 세희는 그가 자신을 빤히 바라보고 있는 것을 발견하고 손을 내저었다.

"아니, 뭐 그냥…… 머리가 좀 아파서 쉬려고. 왜?"

"많이 아파?"

"아니, 아니. 많이는 아니고."

"아는 사이신가 봐요."

두 사람의 대화에 민의 목소리가 불쑥 끼어들었다. 세희의 시선이 민에게로 돌아가자, 강유의 시선도 세희를 따라 민에게 향했다.

"아, 네. 소꿉친구거든요."

"그래요?"

세희에게 싱긋 웃던 민의 얼굴이 그대로 강유에게로 돌아갔다. 순간 흐르는 정적과 알 수 없는 두 남자의 시선 교환에 뭔가 이상함을 느낀 세희가 민의 옷깃을 잡아당겼다.

"민 씨?"

"아, 소꿉친구라고 했죠?"

"네."

"그럼 소개 좀 시켜 주시겠어요?"

"아, 뭐…… 그래요. 그럼 좀 봐줄래요?"

말없이 교환한 두 사람의 시선이 마음에 걸려서 못마땅한 표정을 지었지만, 민은 여전히 웃는 얼굴로 여태 잡고 있던 그녀의 어깨를 조심스럽게 놔주고는 뒤로 살짝 물러났다.

"자, 일단 이쪽은 아까 말했듯 제 소꿉친구인 한강유예요. 그리고……."

세희는 말을 하려다 말고 민에게서 시선을 떼지 않고 있는 강유를 툭툭 쳤다.

"어, 왜?"

"소개시켜 줄게. 이쪽은 나랑…… 어……."

세희가 말을 하려다 말고 시선을 다른 곳으로 돌리며 머뭇거렸다.

무슨 사이라고 말을 해야 하기는 하는데, 어떤 사인지 몰라서 어떻게 말을 해야 할지 모르겠다.

그렇게 잠시 생각하던 세희가 다시 강유를 쳐다봤다.

"나랑 아는 사람인 라민 씨."

"그냥 아는 사람?"

"뭐…… 응."

이런저런 감정이 있고 이 사람을 보면 어떠하다는 느낌은 있지만, 현재 그는 아무리 생각해도 '그냥 아는 사람' 정도로밖에 생각되지 않았다.

"그냥 아는 사람인데……."

"응?"

세희는 말을 하려다 말고 끝을 흐리는 강유를 보며 고개를 갸우뚱거렸다. 그러자 강유가 고개를 저으며 민에게로 다가가 오른손을 내밀었다.

"반갑습니다. 세희 소꿉친구, 한강유라고 합니다."

"아, 네. 반갑습니다. 아직 그냥 아는 사이인 라민이라고 합니다."

민이 강유의 내민 손을 잡으며 싱긋 웃었다. 그런 민의 웃는 얼굴에도 강유는 약간 미간을 찌푸린 얼굴로 있다가 민의 손을 놓고 도아에게로 다가갔다.

"계산은요?"

"아차, 해야죠."

세 사람 가운데서 멀뚱히 서 있던 도아가 강유의 말에 빵이 담긴 트레이를 세희에게 넘겼다. 세희는 그 트레이를 받아 카운터에 들어가 계산을 하면서 커다란 장정 두 명이 작은 베이커리 안을 꽉 채우고 있는 모습이 웃겨서 피식 웃었다. 계산한 빵을 봉투에 차곡차곡 넣은 세희는 카운터 맞은편에 선 도아에게 건넸다.

"항상 이용해 줘서 고마워요."

"아뇨, tasty 빵은 변함없이 항상 맛있어서 집에서도 사 오라고 난리인걸요."

도아가 강유의 애인이든 말든, 빵이 맛있다는 말은 그녀에게 힘이 되어 웃게 하였다.

"그래요? 좋아하신다니 기쁘네요."

세희의 미소에 도아가 덩달아서 웃었다.

참으로 사랑스러운 여자다. 자신이 남자라도 사랑하지 않을 수 없을 만큼 정말 귀여웠다.

"안녕히 가세요. 강유 너도 잘 가고."

세희는 손을 흔들어 보이며 두 사람을 보냈다.

'뭐가 이렇게 자연스러운 거야.'

두 사람의 다정한 모습에 자신의 감정이 드러날 수도 있다고 생각했다. 그래서 아프냐는 민의 질문에 신경성으로 아픈 머리를 감기라도 걸린 것처럼 미열로 돌려 버렸다.

그런데 생각보다 전혀 아무렇지 않았다. 질투도 나고 기분도 나쁜데 자신이 이렇게 행동하는 게 부자연스러울 정도로 자연스럽게 느껴졌다.

"안 가요?"

미간까지 찌푸려 가면서 고민하고 있는데, 민이 불쑥 다가와서 말을 던졌다. 그런 민의 질문에 세희가 정신을 차리고는 카운터에서 나왔다.

"정리는 하고 가야죠."

"에이, 오늘 빨리 가서 푹 쉬고 내일 해도 되잖아요."

"오늘 일은 오늘 해야지, 내일로 미루면 안 되는 거예요."

"그건 마음에 드네요. 도와줄게요. 뭐 할까요?"

"괜찮아요. 방에 들어가 계세요."

"괜찮기는. 블라인드 먼저 내려 놓을게요."

민은 문의 푯말부터 'open'에서 'close'로 바꿔 놓고는 문과 창문의 블라인드를 내렸다.

"세희 씨."

"네."

"내가 아직도 무서워요?"

"네?"

생각지도 못한 갑작스러운 민의 질문은 세희를 당황하게 하였다.

"아, 어……."

"그때 물어보려고 했는데, 당신이 도망가서 못 물어봤어."

이 상황에서 어떻게 해야 할지 너무 당황스러워서 눈동자만 왔다 갔다 움직이면서 고민하고 있는데, 민의 말 속에 담겨 있는 '당신'이라는 단어가 귓가에 조용히 맴돌았다.

"나는 당신에게 무서운 사람이 되기 싫은데, 왜 무서운 거예요?"

"아……."

그의 말에 그녀가 눈만 깜빡거리다가 이내 며칠 전의 말들과 옷 속에 감춰져 있는 민의 상체가 떠오르며 얼굴이 점점 빨갛게 변하기 시작했다. 그러자 민이 씩 웃으며 그녀에게 천천히 다가갔다. 그런 민을 보며 세희는 뒷걸음질을 쳤다.

"왜, 왜요?"

"세희 씨."

"네?"

"솔직하게 말해 봐요. 방금 야한 생각 했죠."

"아닌데요!"

민의 질문에 그녀가 크게 대답했다. 그런 그녀의 반응에 그가 씩 웃었다.

"강한 부정은 강한 긍정."

턱.

뒤로 물러나는 것에 한계가 찾아왔다. 그러자 민의 팔이 올라오더니 그녀의 양팔 옆의 벽을 짚어서 그 사이에 갇히는 꼴이 되어 버렸다. 세희는 그런 민의 갑작스러운 행동에 당황해서 이도 저도 못 하고 눈동자만 왔다 갔다 하다가 아랫입술을 깨물었다.

옷을 입고 있어도 알 수 있는 민의 탄탄한 몸을 만지고 싶다. 끝이 올라가 있는 붉은 입술에 입을 맞추고 끌어안고 싶다.

이런 생각이 들 때에는 어떻게 하는 게 맞는 걸까. 어떻게 행동하는 게 좋은 걸까.

처음 느끼는 생소한 감정에 한숨을 푹 내쉰 세희가 고개를 절레절레 저었다.

"정리…… 마저 합시다."

"묵비권?"

"에잇, 끈질기긴!"

세희는 자신을 괴롭히는 민이 괜스레 미워져서 어깨를 툭, 쳤다. 그러자 민이 푸스스 웃으며 세희의 머리카락을 가볍게 쓸어내렸다.

"세희 씨 왜 이렇게 귀여워요?"

"네?"

"아, 진짜……."

무슨 말을 하려던 민이 말끝을 흐리며 세희의 머리카락을 만지던 손으로 볼을 쓰다듬었다. 민의 행동에 세희가 눈을 크게 뜨고 민을 올려다보자, 민이 싱긋 웃는다.

"기억해요. 우리는 '아직' 아는 사이라는 거."

"아직?"

딸랑—

세희와 민은 예상치 못한 방울 소리에 고개를 먼저 돌렸다. 그리고 보이는 것은 블라인드 뒤의 사람 형체 하나. 그 형체는 익숙하게 블라인드를 위로 올리고 안으로 들어왔다.

"세희야~ 문을 벌써…… 닫아?"

안으로 들어온 사람은 말을 하다 말고 세희와 민을 보고는 고개를 갸우뚱거렸다. 그러고는 두 눈을 깜박이며 세희와 민을 번갈아가며 보고는 씩 웃는다. 그 사람의 모습에 너무 놀란 세희가 온몸이 굳어 버려서 힘겹게 입만 겨우 떼었다.

"어, 엄마."

"엄마?"

그녀의 말에 민도 덩달아 더 놀라며 다시 세희의 엄마, 재윤에게로 시선을 돌렸다. 그리고 자신들이 얼마나 가깝게 붙어 있는지 뒤늦게 깨닫고는 후다닥 떨어지며 어설프게 웃었다.

"하하, 하하하……. 아, 안녕하세요."

민이 뒤통수를 긁적이면서 재윤에게 인사를 하며 고개를 꾸벅였다. 그리고 세희는 멋쩍음에 붉어진 얼굴로 재윤에게 도도도 달려가서 팔을 잡아당겼다.

"뭐야, 엄마."

"뭐긴. 네 말대로 네 엄마지. 그나저나 저 청년은 누구니? 애인이야?"

그녀는 재윤의 질문에 난감한 표정을 지으며 민을 힐끔 쳐다보고는 고개를 저었다.

"아니야."

"응? 아니라고? 아닌데. 아까 그 포즈는 뭐랄까, 눈을 마주치다 자연스럽게 얼굴이 가까워지면서 딱 키스할 분위기였는데."

"엄마! 아빠 따라서 소설 써?"

"어머, 얘. 귀청 떨어진다."

세희의 큰 소리에도 재윤은 아랑곳하지 않고 민에게서 시선을 떼지 못하고 있다가, 세희의 손을 털어 내고는 민에게로 성큼 다가갔다.

"반가워요. 세희 엄마예요. 청년은 누군지 물어봐도 되나요?"

"아, 물론입니다. 전 라민이라고 합니다, 어머니."

민의 넉살 좋은 호칭에 재윤이 입을 가리고 호호, 웃었다. 세희는 그저 한숨을 푹 내쉬며 두 손으로 얼굴을 쓸어내렸다. 이렇게 된 이상 아무리 말린다고 해도 엄마는 저 사람이 누군지 알아내는 것에 대해서 포기하지 않을 것이다.

"그나저나 문은 왜 벌써 닫아?"

엄마가 포기를 못 하겠다면 자신이 포기해야 하는 건가, 생각을 하던 세희가 자신을 향한 질문에 눈을 두어 번 껌뻑이고는 대답했다.

"아, 내가 몸이 좀 안 좋아서 일찍 가서 쉬려고……."

"그럼 그렇지."

재윤은 그녀의 대답이 끝나기도 전에 그럴 줄 알았다는 표정으로 고개를 흔들고는 라민에게로 시선을 돌렸다.

"점심은 먹었어요?"

"아, 네."

"하긴. 시간이 시간이니까. 그럼 우리 집에 놀러 올래요?"

"엄마!"

재윤의 말에 세희가 큰 소리를 냈지만, 재윤은 그녀를 째려보고는 다시 민을 보며 싱긋 웃었다.

"쟤는 신경 쓰지 말고, 놀러 와요. 아, 너무 갑작스러운가? 시간 괜찮아요?"

"아, 오늘은 괜찮습니다. 그나저나 제가 가도 될까요?"

"그럼! 괜찮고말고."

재윤이 싱긋 웃는 얼굴로 민에게 한쪽 눈을 찡긋거려 보였다. 민은 재윤의 갑작스러운 윙크에 푸스스 웃으며 고개를 끄덕였다.

"네."

그녀는 자신만 쏙 빼고 이야기가 진행되는 걸 보며 그냥 마음을 놓았다. 그사이 친해진 것처럼 나란히 서서 베이커리를 나서는 두 사람의 뒷모습을 보며 세희는 긴 한숨을 내쉬고는 베이커리 문을 잠갔다.

☆

"딱히 내올 게 없어서 어쩌죠?"

집에 도착한 재윤이 민의 앞에 커피 한 잔을 놓으며 미안한 표정을 지었다.

"아뇨, 괜찮습니다. 그나저나 말 편히 놓으세요."

"어머, 그래도 괜찮을까?"

민의 말에 재윤이 기다렸다는 듯 방긋 웃으며 말을 놓았다. 민은 살짝 미소를 지어 보이며 커피를 한 모금 홀짝였다.

"아, 내가 궁금한 게 있는데, 물어봐도 되려나?"

"네. 괜찮습니다."

"그래, 아까 이름이 민이라고 했는데, 올해 나이가 어떻게 되나?"

"올해 29살입니다."

"세희보다 2살 많구나."

"아, 네."

재윤의 말에 민이 웃으면서 고개를 끄덕였다. 세희는 마치 알고 있었다는 듯 고개를 끄덕이는 그를 보면서 언제 자신의 나이를 알려 줬던가, 잠시 고민했지만 이 상황에서 모르는 척하는 것이 더 이상하다는 생각이 들어서 그냥 넘겼다.

"그럼 일단 간단하게 간식 좀 내올게. 참, 민아, 이따가 저녁 먹는 건 어때?"

"응?"

재윤의 말에 세희가 미간을 찌푸렸다.

"저녁이라니? 설마 우리 식구랑 이 사람이랑 다 같이 먹자는 건 아니겠지?"

"어허, 이 사람이라니."

재윤이 세희의 말에 눈을 가느다랗게 뜨고 노려보며 말했다. 그런 재윤의 눈 흘김에 세희가 못마땅한 표정을 지으며 투덜거렸지만, 재윤은 이미 마음을 정한 듯했다.

"아, 그런데 민아."

"네, 어머니."

"나는 민이랑 같이 저녁 먹었으면 싶은데, 우리 아들들도 있고 남편도 있는데 민이는 괜찮겠어?"

"뭐, 다른 분들이 불편하지 않으시다면 저는 괜찮습니다."

"그래? 그럼 다행이네."

재윤은 민의 대답에 흡족한 듯 빙긋 웃었다.

"그런데 뭐 하나 물어봐도 될까?"

"네."

"민이는 가족이 어떻게 돼?"

세희는 드디어 시작된 재윤의 호구조사에 못마땅한 표정을 지으며 다른 곳으로 시선을 돌리고 한숨을 푹 쉬었다.

"아……."

재윤의 질문에 민이 바로 답할 줄 알았던 세희는 예상외의 소리에 고개를 갸웃거리며 다시 민에게로 고개를 돌렸다.

"왜, 말하기 곤란해?"

"아, 그게 아니라······."

"······."

민은 곤란한 표정도 아니고, 그렇다고 해서 말하기 싫은 표정도 아닌, 미묘한 얼굴을 하고 있었다.

아니라고 말은 해도 곤란한 무언가가 있는 게 분명했다. 세희는 어떻게든 꼭 듣고 싶어 하는 표정을 짓고 있는 재윤을 보며 숨을 길게 내쉬고 입을 열었다.

"엄마, 첫 대면에 뭘 그런 걸 다 묻고 그래. 사람 난감하게. 이름 알겠다, 나이 알겠다 신상조사는 벌써 끝났구만, 가족에 대해 알아서 뭐하게?"

"아니, 뭐 그냥."

세희의 말에 어깨를 으쓱이며 대답한 재윤이 그제야 민의 표정을 찬찬히 살펴보고는 눈동자를 이리저리 굴리더니 자리에서 일어났다.

"그나저나 세희 너는 점심 먹었어? 할아버지도 경로당 가서 나 혼자 대충 때우고 저녁 찬거리밖에 안 사 왔는데."

재윤의 말에 세희가 잠시 고민을 하다가 천천히 입을 열었다.

"그럼 샌드위치라도 만들까?"

"어머, 네가 만들어 주게?"

"응. 엄마도 인정한 강세희표 샌드위치. 어때?"

"음......."

재윤은 세희의 얼굴을 가만히 보며 생각하더니, 고개를 절레절레 저었다.

"아니, 안 만들어 줘도 돼."

"응? 어째서?"

세희가 이상하다는 표정으로 고개를 갸웃거리며 물었다. 평소에 집안일을 돕지 못하는 자신이기에 재윤이 이런 제안을 거절할 리가 없었다. 그런 생각을 재윤도 아는지, 세희에게로 다가와 머리에 손을 올려놓고는 한숨을 푹 쉬었다.

"아파서 쉬러 온 애한테 집안일 시키기는 싫다."

"아……."

"이 상태로 밖에 돌아다니면 감기 크게 와. 몸 좀 뜨뜻하게 지지고 있어."

"그렇지만……."

"너도 쉬려고 일찍 들어왔으면서 집에서 일하려는 건 뭐야? 내가 너한테 평소에 집안일 안 돕는다고 투정 부리기는 해도 그냥 장난삼아서, 농담 삼아서 하는 말이지, 아픈 딸내미 부려 먹겠다고 진지하게 말한 적 없다."

"......."

항상 장난스럽고, 가벼운 표정과 말투로 하던 말들과 다르게 재윤의 표정은 심각해 보일 정도로 진지했다. 세희가 이제껏 27

년간 재윤의 딸로 살면서도 보기 힘들었던 표정이다. 그 정도로 재윤은 지금 진심이라는 거다.

"자, 자. 다른 소리 하지 말고, 얼른 방에 들어가 있어. 먹을 건 엄마가 알아서 만들어 가마. 알았지?"

"응……."

"자, 그럼 민이도 같이 들어가 있어."

"응?"

재윤의 말을 순순히 따르려던 세희가 뜬금없는 말에 화들짝 놀라서 재윤을 한 번 보고, 민을 한 번 보고는 다시 재윤에게로 시선을 돌렸다.

"한방에 같이 있으라고?"

"응. 안 돼?"

"아니, 안 되는 게 문제가 아니라……."

세희는 무슨 말을 하려다가 아무것도 모르겠다는 표정으로 고개를 갸웃거리는 민을 보고는 한숨을 푹 내쉬었다.

"무슨 말인지 알잖아, 엄마."

세희의 말에 재윤이 눈을 가늘게 뜨고 세희를 믿지 않게 노려보았다.

"얘는……. 너 설마 이 엄마가 있는데도 이 벌건 대낮에 무슨 짓 할 생각이었니?"

"엄마!"

"어머머? 흥분하는 거 보니까 진짜인가 보네?"

"……."

세희는 어이없다는 표정으로 아무런 말도 하지 않고 재윤을 바라보았다. 그러자 세희의 표정을 본 재윤이 피식 웃더니 민에게로 시선을 돌렸다.

"그럼 우리 세희 좀 부탁해. 애가 워낙에 무식해서 자기가 아무리 아파도 그냥 누워 있기만 하면 다 낫는 줄 알거든. 가끔은 집에만 들어와도 낫는 줄 안다니까?"

"엄마, 딸한테 무식하다니……!"

세희는 뒤에 말을 더 붙이려다가 자신을 노려보는 재윤의 눈빛에 바로 꼬리를 내리고 입을 꾹 다물고는 입술을 삐죽 내밀었다.

"얘가 겉은 멀쩡해 보여도 아프기는 할 거야. 우리 가족 특성이거든. 아파도 겉으로는 티 안 나는 거. 그래서 본인은 아파서 죽을 것 같아도 사람들이 정말 아픈 거냐고 물어볼 정도라니까. 호호."

재윤은 뭐가 그리 즐거운지 입을 가리며 교양 있게 웃어 보였고, 민은 싱긋 웃으면서 고개를 끄덕였다.

"알겠습니다. 걱정하지 마세요."

재윤은 민의 말이 믿음직스러웠던 모양인지 만족스러운 표정으로 고개를 끄덕였다. 민은 여전히 웃는 얼굴로 세희에게로 시선을 돌렸다.

"그럼 가요, 세희 씨. 세희 씨 방은 어디예요?"

웃는 얼굴의 민을 보고도 세희는 대놓고 석연치 않은 표정을 지으며 숨을 길게 내쉬었다.

"따라와요."

"네."

세희는 앞장서서 자신의 방으로 가면서 입술을 삐죽 내밀었다.

'아니, 무슨 일을 치든, 안 치든 엄마가 딸을 외간 남자하고 한방에 집어넣으려고 하는 것 자체가 이상한 거 아니야? 아무튼, 우리 엄마라지만 이해 못 하겠어.'

민이 들을까 싶어서 차마 입 밖으로 말은 못 하고, 속으로 고시랑거리면서 집 한구석의 방문 앞에 섰다.

"여기예요."

자신의 말에 그가 이런 곳에 방이 있을 거라고는 생각지 못했다는 표정을 지었다.

"상당히 구석지네요."

"원래 혼자 있는 걸 좋아해요. 방해받지 않도록."

"어둡지 않아요?"

세희는 민의 말에 대답하는 대신 문을 열고 방 안으로 들어가 들어오라는 손짓을 했다.

"와……."

세희의 방은 민의 생각과는 다르게 큰 창문으로 들어오는 햇빛 때문에 커튼을 쳐 놓지 않으면 잠을 못 잘 것 같을 만큼 눈부

셨다. 흰색과 분홍색으로 귀엽게 꾸며져 있는 방은 반짝거리는 햇빛의 영향으로 더욱더 귀엽게 보였다.

세희는 27살의 나이에, 그것도 자신과는 어울리지 않는 분홍색 방을 남에게, 그것도 남자에게 보여 주자 부끄러워서 얼굴이 달아오르는 게 느껴졌다.

민이 이리저리 방을 둘러보며 아무런 말도 하지 않자, 세희가 과도한 햇빛을 막기 위해서 커튼을 한쪽만 치고, 화장대 의자에 앉으면서 관자놀이를 긁적였다.

"나랑 안 어울리죠?"

"네?"

민은 그녀의 질문을 예상치 못했는지, 고개를 갸웃거리며 다시 물었다.

"이 방 말이에요."

"음."

민이 다시 한 번 방을 싹 훑어보고는 그녀를 한 번 보더니, 진지한 표정으로 생각하다가 입을 열었다.

"생각과 다르다고는 생각했지만, 안 어울린다고는 생각 안 했어요. 솔직히 세희 씨하고는 붉은색이 더 어울릴 것 같지만요."

"그런 생각 할 줄 알았어요."

세희는 쩝 소리를 내며 옆의 침대를 손으로 탁탁 쳤다.

"침대에라도 앉아요. 볼 것도 없는데, 그만 두리번거리고."

"네."

민은 싱긋 웃으며 살포시 침대에 앉아서 세희에게로 시선을 돌렸다.

"저번에 베이커리에서도 그렇고, 세희 씨 방도 그렇고. 분홍색을 굉장히 좋아하나 봐요?"

"아, 뭐……."

세희는 민의 질문에 잠시 머뭇거리다가 볼을 붉적이며 고개를 끄덕였다.

"좋아해요. 마음 같아서는 옷도 분홍색을 입고 싶지만, 외관상 어울리지를 않아서 그렇게 못 하고 있죠."

세희는 별 뜻 없이 고개를 살짝 숙여 대답을 하고는 문득 무언가 생각난 듯 고개를 들어 민을 보며 입을 열었다.

"분홍색 옷을 입고 싶다고 해서 머리부터 발끝까지 분홍색을 입을 생각은 없어요. 나도 스타일을 중요시하는 사람이니까."

"세희 씨라면 머리부터 발끝까지 분홍색이어도 귀여울 거예요."

"……."

싱긋 웃으며 하는 민의 말에 세희는 입을 꾹 다물고 시선을 다른 곳으로 돌렸다.

저런 낯간지러운 말을 아무렇지도 않게 하다니, 듣는 사람이 민망하다. 세희는 민망함에 헛기침을 두어 번 하고는 검지로 볼을 붉적였다.

"그나저나 아까 괜히 난감하게 만든 것 같아서 미안해요. 엄마가 사람을 알게 되면 좀 이것저것 다 알고 싶어 하시거든요. 원래 좀 호기심도 많고…… 아무튼, 그런 면이 민 씨에게 좀 꺼려졌던 건 아닌가 해서. 내가 대신 사과할게요."

"어우, 아니에요. 그런 거 아니니까 사과할 필요 없어요."

민이 놀란 표정을 지으며 양손을 들어 올려 흔들며 말했다. 그런 민의 말과 행동에 세희는 안심이라는 듯 싱긋 웃었다.

세희의 웃는 모습을 본 민이 따라서 싱긋 웃더니, 허공을 보며 다시 입을 열었다.

"그냥…… 조금 당황했을 뿐이에요. 나는 그 사람을 알지 못해도 내가 원하지 않을 정도로 나를 아는 사람들이 많잖아요. 그렇게 나를 아는 사람들 대부분이 내 가족에 대해서도 알고 있는 터라, 질문하는 사람이 없었거든요."

"아……. 그래요? 나는 조금은 난감해하는 것 같아서 엄마 질문 끊은 건데. 안 끊어도 될 뻔했네요."

"아뇨. 그렇지도 않아요."

민의 말에 세희가 고개를 갸웃거렸다.

"무슨 말이에요?"

"말 그대로 어머니의 질문을 계속 들었다면 난 정말 난감했을 거라는 이야기예요. 가족이라는 단어 자체가…… 이미 6년이나 지난 일이라서 많이 무뎌지기는 했지만, 아직 그 빈자리가 너무 커서 가슴이 휑하거든요."

"……."

세희는 민이 말하는 그 빈자리가 혹시 자신이 생각하는 그 빈자리가 맞는 건가 생각했지만, 웃고 있는 얼굴을 보니 아닌 것도 같았다. 잠시 생각하던 그녀는 꼬치꼬치 캐물으면 실례가 될 것 같아서 그냥 고개를 끄덕였다.

"힘들면 말 안 해도 돼요."

웃고 있지만 가슴이 휑하다는 사람이다. 무슨 일인지는 모르겠지만, 무뎌졌어도 물어보는 말에 난감해하는 사람이다. 그러면 억지로 말하게 하지 않는 게 좋겠다 싶어서 시원스럽게 대답하고는 의자에서 일어났다.

"그럼 나는 먹을 거라도 좀 가지고 올게요. 아프다고 베이커리 문도 닫고 집에 왔지만 침대에 누워 있어야 할 정도도 아니고 그냥 멀뚱멀뚱하게 있는 것도 좀 그러네요."

"어머니께서 먹을 거 만들어 오신다고 했는데요? 그리고 세희 씨가 방에서 나가면 화내시지 않을까요?"

민의 말에 나가려고 방 문고리를 잡은 세희가 다시 뒤를 휙 돌아서 화장대 의자에 앉았다.

"아, 맞아요. 화내실 게 분명해요."

민은 세희의 대답에 여전히 웃는 얼굴로 다시 입을 열었다.

"그런데 세희 씨."

"네?"

"사람이란 참 이상한 동물 같아요."

"왜요?"

"아까 세희 씨가 말 안 해도 된다니까, 더 하고 싶어져요."

"뭐예요, 그게."

세희는 민에게 입술을 삐죽여 보이고는 이런 분위기가 어색한지 두 손을 만지작거리며 장난을 쳤다. 솔직히 이렇게 좁은 공간에 남자와 단둘이 있어 본 건 강유 외에는 처음이었다.

그런데 다른 남자와 이런 공간에서 이야기를 나누려니 뭔 말을 어떻게 이어 나가야 할지 잘 모르겠다. 거기다가 자신이 아까 그에게 한 행동을 생각하니, 얼굴이 화끈거렸다.

그녀는 괜히 민망해져서 헛기침하고는 시선을 다른 곳으로 돌리며 입을 열었다.

"하, 하고 싶으면 해요. 정말 말하기 힘든 건 빼고 말해도 돼요."

세희의 말에 민이 피식 웃으며 고개를 끄덕였다.

"알았어요. 그 전에 세희 씨는 침대에 누워요. 누워 있어야 할 정도로 아픈 거 아니더라도. 어머니 들어오셨을 때, 세희 씨 안 누워 있으면 내가 혼날 것 같아요."

"알았어요."

순순히 대답한 세희는 민이 이불을 들어 주자, 그 안으로 얌전히 들어가 푹신한 베개에 머리를 기대고, 민이 덮어 주는 이불 끝을 살포시 잡았다.

민은 여전히 방긋방긋 웃으며 입을 열었다.

"흠, 나한테는 부모님이랑 남동생이 한 명, 여동생이 한 명 있었어요."

"⋯⋯."

세희는 민의 말에 눈을 계속 깜박거리며 고개를 갸웃거렸다. 민의 얼굴은 언제나와 다름없이 웃는 얼굴이었지만, 뭔가 이상하다. 그리고 지금도 '있었다' 라고 과거형으로 말하고 있다.

'⋯⋯설마?'

아까 자신이 생각했던, 부모님의 이혼으로 인한 가족의 헤어짐 같은 게 아닌 것 같았다. 만약 자신이 다르게 생각한 그것이 맞는다면 괜히 민의 상처를 건드리는 것이 아닐까 싶어서 그냥 입을 꾹 다물자, 민은 스스로 입을 열었다.

"내가 23살 때까지."

"아⋯⋯."

민의 말에 세희는 멍한 표정으로 아무런 말도 하지 않았다. 역시 자신의 생각이 맞았다. '있었다' 라는 과거형을 쓴다는 건 지금은 없단 말이다.

그런데 그 일이 23살 때였다니⋯⋯. 한창 대학을 다니면서 리포트와 씨름하고 놀기에 바쁜 나이 아니던가. 그런데 한 번에 가족을 모두 잃었다는 말인가?

"불운한 사고였어요. 음주운전을 한 트럭 기사가 우리 가족들이 탄 차를 들이받은 건. 그때 마침 나는 새로운 계약 건으로 바빠서 같이 갈 수가 없었거든요. 그랬는데⋯⋯."

"⋯⋯."

세희는 아무런 말도 하지 않고 여전히 웃고 있는 민을 보았다. 아니, 정확히는 입꼬리만 올라가 있었고, 괴로운 표정이 역력했다.

그런 민의 모습에 세희는 왠지 모르게 울컥하는 눈물을 참으며 침대 위에 올려진 주먹을 꽉 쥐고 있는 민의 손을 잡았다.

분명히 과거와 필사적으로 싸우고 있는 것이다. 최대한 아무렇지 않게.

시간이 아무리 많이 흘렀어도 아무렇지 않을 리 없지만 자신이 슬퍼한다고 해서 가족들이 다 살아서 돌아올 리도 없다.

물론 자신이 가족을 한 번에 잃어 본 적이 없어서 이해한다고는 못 한다. 괜한 말을 했다가 상처를 더 헤집는 것이 될까 봐 섣불리 위로의 말도 건넬 수가 없다.

이런 일을 직접 겪어 보지 않은 자신이 말을 해 봤자, 6년 전 주변 사람에게 들었던 말과 지겨울 정도로 똑같을 것이다.

수도 없이 들었을 뻔한 위로의 말들을 지금 와서 또 할 필요성도 못 느꼈다.

그래서 자신이 할 수 있는 것이라고는 그냥 말없이 손잡아 주는 것밖에 없었다.

세희의 행동에 민이 그녀를 잠시 바라보고는 쓰게 웃어 보였다. 그리고 천천히 입을 열었다.

"만약 부모님이 살아 계셨더라면, 동갑이신 두 분은 올해 54세였을 거고, 남동생은 24살, 여동생은 23살이었을 거예요."

"그렇군요."

세희는 다른 말은 하지 않았다. 대신 민의 손을 잡고 있는 손에 힘을 더 주었다. 자신의 힘을 나누어 주기라도 하듯이. 민도 그걸 느꼈을까, 아까처럼 입꼬리만 올라간 웃음이 아닌 자연스러운 미소를 보이며 주먹을 펴고 세희의 손을 맞잡았다.

"저번에 한 방송에서 무속인이 나보고 외로운 한 그루의 나무라고 하더니, 그 뜻이었나 봐요."

"아⋯⋯."

세희는 민을 따라 미소를 보이며 대답했다. 마음 같아서는 저 말에 울고 싶었다.

만약 자신에게 민과 같은 일이 생긴다면, 지금이라도 그런 일이 생긴다면, 자신은 견디지 못하고 뭐라고 말도 못 할 정도로 망가져, 스스로 세상을 떠나는 길을 선택할지도 모른다.

겪어 보지 않은 자신이 가족이 모두 떠난다는 생각만 해도 이렇게나 괴로운데, 23살의 민은 견뎌 냈다.

민도 사람이니 죽고 싶을 정도로 괴롭고, 아팠을 텐데, 그 모든 것을 스스로 이겨 내고 6년이라는 세월이 흐른 지금, 아무렇지 않아 보이도록 슬픔을 누를 수 있게 되었다.

이런 그를 앞에 두고 자신이 이제 와서 민의 일에 슬퍼할 수는 없었다. 세희는 지금에야 알게 된 사실이지만, 민에게는 벌써 6년 전 일이니까.

하지만 무속인이 했다는 말은 마음에 들지 않아서 입을 열었다.

"외로운 한 그루의 나무에도 새는 찾아와요. 바람이 불면 씨가 날아와서 그 옆에 꽃도 피울 거고, 열매를 맺는 나무라면 그 나무에서 떨어진 열매의 씨에서 싹이 날지도 모르죠. 민 씨는 결코 혼자가 아니에요. 라민 씨 주변에 많은 사람들이 있잖아요?"

세희의 말에 민이 피식 웃었다.

"듣고 보니 맞는 말이네요. 세희 씨도 있는데 말이에요."

민은 여전히 웃는 얼굴로 맞잡은 세희의 손을 들어 올리며 고개를 숙여 손등에 살며시 입을 맞추었다.

"고마워요."

"아, 아뇨. 별말씀을."

세희가 민의 행동에 당황해서 손을 빼내려는데, 그가 손을 너무 꽉 잡고 있어서 쉽게 손을 빼낼 수가 없었다.

세희는 마음처럼 손이 쉽게 빠지지 않자 더욱더 당황했지만, 이것이 그에게 해 줄 수 있는 위로라는 생각이 들어서 손에서 힘을 뺐다.

"이게 세희 씨의 마법인가 봐요. 그래서 그런지 쉽게 손을 놓을 수가 없네요."

민의 손에 힘이 들어가는 게 느껴졌다. 말 그대로 정말 손을 놓을 수 없는 모양이었다.

"놓지 않아도 돼요. 다만 억지로 웃지는 마요. 웃고 싶을 땐 웃고 울고 싶을 땐 울어야지, 아무 때나 웃으면 매력 없어요."

"정말요?"

"정말요."

"그럼 나 안 웃을 때 위로 좀 해 줄래요?"

"……."

세희는 아무런 말도 하지 않고, 민의 맑은 눈동자를 빤히 바라보았다. 29살 같지 않게 맑고 깨끗한 눈동자. 저 눈동자가 묘하게 사람을 끄는 매력이 있다.

"엎드려서 절 받고 싶어요?"

세희가 장난스럽게 눈을 흘기며 말했다. 그러자 민이 아무런 상관 없다는 듯, 어깨를 으쓱이는 것으로 대답을 대신했다.

"나는 지금 무슨 말을 해야 할지 모르겠어요."

"괜찮아요."

"그리고 원래 위로 같은 것도 잘 못 하고요."

"괜찮다니까요."

"거기다가 무슨 말을 해야 하는 건 둘째 치고, 말을 워낙 잘 못해서 상처받을 수도 있는데."

"상관없어요."

"……."

세희는 이래도 괜찮고 저래도 괜찮다는 민을 보며 머리를 똑바로 하고 천장을 보며 숨을 길게 내쉬었다. 그러고는 다시 민에게로 시선을 내려 지그시 바라보며 입을 열었다.

"내가 겪어 본 일은 아니지만, 아무리 혼자는 아니더라도……

가족의 빈자리는 그 누구도 메울 수 없다는 건 알아요. 그 빈자리는 너무 커서 어떤 사람이라도 완벽히는 메울 수 없겠죠. 음, 그러니까 내가 하고 싶은 말은……."

세희는 하고 싶은 말이 잘 정리가 되지 않는지 잠시 미간을 찌푸렸다가 폈다.

"어…… 그러니까 외롭지 않다, 외롭지 않다, 해도 외로우면 조금은…… 아주 조금은 나한테 기대도 돼요. 뭐, 내가 해 줄 수 있는 건 친구로서 수다를 떨거나, 고민 상담을 해 준다거나, 그저 밥을 한 끼 먹는다거나, 술 한잔 하는 정도겠지만. 그 정도로는 그 큰 빈자리를 채울 수 없을 테고 나처럼 해 줄 사람도 많겠지만, 이렇게라도 하면 외로움은 덜 느끼……지 않을까요?"

세희는 진지하게 말을 하다가 뭔가 이상했는지, 고개를 갸웃거리면서 말을 마쳤다. 그런 세희의 말에 민의 맑고 깨끗한 눈동자가 반으로 줄어들더니, 입꼬리가 싹 올라가, 장난꾸러기 같은 얼굴이 나타났다.

"그 말 무르기 없기!"

"네?"

세희는 장난기가 가득한 민의 얼굴을 보며 다시 한 번 고개를 갸웃거렸다.

"밥 한 끼, 술 한잔 말이에요."

"그게 왜요?"

"약속했으니까 틈만 나면 밥 같이 먹자고 할 거고, 틈만 나면 술 한잔 하자고 할 테니까, 무르면 안 돼요. 알았죠?"

눈까지 초롱초롱 빛내며 말하는 민을 보자니, 너무나도 해맑아 보여서 저 사람이 한 가족 이야기가 정말로 사실인가, 하는 의심까지 들었다.

하지만 그런 건 둘째 치고 자신을 빛나는 눈동자로 바라보고 있는 민을 보자니, 장난이 치고 싶어졌다.

"아, 그렇게 말하니까 무르고 싶어지네."

"어? 안 되는데? 무르기 없는데?"

"안 된다고 하니까 더 그러고 싶다니까요?"

"어어…… 안 되는데."

세희의 말에 난감한 표정이 되어 버리는 민을 보자니, 세희는 자신도 모르게 피식, 웃음이 나왔다. 도대체 이 사람은 뭘 먹고 어떻게 살았기에 29살이 되어서도 이런 귀여움을 가질 수 있는 걸까.

'아니, 그냥 바보인가?'

세희는 어깨를 한 번 으쓱여 보이고는 여전히 난감한 표정을 지으며 자신을 바라보고 있는 민을 보고 피식 웃으며 입을 열었다.

"무르지 않을 테니까, 이따가 저녁 먹을 때 어떻게 해야 할지 제대로 생각해요."

세희의 말에 얼굴이 환해진 민은 대답 대신에 고개를 열심히 끄덕이다가 여전히 환한 얼굴로 눈동자만 깜박이며 세희를 보더니 고개를 갸웃거렸다.

"저녁 먹을 때요? 뭘요?"

"우리 엄마 성격상 조용히 넘어가진 않을 거예요. 거기다가 오빠 둘은 라민이라는 남자가 나하고 엮여 있다는 것만으로도 엄청나게 시끄러울 거고요."

"아, 그럼 애인이라고 하면 될까요?"

"라민 씨!"

민의 말에 세희가 큰 소리로 외쳤다. 그러자 민이 소리 내어 웃더니, 빈손을 올려 그녀의 이마에 헝클어진 머리카락을 정리했다.

"아프지만 않으면 가만두지 않았을 텐데."

"네?"

그의 중얼거림에 세희가 두 눈을 동그랗게 떴지만, 민은 그저 웃으며 잡고 있던 세희의 손을 놓고 자리에서 일어나 그녀를 내려다보았다.

"뭐, 뭐예요?"

"겁 안 먹어도 돼요. 안 덮칠 테니까."

민은 싱긋 웃으며 그녀의 매끄러운 이마에 입술을 맞췄다. 안 그래도 따뜻한 그녀의 이마가 점점 더 뜨거워지기 시작했다.

아까까지만 해도 조용했던 심장이 요동치기 시작했다. 너무 크게 요동쳐서 가까이에 있는 그의 귀에 들릴까 싶어서 두 눈을 꼭 감았다.

"눈 감으면 안 되죠. 내가 정말 덮치면 어쩌려고."

그의 나지막한 목소리에 놀란 세희가 두 눈을 번쩍 떴다. 그러자 어느덧 상체를 일으킨 그가 그녀를 보고 싱긋 웃고 있었다.

"원한다면 해 줄 수도 있는데, 어떻게 할래요?"

"진짜……."

장난인지 진심인지 모를 그의 행동에 그녀가 노려보자, 그가 푸스스 웃으며 화장대 의자에 자리를 잡고 앉았다.

"정말 안 덮칠 테니까 걱정하지 말아요."

그의 말에 그럼 아까 말한 건 뭐냐고 물어보고 싶었지만, 어떤 대답이 돌아올지 무서워서 몸을 확 돌려 누웠다. 얼른 저녁 시간이 되기를 기다리면서.

4화

내가 미쳤구나

쿵쿵쿵—

"응?"

그냥 누워만 있는다는 게 잠시 잠이 들었던 모양이다.

쿵쿵거리는 소리에 잠이 깬 세희가 화들짝 놀라 벌떡 일어나서 고개를 돌렸다. 그러자 잠들기 전과 같이 화장대 의자에 앉아 있던 민이 핸드폰을 만지다가 그녀를 보고는 싱긋 웃었다.

"잘 잤어요?"

"아……."

몇 시간을 잤는지도 모르는 이 상황에서도 그는 웃는 얼굴로 그녀를 맞이해 줬다.

비록 자신이 데려온 것은 아니지만, 그래도 엄연한 손님을 옆에 두고 잠을 잔 자신이 어이가 없어서 고개를 푹 숙이고 이마를 만지작거렸다.

"미안해요. 많이 심심했죠?"

"응? 전혀요. 세희 씨 잠버릇 보는 것도 재미있던데요, 뭘."

"자, 잠버릇이요?"

그의 말에 세희가 난감한 표정을 지었다. 분명히 윤지는 자신에게 잠버릇 같은 건 없다고 했었는데, 그게 거짓말이었다는 걸까.

그는 그녀의 심각한 표정을 보더니, 웃으며 손을 내저었다.

"농담이에요. 보다시피 핸드폰 만지고 있었어요. 머리는 좀 괜찮아요?"

"네, 괜찮은……."

달칵!

"것 같……은데……."

말하는 도중에 벌컥 열리는 문에 그녀가 말끝을 흐리며 문 쪽으로 고개를 돌리자, 큰 키에 건장한 체격을 가진 미남자가 보였다.

해가 져서 선선한 온도임에도 불구하고 이마와 콧등에 땀방울이 송골송골 맺히고, 숨을 빠르게 쉬는 것을 보아하니 어지간히도 급히 온 모양이다.

"어서 와, 소안 오빠. 뛰어왔어? 왜 이렇게 헉헉거려? 뭐가 그렇게 급하다고."

세희가 영 못마땅한 표정을 지으며 말했다. 그러자 작은오빠인 소안이 그녀를 보며 숨을 고르더니, 침대 옆에 앉아 있는 민에게로 시선을 돌렸다. 그러고는 미소를 살짝 머금으며 성큼성큼 다가와서 손을 내밀었다.

"반갑습니다. 저는 이 녀석 작은오빠인, 강소안이라고 합니다."

"아, 예. 반갑습니다."

소안의 뜬금없는 인사에 민도 얼떨결에 자리에서 일어나 악수하며 인사를 했다. 그는 소안의 자리에 앉으라는 제스처에 고개를 끄덕이고는 다시 의자에 앉았다.

"동생이 인사를 건네는데도 대놓고 씹기야?"

"씹다니. 나는 너에게 눈빛으로 인사를 건넸잖아."

소안이 한쪽 눈을 찡긋거리며 말하자, 세희가 떨떠름한 표정을 지으며 고개를 끄덕였다.

"그래, 그렇다고 칠게."

"표정은 전혀 그렇다고 치는 게 아닌데?"

"아이고, 됐네요. 무슨 일로 오늘은 일찍 들어오셨어?"

"네가 남자를 데리고 왔다고 해서 일찍 왔지."

"역시."

그녀가 한숨을 푹 내쉬며 고개를 저었다. 자신의 예상대로 재윤은 가만히 있지 못하고 온 가족에게 문자를 돌린 모양이다. 그렇지 않고서야 일찍 들어와 봐야 8시, 그게 아니면 자정이 넘어서 들어오는 일이 다반사인 소안이 이렇게 일찍 들어올 리가 없다.

"그리고 내가 데리고 온 게 아니라, 엄마가 데리고 왔어."

"너랑 같이 있어서 초대한 거라고 하던데?"

"같이…… 있기는 했는데."

"애인 사이 같은데, 애인 사이가 아니라고 했다고 했고."

재윤이 한 말을 그대로 읊는 소안을 보면서 세희가 멍청한 표정으로 있다가 황급히 고개를 돌려 민을 보니, 그는 그저 아까하고 똑같이 웃고만 있었다.

얼굴만 보면 속을 알 수 없는 사람. 그래서 위험하다고 느끼는 걸지도 모르겠다.

"그런데 웬일로 이렇게 일찍 들어왔어? 어디 아파?"

소안이 미간을 살짝 찌푸리며 세희의 이마에 손을 얹었다. 그리고 잠시 가만히 있더니, 고개를 갸우뚱거렸다.

"열은 없는데."

"이제는 괜찮아졌어."

그래도 하나뿐인 동생이라고 저렇게 걱정하는 소안을 보며 세희가 웃으면서 대답했다. 그러자 소안이 싱긋 웃으며 민에게로 시선을 돌렸다. 옆에서 봐도 반짝이는 소안의 눈빛에 고개를 절레절레 저었다.

"오빠. 너무 그렇게 쳐다보지 마. 민 씨 부담스럽겠다."

"아, 성함이 외잔가요?"

세희의 말에도 소안은 아랑곳하지 않고 민에게 말을 걸었다.

그러자 민은 세희의 걱정과는 다르게 평온한 얼굴로 고개를 끄덕였다.

"아, 제 소개를 안 했군요. 저는 라민이라고 합니다."

"라민?"

호기심 가득한 소년의 얼굴을 하고 있던 소안이 그의 이름을 듣고는 뭔가 진지하게 고민을 하는 표정으로 바뀌었다.

"라민……."

혼자 그의 이름을 중얼거리던 소안이 민에게로 시선을 휙 돌리면서 검지로 그의 얼굴을 가리켰다.

"어쩐지! 많이 본 것 같은 얼굴이라고 생각했는데, 뮤직프로듀서 라민 씨 맞죠?"

소안이 뭔가 굉장한 것을 말한 것 같은 사람의 표정을 지으며 말했다. 그러자 민이 작게 소리 내어 웃으며 고개를 끄덕였다.

"네, 맞습니다. 아시네요?"

"당연히 알죠! 제가 한때 연예인 되어 보겠다고 가출했다가 할아버지께 삽으로 죽도록 얻어맞고 포기했거든요. 하하! 하하하!"

소안은 그게 뭐가 자랑이라고 자신의 흑역사를 상큼하게 밝혔다. 민이 그저 부드러운 미소를 지으며 앉아 있자 소안이 다시 반짝이는 눈으로 그를 바라보았다.

"그럼 세희하고는 어떻게 알게 된 거예요?"

"아, 노래방에서 만났어요."

"노래방?"

노래방이라는 단어에 소안이 고개를 갸웃거리며 눈동자를 이리저리 굴리더니 알 수 없는 표정으로 바꾸었다. 그런 자신의 오빠를 가만히 보고 있던 세희가 알 것 같다는 표정으로 한숨을 폭 내쉬더니 고개를 절레절레 저었다.

"이상한 상상하지 마. 헌팅 같은 거 아니니까."

"응? 그럼?"

세희는 자신의 예상이 딱 맞음에 한숨을 다시 한 번 내쉬고는 다시 입을 열었다.

"내가 노래를 부르고 있는데, 라민 씨가 들어와서 마음대로 들은 것뿐이야. 그게 만나게 된 계기라면 계기지."

세희의 말에 소안이 이제야 알았다는 표정으로 고개를 끄덕였다.

"하긴, 네 노래가 사람들을 끌어당기는 매력이 있긴 하지. 오죽하면 할아버지가 나 때릴 때 '세희가 가수가 된다고 하면 모를까, 너는 능력도 없는 놈이 뭘 하겠다는 거냐!' 라면서 호통을 치셨었지."

"아, 그랬어?"

세희는 처음 듣는 이야기에 두 눈을 동그랗게 떴다. 그런 세희를 보고 피식 웃은 소안이 고개를 끄덕이며 이야기를 듣고 있는 민에게로 시선을 돌렸다.

"그런데 민 씨는 세희가 있는 노래방까지 어떻게 간 거예요?"

민은 갑자기 자신에게로 돌려진 시선에도 당황하지 않고 천천히 입을 열었다.

"우연이었어요. 길을 가는데, 노래방을 지나가면서 듣게 된 노래에 저도 모르게 안으로 들어가고 있더라고요. 마침 손님이 없어서 방을 찾는 것도 쉬웠고. 뭐, 바로 거절당했지만요."

"아아, 가수 안 하겠다고 하는데도 계속 만나는 거예요? 계속 설득하느라?"

소안의 말에 세희가 미간을 찌푸렸다.

그건 그랬다. 아무리 생각해 봐도 민이 자신을 만나러 올 이유가 없다. 정말 자신을 만나러 오는 이유가 가수가 되라며 설득하기 위해서일까?

왠지 모르게 기분 나빠진 세희가 못마땅한 표정을 짓고 있는데, 그 표정을 힐끔 본 민이 피식 웃으며 고개를 저었다.

"아뇨. 설득은 안 해요. 이제는 더 설득하고 싶지 않고."

"응?"

민의 말에 소안이 미간을 찌푸리며 고개를 갸우뚱거리다가 싱긋 웃는 민을 보며 피식 웃더니, 알 것 같다는 표정으로 고개를 끄덕였다.

"뭐, 좋아요. 그나저나 그렇게 만난 사이치고는 꽤 좋아 보이네요. 다 큰 남녀가 한방에 다 있고."

"그, 그건!"

소안의 말에 엄마인 재윤의 짓이라고 말하려고 했지만, 소안은 다 안다는 표정을 지으며 검지로 세희의 입술을 꾹 눌렀다.

"동생아, 말하지 않아도 다 안단다. 부끄러워할 거 없어. 이 오빠가 조용히 자리를 피해 줄게. 애인은 아니라고 해도 사실은 아닌 게 아닌 거지?"

세희가 능글맞게 말하는 소안을 보고 얼굴을 찌푸리며 그 손가락을 물어 버릴 심산으로 입술을 벌리자, 소안이 여전히 벙글벙글 웃으며 손을 감췄다.

"에이, 에이. 우리 동생 또 이러네. 그래도 이왕이면 남녀 간에는 친구보다는 연인이 좋잖아?"

"뭐?"

소안의 말에 세희가 미간을 찌푸렸다. 하지만 소안은 그런 세희의 표정에도 아랑곳하지 않고 빙긋 웃었다.

"좋잖아. 가요계의 천재 남편."

"오빠!"

소안의 말에 세희가 발끈하며 말했다. 그러자 소안이 키득키득 웃으며 세희의 어깨를 툭툭 쳤다.

"농담이야, 농담. 뭘 그렇게 발끈해? 그게 그렇게 부끄러웠어?"

"부끄럽기는 누가 부끄럽다고!"

얼굴이 붉어진 세희가 고개를 휙, 돌렸다.

남편이라니. 그 누구를 상대로도 생각해 본 적 없는 단어다.

이제껏 강유를 짝사랑하면서도 결혼이라는 걸 생각해 본 적이 없었다. 강유랑 연애도 못 해 본 마당에 결혼까지 생각하기에는 무리가 있었고, 강유와의 결혼 생활은 상상도 되지 않았다. 그런데 소안의 말 몇 마디로 민이 자신의 남편이라는 상상이 머릿속에 순식간에 펼쳐진 것이다.

장난꾸러기 같은 얼굴을 눈 뜨자마자 보고, 갓 구운 빵을 맛보여 주면 방긋 웃으며 자신을 안아 줄 것 같다. 그리고 웃는 게 예쁘다며 입을 맞추고 자신은 그 단단한 몸에 안겨 행복한 하루를 보낼 것 같았다. 그리고 더 뜨거워져 서로의 몸을 훑고…….

'미쳤어, 미쳤어!'

생각이 거기까지 미치자, 세희는 스스로 화들짝 놀라서 고개를 절레절레 저었다. 그리고 두 손으로 화끈거리는 볼을 감쌌다.

"짜식, 무슨 생각을 했기에 그렇게 볼이 빨갛게 변해?"

"무, 무슨 생각?"

"그거야 너만 알지. 왜? 야한 상상 했나?"

"아, 아니거든! 내, 내가 뭘!"

세희는 속마음을 들켰다는 생각에 계속 말을 더듬고 있다는 걸 깨닫고는, 아랫입술을 깨물고 고개를 푹 숙였다. 이래서 거짓말도 해 보는 사람이 한다고 하나 보다.

소안은 그런 세희의 반응을 눈치채고는 피식 웃었다.

"뭐가 아닌데? 무슨 일 있었니?"

지금까지 대화를 나누던 목소리 외의 다른 목소리가 갑자기 들려오자 세 명의 시선이 동시에 문 쪽으로 고정되었다.

"얘기들은 다 나눴어? 거실에서 들으니까 꽤 시끄럽던데."

"아, 뭐 그냥."

세희가 어깨를 으쓱이며 대충 둘러대자, 재윤이 빙긋 웃으며 다시 입을 열었다.

"민아."

"네, 어머니."

"처음 와서 온 식구들 사이에 껴서 밥 먹게 하는 것도 미안하지만, 손님이 한 명 더 있는데 괜찮겠니?"

재윤의 닭살이 돋을 정도로 다정한 목소리에 세희가 두 손으로 어깨를 막 비볐다. 그런 세희를 보고 민이 한번 웃더니, 재윤을 보며 여전히 웃는 얼굴로 고개를 끄덕였다.

"괜찮습니다. 저야 모르는 분들 사이에 껴서 밥 먹는 게 다반사인걸요."

"어머, 그래? 그럼 다행이고."

재윤은 함박웃음을 짓더니, 뒤로 한 발자국 물러나 거실 쪽을 힐끔 보고 엄지와 검지로 동그라미를 만들어 보였다.

"자, 그럼 다들 나와서 저녁 먹어."

"벌써?"

재윤의 재촉하는 말에 세희가 눈을 동그랗게 뜨고 물었다.

"평소에 우리가 저녁 먹는 시간보다는 이르지만 손님들을 늦게까지 붙들고 있을 수 없기도 하고, 아버지랑 할아버지도 일찍 들어오셔서 배고프다고 성화셔."

"아."

세희가 알았다는 표정으로 고개를 끄덕였다. 다른 건 다 참아도 배고픈 건 못 참는 분들이 아버지와 할아버지시니까.

"그러니까 어서들 나와. 빨리."

재윤은 세희를 직접 침대에서 끌어 내리고, 민과 소안의 등을 떠밀면서 서둘러 방 밖으로 내보냈다.

"아……."

민과 소안을 밀고 있는 재윤의 뒤에서 따라오던 세희가 발걸음을 멈추고, 소파에 앉아 있는 한 사람을 보았다. 거실에 혼자 앉아 있는 그 사람의 뒷모습은 굉장히 익숙했다. 뒤통수만 봐도 알 수 있는 사람을 보며 멍하니 있는데, 민이 천천히 다가와서 어깨를 감싸 안았다.

"왜 그래요?"

얼떨결에 안기게 된 그의 품이 단단하고 따뜻했다.

한 사람이 더 있다는 말에 대충 누군지는 짐작하고 있었는데도 불구하고 막상 보고 나니까 조금 놀란 모양이다. 하지만 예상 외로 마음이 아무렇지 않아서 그런 자신에게 더 놀랐다.

"괜찮아요? 더 쉴래요?"

민의 걱정스러운 말에 세희가 피식 웃으며 고개를 저었다.

강유를 보면 이제 더 이상 심장이 미칠 듯이 아픈 것도 아니다. 강유와 도아가 같이 있는 걸 봐도 그저 기분이 안 좋을 뿐이다. 그 이상도, 그 이하도 아니다. 그런데도 자신이 한강유라는 남자를 못 놓고 있는 이유를 모르겠다.

세희는 민의 손을 한 번 꼭 잡았다 놔주고는 당당하게 소파로 걸어갔다.

"어이!"

세희가 강유의 어깨를 툭, 쳤다. 그러자 강유가 뒤를 돌아보며 손을 올리다가 어느덧 그녀의 곁에 다가온 민을 보고는 슬그머니 내렸다. 그런 강유의 모습에 고개를 갸우뚱거리자, 그는 다시 세희에게로 시선을 돌렸다.

"아프다며. 괜찮아?"

"나야, 뭐. 무쇠 팔, 무쇠 다리잖아. 그러는 너는 도아 씨는 어쩌고 여기 있어?"

"집에 갔지."

"아아."

"그런데 뒤에 계신 분은 아까……."

"응?"

강유의 말에 뒤를 돌아보니, 방긋 웃고 있는 민이 서 있었다. 세희는 살짝 옆으로 비켜나서 민의 소매를 잡아 끌어당겼다.

"오늘 베이커리에서도 봤지? 라민 씨."

"어. 또 뵙네요."

강유가 가벼운 묵례로 민에게 인사를 건넸다. 그러자 민도 고개를 꾸벅했다.

"네. 또 뵙네요. 가까이 사시나 봐요?"

"네. 바로 옆집 삽니다."

"아아, 정말 가깝네요."

둘 다 중저음의 부드러운 목소린데, 마주 보는 시선은 전혀 부드럽지 않다. 마치 만화에서 보는 것처럼 서로를 바라보는 시선에 전류라도 흐르는 것 같은 이상한 분위기에, 두 사람 사이에 서서 팔을 휘휘 저었다.

"저기, 자고 일어났더니 배고픈데, 이야기는 나중에 하고 밥부터 먹으러 가면 안 될까요."

"아아, 미안해요."

"가자."

세희의 말에 두 사람은 동시에 대답했다. 세희는 고개를 끄덕이고는 먼저 식탁으로 향했다. 그녀의 뒷모습을 보던 두 사람도 발걸음을 옮겼다.

"인사하는데 무슨 말들이 그렇게 많아?"

의자에 앉자마자 들려오는 할아버지 대훈의 타박에 세희가 배시시 웃었다.

"에이, 할아버지도 참. 제가 원래 말이 좀 많잖아요. 새삼스럽게 왜 그러세요."

대훈은 눈을 찡긋거려 가면서 애교를 부리는 손녀를 보며 금세 너털웃음을 짓고는 세희의 옆에 앉은 민에게로 시선을 돌렸다.

"그래, 처음 보는 총각은 누군가? 아, 반말해서 기분 나쁜 건 아니지?"

손녀 옆에 앉은 남자를 쳐다보는 대훈의 눈빛은 날카로웠다. 하지만 그런 날카로운 눈빛에도 민은 싱긋 웃는 얼굴을 유지했다.

"아닙니다. 괜찮습니다. 정식으로 제 소개를 하겠습니다."

민은 의자에서 일어나 허리를 숙였다.

"처음 뵙겠습니다. 제 이름은 라민이라고 합니다. 올해 29살이고요. 아직 세희 씨하고는 친구 사이입니다. 어쩌다 보니 집까지 찾아와서 밥까지 얻어먹게 되어 실례가 많습니다."

당찬 민의 자기소개에 모든 식구가 멍청한 표정으로 있다가 이내 소리 내어 웃었다.

"그래, 좋네. 그런데 친구라고?"

"네."

"에이, 아쉽네. 우리 세희 신랑감인 줄 알고 기대했더니."

아까 날카로운 시선으로 쳐다보던 것과는 상반되는 대훈의 말에 세희의 눈이 동그랗게 떠졌다.

"할아버지, 그게 무슨 말씀이세요."

"왜 인석아. 이제 네 나이도 27살이야. 이 할애비가 살아 봐서 아는데, 인생 금방이다. 소안이가 괜찮은 남자라면서 앉자마자 말을 주절주절 늘어놓던데, 괜찮은 남자는 일단 잡고 보는 거야."

대훈의 말에 세희의 시선이 소안에게로 향했다. 이 광경을 흐뭇하게 바라보던 소안은 세희의 시선에 움찔거리더니, 이내 모르겠다는 표정을 지으며 어깨를 으쓱였다.

'아오, 저 입을 콱!'

마음 같아서는 소안에게 한 소리 하고 싶은 걸 꾹 참으며 아랫입술을 물었다가 놨다. 그냥 남자를 데리고 왔다는 것만으로도 여러 가지 말이 오갈 판에 소안이 일을 더 크게 만들어 놨다.

"그리고 자네."

세희를 향하고 있던 대훈의 시선이 민에게로 향했다. 아까보다는 훨씬 부드러워진 시선에 민이 싱긋 웃었다.

"네."

"남녀 사이에 친구가 어디에 있나. 우정은 남자와 남자, 여자와 여자 이 두 가지로도 충분하네. 그게 아니면 우리 세희가 신붓감으로 모자라던가?"

"할아버지, 제발 좀……."

"아닙니다."

세희는 난감한 표정을 지으며 대훈을 말렸지만, 민이 그보다 더 큰 소리로 대답했다. 그런 민의 큰 대답에 대훈은 만족스러운 표정을 짓다가 이내 미간을 찌푸렸다.

"그럼 왜 친구로 지내는 건가? 세희가 여자로 느껴지지 않던가?"

"세희 씨가 절 남자로 생각하고 있지 않습니다."

"으흥?"

민의 대답에 대훈이 콧소리를 내더니, 잠시 생각하고는 이내 피식 웃으며 고개를 끄덕였다.

"좋아. 1차는 합격. 다음에 만날 때는 그 대답 말고 다른 대답을 듣겠네."

"네."

"1차는 합격이라니, 도대체 무슨 소리야?"

알 수 없는 두 사람의 대화를 들으며 세희가 투덜거렸다.

세희의 투덜거림과는 상관없이 저녁 식사가 시작되었다. 재윤이 만든 접시에 가득 담긴 소갈비찜이 아주 인기였다. 지금은 이 많은 식구를 챙기느라 바쁜 가정주부지만, 재윤은 원래 음식 솜씨 하나는 누구에게도 지지 않는 한식 요리사였다.

"어머님 음식 솜씨가 굉장히 좋으시네요."

이것저것 하나하나 다 먹어 본 민이 진심을 담아서 말했다. 그러자 재윤이 흐뭇한 얼굴로 민을 보았다.

"많이 먹어."

"네."

민을 바라보는 재윤의 시선이 정말 따뜻했다. 그걸 가만히 보고 있던 세희는 마치 처가에 인사를 온 신랑을 보는 것만 같아서 괜히 부끄러워졌다.

입에 밥을 넣고 오물거리다가 강유와 시선이 마주쳤다. 심장의 찌르르함이 약하게나마 남아 있지만, 저 시선을 아무렇지 않게 견딜 수 있을 정도였다.

'왜?'

일부러 소리는 내지 않고 입 모양으로 말했다. 그러자 강유가 고개를 저으며 고개를 푹 숙이고 밥을 입에 구겨 넣었다.

'뭐지?'

강유가 집에 온 게 한두 번도 아닌데, 오늘따라 완전히 남 같았다. 모든 식구의 시선과 관심은 민에게 가 있었고, 심지어 자신조차도 강유의 존재를 잊고 있었다.

"⋯⋯내가 미쳤구나."

세희는 자신도 모르게 혼자 중얼거렸다.

이제껏 한 번도 강유를 앞에 두고 잊은 적 없었고, 생각하지 않은 적이 없었다. 오히려 이렇게 같이 밥을 먹을 때면 한 가족 같아서 행복하면서도, 자신의 남자가 될 수 없는 사람이기에 한 가족이 될 수 없다는 생각이 들어 울적했던 것이 한두 번이 아니었다.

그런데 그런 그녀가⋯⋯ 강유를 앞에 두고 존재를 잊고 있었다. 그냥 신경을 쓰지 않은 정도가 아니라, 정말 존재를 아예 잊고 있었다.

드륵.

세희가 자리에서 일어나자, 많은 시선이 그녀에게로 꽂혔다. 세희는 멍한 표정으로 다 먹지 않은 밥을 쳐다보다가 이내 자신을 쳐다보는 시선을 느끼고는 어설프게 웃었다.

"아, 잘 먹었습니다. 죄송하지만, 저 먼저 일어나 볼게요. 갑자기 할 일이 생각나서."

말을 끝낸 세희는 서둘러서 발걸음을 옮겼다. 모든 시선이 왜 저러느냐는 뜻을 품고 있었지만, 세희는 그런 것에 신경 쓰지 않고 도망치듯 방 안으로 들어갔다.

"강세희, 너 왜 이래?"

자신의 갑작스러운 변화가 당황스럽다.

10년 넘게 강유를 바라보는 것에 익숙해졌고, 그를 보며 웃는 것에 익숙해졌고, 강유를 바라보며 가슴 아파하면서도 설레던 것에도 익숙해졌다. 그런데 방금 전의 자신은 자연스럽게 다른 사람을 바라보고 있었고, 다른 사람을 보며 웃고 있었고, 다른 사람을 보며…….

"아……."

세희는 미처 생각을 끝까지 하지 못하고 침만 꼴깍 삼키면서 눈동자를 이리저리 굴리며 당황스러운 표정을 내비쳤다.

"세희 씨."

식탁 앞에서 자신의 이름을 부르는 민의 목소리가 귓가에 울렸다. 그의 웃고 있는 얼굴과 자신을 잡아먹을 듯이 쳐다보던 그 눈빛이 떠오르며 심장이 두근거린다. 탄탄한 그의 몸을 만지고 싶고, 여자보다도 붉은 그의 입술이 자꾸 눈앞에 아른거린다.

"내가 많이……."

남자에 굶주렸다는 말을 하려다 말고 입을 꾹 다물었다.

굶주렸다는 생각은 그저 자신의 모든 것을 회피하려는 것뿐이다. 단 한 번도 남자에게 이런 감정이 든 적 없고, 육체적으로 느끼고 싶은 마음도 없었다. 그런데 왜 민에게만 이러는 걸까.

"아이고."

복잡한 생각을 거듭하던 세희가 두 손으로 얼굴을 쓸어내리며 침대에 풀썩 앉았다.

강유 외에 어떠한 사람에게도 이렇게 반응한 적이 없었다. 심장이 이렇게 떨린 적도 없었고, 단순히 몸매가 좋아서 만져 보고 싶다는 생각이 아닌, 만지고 느끼고 싶다고 생각하게 된 것도 민이 처음이었다.

"아니, 정확히는 강유한테도 이러진 않았지."

세희의 표정이 심각해졌다.

하지만 인정할 건 인정해야 했다. 강유에게만 심장이 떨렸을 만큼 좋아한 건 사실이다. 하지만 민을 볼 때처럼 만지면서 느끼고 싶다는 생각은 한 적이 없다. 아니, 정확히는 자신이 여자로 보일 수 없다는 걸 알고 있었기에 그런 생각을 하면 더 아파서, 더 슬퍼져서 할 수가 없었다.

"그럼 지금은?"

스스로에게 질문을 던졌다.

민에게는 여자로서 보일 자신이 있어서 그런 것일까. 아니면 자신도 모르게 그에게 여자로 보이고 싶었던 것일까.

"아아, 머리 아프네."

강유 때와는 다른 생각과 상황에 머리가 복잡했다.

가끔 따뜻하게 손을 꼭 잡아 줄 사람이 있으면 좋겠다고 생각하지만, 이렇게 일방적으로 만지고 싶은 적은 단 한 번도 없었고, 품에 안기고 싶다고 생각한 적도 없었다.

"그런데 왜 그 사람한테만……."

처음이라 당황스럽다. 처음이라서 어쩔 줄 모르겠다. 처음이라서…… 더 모르겠다.

☆

"하아……."

남자의 부드러운 손길이 그녀의 몸을 스칠 때마다 그녀의 입에서는 뜨거운 신음이 새어 나왔다. 그녀의 가슴의 정점을 지난 손은 복부를 부드럽게 쓰다듬고는 그녀의 비밀스러운 언덕의 골짜기로 향했다.

"아앗!"

그 손이 골짜기의 가장 민감하게 부푼 곳을 건드리자 그녀의 교성이 터졌다. 그러자 남자가 피식 웃으며 손을 떼고는 고개를 아래로 숙이고 달콤한 물로 젖어 있는 골짜기의 중점을 입에 머금고 혀로 굴렸다.

"그, 그만!"

"으흥."

그녀의 말에도 남자는 콧소리를 내며 그녀의 민감한 그곳을 빨아 당겼다.

"하윽!"

그녀의 허리가 활처럼 휘며 자신의 다리 사이에 있는 남자의 머리카락을 헝클며 몸을 비틀었다. 남자가 주는 쾌감에 그녀는 어쩔 줄 모른 채 신음을 계속 내뱉으며 온몸을 바르르 떨기까지 이르렀다.

하지만 남자는 그런 그녀를 가지고 노는 것처럼 여유롭게 다리 사이에서 얼굴을 들고는 위로 올라와서 그녀의 귓불을 아프지 않게 깨물었다.

"귀여워. 귀여워서 확 잡아먹어야겠다."

그녀의 귓가에 속삭이는 남자의 목소리가 아주 매혹적이다. 그녀는 아무런 말도 하지 못하고 고개만 절레절레 저으며 남자를 꽉 안았다.

그러자 남자의 웃음소리가 퍼지며 그녀의 깊은 입구에 자리 잡고 있던 남자의 분신이 순식간에 파고들었다.

"아아앗! 미, 민 씨!"

"헉!"

꿈속에서 헤매던 그녀가 놀라서 눈을 번쩍 떴다.

큰오빠를 제외한 온 가족이 모여 민과 밥을 먹은 게 어제저녁이다. 그런데 그날 밤에 민과 정사를 나누는 꿈을 꾸다니. 너무 어이가 없어서 허탈한 웃음이 나왔다.

세희는 숨을 고르며 침대에서 상체를 일으켜 앉았다. 자신의 몸을 쓸던 손길과 귓불을 깨물던 이의 감촉까지 생생하게 남아 있는 것만 같은 몸이 낯설었다. 그 꿈이 마치 현실 같아서 온몸에 소름이 돋았다.

"그냥 만지고 싶은 정도가 아닌가."

짧지만 강렬한 꿈에 심장이 아직도 두근거린다. 오히려 너무 짧아서 아쉬울 정도라 마른침만 꿀꺽 삼켰다.

"아, 내가 미쳤지."

그녀는 머리를 절레절레 흔들고는 침대에서 내려왔다. 그녀는 쉬지 않고 미친 듯이 두근거리는 심장을 진정시키려 심호흡을 했다.

그러고는 어느 정도 심장이 진정되었을 때, 화장대 앞에 앉아 방금 일어나서 머리가 산발이 되어 있는 자신의 머리를 거울로 비춰 보며 미간을 찌푸렸다.

"강세희, 정신 차려라. 이게 무슨 추태야? 잘생긴 남자가 그렇게 좋아? 몸 좋은 남자가 그렇게 좋아? 그래, 좋기야 좋지. 저번에 안겼을 때 보니까 단단하니 좋긴 좋았……는데, 이게 아니라! 아오, 왜 이러는 거야!"

다른 사람이 보면 정말 정신 나간 사람처럼 보일 만큼 그녀가 발광했다. 그녀는 다시 심호흡하고는 거울을 보며 진지한 표정을 지었다.

"강세희. 너 강유 포기할 수 있는 거야? 도아 씨랑 같이 있는 거 보면 마음에 안 들잖아. 그런데도 불구하고 이런 꿈까지 꾸고. 아주 잘한다, 어?"

세희는 거울 속의 자신을 보며 계속 타박했다. 이번의 꿈이 마치 자신이 원하는 걸 보여 준 것만 같아서 부끄러웠다.

"안 되겠다. 상담, 상담할 사람이 필요해."

세희가 여전히 혼자 중얼거리면서 시계를 보았다.

"어? 10시?"

그녀가 화들짝 놀라서 화장대에서 일어났다. 그리고 문뜩 떠오른 것이 오늘은 가게 문을 열지 않는 날인 수요일이라는 것. 알람이 울리지 않는 이유가 있다는 것을 깨닫고 다시 의자에 앉았다.

"아, 다른 사람들 일할 때 쉬어서 상담할 사람이 없다는 게 문제네. 거기다가 이런 이야기 할 수 있는 사람은 윤지밖에 없는데."

그녀는 친구의 폭은 얇고 넓다. 그래서 속 깊은 대화를 나눌 수 있는 사람은 윤지뿐이었다. 그녀는 잠시 고민을 하다가 핸드폰을 들었다. 토독토독 문자를 쓰기 시작했다.

[윤지야. 나 아무래도 미쳤나 봐.]

지잉—

문자를 보내고 1분도 채 지나지 않아서 바로 답장이 왔다. 답장이 왔다는 건 바쁘지 않다는 것. 그녀는 고개를 끄덕이며 답장을 확인하고는 얼굴을 찌푸렸다.

[너 원래 미쳐 있잖아.]

장난인지 진담인지 구분을 할 수가 없어서 세희가 입술을 삐죽 내밀며 답장을 썼다.

[아니, 내가 다른 남자 신경 쓰느라 강유의 존재를 아예 잊고 있었어. 그러니까 미친 게 맞지.]

세희는 전송을 눌러 놓은 뒤 아까 같은 빠른 답장을 기다렸지만, 답장은 쉽게 오지 않았다. 다시 일이 바빠졌나 싶어서 기다리기를 포기하려는데, 진동이 울렸다. 답장인 줄 알고 들었더니 진동이 쉬지 않는다.

"어, 뭐야. 웬 전화? 안 바빠?"

평소 같으면 있을 수 없는 일이기에 그녀는 놀란 목소리로 전화를 받자마자 물었다.

─ 오늘은 좀 괜찮아. 그나저나 무슨 소리야? 다른 남자 때문에 강유의 존재를 잊고 있었다니?

문자로 하지 않고 전화를 한 것을 보면 어지간히 놀랐나 보다. 그녀가 윤지의 질문에 고개를 절레절레 저었다.

"존재를 잊고 있었다기보다는 신경이 안 쓰였다고 해야 하나? 정확하게 말하면 아예 안 쓰이는 건 아니야. 뭐랄까, 도아 씨를 보거나 둘이 같이 있는 걸 보면 입이 좀 써. 근데 딱 거기까지야. 그런데 이번에는 꿈에서 다른 남자랑 잠자리하는 꿈까지 꿨어. 심지어 그 꿈이 너무 짧아서 아쉽다는 생각마저 했다니까."

─ 미쳤구나.

"그래, 아까 내가 미쳤다고 했잖아."

윤지의 반응에 그녀가 한숨을 푹 내쉬었다. 그리고 전화 저편의 윤지가 덩달아서 한숨을 푹 내쉬었다.

— 아니, 뭐. 좋은 현상이네. 너도 강유한테서 벗어날 수 있다는 거잖아. 그리고 그 도안가 뭔가 하는 강유 애인 보면서 네가 그러는 건 그냥 질투야. 네가 가지지 못한 걸 그 여자가 가진 것에 대한 시기와 질투. 근데 그 남자가 누군데?

강유와 도아에 대한 화제는 별로 관심 없는 듯 윤지가 직설적으로 물어 왔다. 윤지의 질문에 세희가 잠시 고민했다. 저번에 말했던 그 '라민'이라고 말하는 순간 그냥 연예인을 좋아하는 철부지 여자아이로 생각될까 봐.

윤지에게 민에 대해 듣고 나서 더 궁금해진 세희는 인터넷으로 그를 검색해 봤다. 그런데 윤지가 말한 것보다 그는 훨씬 더 대단한 사람이었다.

일거수일투족이 어찌나 세세하게 인터넷 기사나 SNS로 올라오는지, 조금 있으면 그가 자신의 빵집에 자주 온다는 것도 알려질 것 같을 정도였다.

거기다가 가수도 아니고, 배우도 아닌 프로듀서에게 팬카페가 있다는 것을 민을 검색해 보고 알았다.

"그런 사람이 있어."

— 말하기 곤란해? 왜? 설마 2D를 좋아하는 건 아니겠지? 아니면 설마 너…… 여자를…….

"뭐? 아니거든!"

그녀의 반응에 윤지가 소리 내어 웃는 소리가 들렸다. 그녀는 그제야 윤지가 가벼운 농담을 던진 거라는 것을 알고는 따라서 피식 웃었다.

— 그래, 그냥 해 본 농담이고. 그나저나 그 사람이 어떻게 신경 쓰이는데? 꿈에만 나오고, 그게 끝이야? 자주 보는 사이야?

"가게에 자주 와. 재미있는 사람인데 가끔 무서워."

— 응? 무섭다고? 왜?

"몰라, 좀 무서워. 나 원래 많은 사람 앞에 설 때 말고는 긴장 잘 안 하잖아. 그런데 그 사람 앞에만 서면 긴장해."

— 네가? 단둘이 있을 때 긴장을 한다고? 언제부터?

"처음부터 그랬어. 보는 순간 긴장하게 되고, 피하게 되고…….
조금 익숙해지니까 괜찮아졌나, 싶다가도 그 사람이 씩 웃을 때는 너무 긴장해서 심장이 입 밖으로 튀어나올 것 같고, 언젠가는 내가 덮칠까 봐 무섭기도 해."

— 으흥.

"그런데 내가 이렇게 미칠 것 같은 건, 그렇게 다른 사람을 신경 쓰고, 다른 사람한테 호감을 느끼고 있으면서도 나는 왜 계속 강유를 포기하지 못하는 것인가, 왜 아직도 좋아하는 감정이 남아 있느냐, 하는 거야."

세희의 구구절절한 말에 핸드폰 저편의 윤지는 계속 말이 없었다. 생각하는 중이어서 그런 건가 싶어서 얌전히 기다리는데,

윤지가 한숨을 푹 내쉬는 소리가 들려왔다.

— 너는 그게 정말 좋아하는 감정이라고 생각해?

"어?"

그리고 길고 긴 기다림 끝에 들은 말은 예상외였다.

"무슨 말이야?"

— 말 그대로야. 너는 그게 정말 강유를 좋아하는 감정이라고
생각하느냐고. 내가 누누이 말했지만 너는 지금 강유를 사랑하
는 게 아니야. 그게 사랑이었으면 강유 옆에 누가 있는 꼴 못 봤
을걸? 너 처음 강유 좋아했을 때 기억 안 나?

"처음에?"

— 왜, 강유랑 그 녀석하고 사귀던 여자애 사이 이간질해서
헤어지게 만들었잖아.

"아……."

윤지의 말에 세희가 잠시 과거를 떠올렸지만, 그 기억은 머릿
속에 남아 있지 않았다.

"기억 안 나는데?"

— 아이고, 이간질한 거 강유한테 들켜서 실망이라는 말 들었
다면서 엉엉 울어 놓고 기억을 못 해?

"아…… 아!"

윤지의 말을 듣고서 스쳐 지나가듯 떠오르는 기억에 세희가
허벅지를 쳤다.

— 기억났어?

"어! 맞아, 그런 일도 있었지. 와…… 진짜 내가 어리긴 어렸구나. 그런 유치한 짓이나 하고."

— 유치한 짓? 그럼 지금은 어떤데? 지금도 도안가 뭔가 하는 강유 애인이랑 강유 사이 이간질하고 싶어? 하고 싶으면 내가 도와줄게.

"무슨 소리야. 강유를 처음 좋아했을 때면 내가 16살 땐데, 내가 아직도 어린앤 줄 알아?"

— 그럼? 어떻게 하고 싶은 생각은 없어?

"그냥 언제나 그렇듯이 만나고 헤어지겠거니, 하는 생각은 했어도 어떻게 하고 싶다는 생각 자체를 한 적이 없는데?"

— 그럼 만약에 강유가 헤어졌다고 치자. 그럼 어떻게 할 건데? 고백할 거야? 만약 고백해서 강유가 받아 줬어. 그럼 미친 듯이 좋을 것 같아?

"……."

갑자기 던져진 질문에 완벽하게 말문이 막혀 버렸다.

예전에는 만약 강유와 사귀면 이렇게 저렇게 하고 싶다는 생각을 많이 했는데, 시간이 흐르며 '만약'이라는 단어 자체도 잊어버리고 살았다.

강유와의 연애는 세희에게 상상도 할 수 없는, 상상이 안 되는 그런 일이었다.

"잘…… 모르겠는데."

— 그래? 좋아. 그럼 다른 질문을 할게. 만약 강유가 널 좋아

한다고 말해서 사귀게 됐다고 치자. 그럼 네 꿈에 나온 남자는 어떻게 할 건데?

"아……."

윤지는 마치 이런 상황을 예측이라도 한 것처럼 말도, 질문도 거침없이 해서 그녀의 말문을 막히게 하였다.

"나는…… 난……."

― 지금 하는 말이 마지막 대답이라고 생각하고 신중하게 선택해. 강유를 선택할래, 꿈속에 나왔다던 그 남자를 선택할래?

"……."

그녀는 결국 입을 꾹 다물고 아무런 말도 하지 않았다. 상상이 되질 않으니까 대답을 할 수도 없었다.

― 묵비권이야?

"응."

― 묵비권이면 결정 난 거나 다름없네.

"뭐가?"

― 생각해 봐. 나는 '강유가 널 좋아해서 너랑 사귈 시' 라는 조건을 제시했어. 그런데도 너는 강유를 선택하지 않았잖아. 네가 정말로 강유를 원했으면 강유를 선택했어야지.

세희는 윤지의 말에 멍청한 표정을 지으며 눈만 깜빡였다. 뭔가에 머리를 세게 맞은 것 같은 기분이 들어서 더는 입을 열 수가 없었다.

― 아, 나 찾는다고 문자 왔다. 이만 들어가 볼게. 이따가 전

화한다.

"아? 어, 어."

결국 제대로 된 대답을 하지도 못하고 통화는 끝이 났다. 끊긴 핸드폰을 붙든 상태로 멍하게 있다가 애꿎은 입술을 잘근잘근 씹었다.

감정의 변화는 바보가 아닌 이상 눈치채고 있었다. 그를 볼 때 쿵 떨어지는 심장이, 귓가에 크게 울리는 심장 소리가 그에 대한 증거였다.

하지만 10년 넘도록 짝사랑해 왔던 사람을 그리도 쉽게 잊을 수가 있는 건지 혼란스럽다.

지잉—

"아, 깜짝이야."

멍청하게 있는데, 갑자기 울리는 진동에 세희가 화들짝 놀라며 핸드폰을 보았다.

두근두근.

또다시 귓가를 울리는 심장 소리에 마른침을 꿀꺽 삼켰다. '라민 씨'라고 뜬 이 전화를 받아야 할까, 아니면 매우 혼란스러운 이 상황에서는 모른 척 받지 않는 게 좋을까.

"여보……세요?"

하지만 결국 그녀는 민의 목소리를 들어야 한다는 생각에 이끌리고 말았다.

— 아, 세희 씨. 오늘은 몸 좀 괜찮아요?

얼굴을 보지 않아도 표정을 알 수 있을 정도로 목소리에 담긴 걱정스러운 감정에 자신도 모르게 입가에 미소를 띠었다.

"네. 괜찮아요. 걱정돼서 전화한 거예요?"

― 당연하죠. 어제 그러고 들어가서 안 괜찮은 줄 알았단 말이에요. 오늘도 안 괜찮은 몸으로 일하면 어쩌나, 하는 걱정도 되고.

아이처럼 툴툴거리는 말투여도 결국은 자신을 걱정한다는 걸 알기에 그저 미소만 지어진다. 혼란스럽더라도 지금 전화받기를 잘했다는 생각이 들었다.

"아주 멀쩡하니까 걱정 안 해도 돼요. 걱정과는 달리 오늘은 쉬는 날이기도 하고요. 민 씨는 지금 뭐 해요?"

― 지금…….

"응?"

민이 말을 하려다 말고 끝을 흐렸다. 뭔가 싶어서 고개를 갸우뚱거리는데, 민이 먼저 정적을 깼다.

― 세희 씨, 오늘 쉬는 날이면 작업실 한번 놀러 오지 않을래요?

"네? 작업실에요?"

뭐 하느냐는 질문에 어울리지 않는 대답에 세희가 반문했다. 솔직히 궁금하기도 하고 보고 싶기도 하지만, 그에게 방해될 것 같았다.

― 오면 분명히 좋아할 거예요.

"응? 뭘 좋아한다는 건지는 모르겠지만, 내가 가면 방해만 될 거예요."

— 에이, 그런 걱정은 말고, 내가 방해 안 된다고 하면 올 거죠? 저녁에 데리러 갈까 하는데, 약속 있어요?

"그건 아니지만……."

— 그럼 됐네. 한 5시쯤에 데리러 갈 테니까, 준비하고 있어요. 알았죠?

이미 확정을 내린 민의 말투에 세희가 피식 웃으며 고개를 끄덕였다.

"알았어요. 준비하고 있을게요."

— 좋아요. 이따가 봐요.

"네."

민의 흩어지는 웃음소리를 끝으로 전화를 끊었다.

5화

잘 할 수 있을까요?

"도대체 내가 뭘 좋아한다는 건데요?"

"가 보면 알아요."

질문에 두루뭉술하게 대답하는 민을 보며 세희가 입술을 삐죽 내밀었다. 그리고 민을 따라 쫄래쫄래 간 그의 작업실은 그녀의 가게 'tasty'에서 걸어서 15분 거리에 있는 빌딩이었다. 그가 작업실이 가깝다고 했던 말이 거짓말이 아님을 깨닫고 고개를 끄덕이며 민의 뒤를 따라 조심스럽게 안으로 들어갔다.

"유림아!"

하지만 그런 세희의 조심스러움에도 불구하고, 민은 큰 소리로 누군가를 불렀다.

'유림?'

그리고 그 이름이 왠지 모르게 익숙해 고개를 갸우뚱거리는
데, 민은 휴게실로 보이는 방을 싹 훑어보더니, 고개를 갸우뚱거
렸다.

　"없네."

　"누구 찾으시는데요?"

　"응?"

　그때 들려오는 타인의 목소리에 세희가 화들짝 놀라며 뒤를
돌아보고는 이번엔 고개를 반대쪽으로 갸우뚱 기울였다.

　160cm가 조금 넘어 보이는 평균의 키에 자그마한 체구, 갸름
한 얼굴에 잘 다듬어진 검은색의 눈썹과 짙은 쌍꺼풀이 진 큰
눈, 검은 머리카락과는 다른 밝은 갈색의 눈동자와 예쁜 선을 그
리는 콧대를 가진 전형적인 미인이다. 한 번도 본 적은 없는 얼
굴이 맞는데 왜 본 것 같을까.

　"아, 왔냐? 어디 있었어?"

　"잠깐 음료수 뽑으러……."

　민은 그런 세희를 여전히 신경 쓰지 않는 모양인지, 그 여자
에게 질문을 던졌다. 그 여자는 민의 질문에 대답하고는 자신을
보며 아무런 말도 못 하고 있는 세희를 가만히 보더니, 다시 민
에게로 시선을 돌렸다.

　"누구예요?"

　여자의 질문에 민이 세희의 어깨에 손을 올리고 자신 쪽으로
끌어당긴다.

"아, 인사해! 내 애인!"

"네?"

"응?"

갑작스러운 민의 말에 세희의 심장이 쿵 떨어지며 벌렁거렸다. 그리고 너무 놀란 나머지 미간까지 찌푸리며 민을 쳐다보자, 민이 빙긋 웃으며 세희의 어깨를 놓아주었다.

"농담이고, 너 잘 먹는 베이커리 사장님이셔."

"아아."

자신의 표정 한 번에 민의 말이 바뀌자, 뭔가 서운함을 느끼며 고개를 돌렸다. 아닌 게 맞는데도 서운해하는 자신을 혼내며 여전히 벌렁거리는 심장을 추스르고 코로 숨을 깊게 들이마셨다가, 길게 내뱉었다. 그러다가 고개를 돌리던 그녀는 그 여자와 눈이 마주쳤다.

어려 보이는 그 여자는 아무런 표정 없이 세희를 빤히 보다가 이내 고개를 휙 돌렸다.

"세희 씨가 이해해요. 워낙에 붙임성이 없는 애라서."

"아뇨, 뭐."

누군지도 모르는 사람이 붙임성이 있든지, 없든지 자신과는 관계없는 일이기에 어깨를 으쓱이고 말았다. 그런 세희의 모습에 민이 고개를 갸우뚱거렸다.

"설마 누군지 모르는 건 아니죠?"

"네?"

"유림이라고 부르면 단번에 알 줄 알았는데."

"응?"

민의 중얼거림에 세희가 미간을 찌푸리며 다시 생각에 잠겼다.

'유림, 유림, 유림⋯⋯.'

"설마, 하유림?"

"빙고!"

"네에?"

예상치 못한 인물에 세희가 두 눈을 크게 뜨고, 서 있다는 것 자체가 귀찮다는 표정을 짓고 있는 유림을 보며 어설프게 하하, 소리 내어 웃었다.

"아, 몰랐어요. 워낙에 잘 안 알려진 사람이다 보니까 '하유림'이라는 이름이 본명이라고는 생각도 못 했는데⋯⋯."

"그걸 노린 거니까, 모를 수도 있죠. 오히려 아는 게 더 이상하지. 아차, 참고로 유림이는 올해 22살이에요. 세희 씨보다 동생이니까 편하게 대해요."

"아아⋯⋯ 네."

정작 본인은 아무런 말도 하지 않았지만, 민은 뭐가 그리도 좋은지 연신 웃으며 이 상황을 즐기는 것 같았다. 이번엔 세희를 소개하려는지 유림을 쳐다보았다.

"아까 말한 대로 'tasty' 사장님이고, 올해 27살. 강세희 씨야. 너보다 언니지?"

"그러네요."

세희는 건성으로 대답하는 유림을 보며 우물쭈물하다가 손을 내밀었다.

"반가워요."

"……네."

유림은 세희를 한 번 쭉 훑어보고는 짤막한 대답을 끝으로 세희가 내민 손을 무시하고 발걸음을 옮겨서 소파에 앉았다. 그러고는 왼손에 들고 있던 음료수를 따서 한 모금 마시고 테이블 위에 있던 책을 펼쳐 들었다.

유림의 행동에 세희는 민망한 표정을 지으며 손을 내리고는 민을 올려다보았다. 민은 그 시선에 어설프게 웃으며 그녀의 어깨에 손을 올렸다.

"가서 음료수 뽑아 올게요. 목 좀 적실 게 필요할 것 같네요. 들어가서 얘기하고 있어요."

"아……."

세희는 자신을 놔두고 가는 민을 붙잡으려고 팔을 들어 올리려다가 다시 축 늘어트리고는 서 있기도 민망해서 조심히 소파 쪽으로 걸어가 유림의 맞은편에 앉았다.

'뭐야, 뭐. 무슨 말을 하라고.'

민의 말대로 유림은 붙임성이 없는 게 확 느껴졌다. 다른 사람과 있는 게 불편해 보이는 저 사람과 단둘이 내버려 두고 대화를 하라니. 자신이 팬이기는 하지만, 저렇게 다가오지 말라는 분위기를 내비치고 있는데 어찌 다가갈 수 있을까.

"음…… 저…… 책을 좋아하나 봐요."

하지만 상황이 상황인 만큼 어색하고 민망해서 먼저 용기 내어 말을 걸었다. 하지만 유림은 세희를 힐끔 보고는 다시 책으로 시선을 돌렸다.

"그냥 있어서 읽는 거고, 그다지 좋아하지는 않아요."

"아, 그렇군요."

세희의 말을 끝으로 다시 고요해졌다.

세희는 다시 무슨 말을 할까, 고민하다가 이내 포기를 하고 맘을 푹 놓았다. 앞에 있는 사람은 정작 자신의 존재를 신경 쓰지 않는데, 이렇게 안절부절못해 봤자 다 소용없는 짓이라는 판단을 내렸다.

달칵—

그렇게 고요한 상태로 몇 분이나 흘렀을까. 조심스럽게 열리는 문소리가 들리기에 누가 문을 여는 것인지 고개를 돌렸더니, 역시나 그 사람은 민이었다.

"자요."

민은 세희에게 이온음료 하나를 넘기고는 옆에 털썩 앉았다.

"대화들은 좀 나눴어요?"

"아, 뭐……."

세희는 말끝을 흐리며 민의 시선을 피했고, 유림은 고개를 들어 민을 한 번 보고는 다시 고개를 내려 책에 시선을 고정했다.

"뭐야? 둘 다 왜 그러는 건데요?"

민이 두 사람을 번갈아 바라보며 물었지만 세희는 적당한 말을 찾지 못해 대답을 하지 못했다.

"생판 모르는 사람들끼리 무슨 말을 나눠야 되는데요?"

유림이 책을 조용히 덮고, 테이블 위에 올려놓으며 말했다. 그런 유림의 말에 민이 뒤통수를 긁적였다.

"그것도 그러네."

민은 중얼거리며 말하고는 음료수를 따서 한 모금 마시며 다시금 유림에게로 시선을 돌렸다.

"그나저나 유림이 너, 다음 앨범에 들어갈 노래 중에 네가 작사하겠다는 건 다 마무리 지었어?"

"보채시긴. 다 해 놨어요."

민은 유림의 무뚝뚝한 대답에 그저 고개만 끄덕였다. 익숙한 모습이었다. 세희는 그런 두 사람의 모습을 보고 있다가, 가만히 자리에서 일어났다.

"왜요?"

민도 덩달아 일어나며 말했다. 그런 민을 보고 세희가 어설프게 웃으며 입을 열었다.

"잠시 좀……."

"아, 그럼 같이 가요."

세희는 얼떨결에 민과 나란히 휴게실 밖으로 나왔다. 문이 닫히자마자 그녀는 숨을 길게 내쉬었다.

"안 좋았어요?"

민의 질문에 세희는 민을 가만히 쳐다보다가 이내 시선을 돌리며 고개를 절레절레 저었다.

"아뇨. 딱히 좋고, 안 좋고를 떠나서…… 좀 불편하네요. 그리고 아무리 하유림이라고 하더라도 얼굴을 본 건 처음이니까, 믿기지도 않았고."

"불편하게 했으면 미안해요."

"아뇨, 아뇨. 그걸 민 씨가 미안해할 필요는 없어요. 그냥 제가 불편했을 뿐이니까."

자신이 유림의 노래를 좋아한다는 건 어떻게 알았는지 몰라도 그가 자신을 기쁘게 해 주려고 한 행동임을 알기에 원망하지 않는다. 자리가 좀 불편했다고 원망할 필요도 없는 거고.

"그럼 유림이 노래 연습하는 거 들어 볼래요?"

"정말요?"

아까 만난 그 여자애가 정말로 자신이 알고 있는 '하유림'이 맞는지 아직도 믿기지 않는다. 노래 속에 담겨 있는 감정이 풍부해서 적어도 자신과 비슷한 또래일 줄 알았는데, 예상이 확 비껴 나가서 더 믿기지 않는 것도 있다. 하지만 노래를 하는 걸 실제로 보게 된다면 생각이 달라질 수 있다는 생각이 들어 민의 제안에 구미가 당겼다.

"그래도…… 되나요?"

"물론!"

결국 세희는 민의 제안을 받아들이고 민의 안내대로 먼저 스튜디오 안으로 들어가서 얌전히 기다렸다.

자신이 그렇게 좋아하는 노래를 라이브로 들을 수 있다니, 이 얼마나 큰 행운인가.

세희는 심장의 두근거림을 주체하지 못하고 가만히 있는 입술을 괴롭히며 주위를 두리번거렸다.

음향기계에 대해서는 아무것도 모르지만, 그냥 봐도 비싸 보였고, 좋아 보였다. 드라마나 영화에서나 보던 기계들이 눈앞에 있어서 만져 보고도 싶었지만, 잘못 만지면 혼날 것 같아서 그냥 얌전히 앉아 있는 쪽을 택했다.

탈칵—

"아⋯⋯."

"갑자기 무슨 변신을 해 보려고? 그리고 무엇보다 다른 사람이랑 같이 작업할 수 있겠어?"

열리는 문소리에 세희가 자리에서 일어났지만, 문을 열고 들어온 두 사람은 매우 심각하게 이야기를 나누느라 그녀를 보지 못한 것 같았다.

"어떻게든 되겠죠."

아니, 정확히는 민 혼자서만 심각해 보였다.

"아니, 그렇게 태평할 문제가 아니라니까?"

"제 실력을 못 믿으세요?"

"그게 아니라는 거 알잖아."

"그럼 됐죠, 뭐. 어차피 하려고 했던 거 좀 빨리 하려고 하는 것뿐인데, 뭐가 문제라고."

가만히 들어 보니, 두 사람의 대화는 계속 겉돌고 있었다. 무슨 내용인지는 몰라도 민은 어떻게 해서든 유림을 설득시키려는 것 같았지만, 유림은 요지부동이었다.

"그리고 같이 작업할 사람이면 저기 있네요."

"뭐?"

"응?"

세희는 갑자기 자신에게로 쏠린 두 시선에 당황해서 눈만 빠르게 깜빡였다. 그리고 민을 쳐다보고 유림을 쳐다보다가 다시 민에게로 시선을 돌렸다. 그러자 유림도 민에게로 시선을 돌리며 입을 열었다.

"저번에 노래방에서 찾았다던 사람이 저분 아니에요?"

"어? 어…… 음……."

유림의 말에 민이 시선을 피하며 말을 회피했다. 그런 민의 행동에 유림이 피식 웃었다.

"아닌 척하지 마세요. 그렇지 않고서야 사장님이 다른 사람이랑 엮일 이유가 없지."

"아니, 나야 그렇다고 쳐도 본인 의사는?"

민의 말에 유림의 시선이 다시 세희에게로 꽂혔다. 너무 뚫어져라 보는 유림의 시선에 당황한 세희가 어설프게 웃으며 눈을 빠르게 깜빡였다.

"제, 제가 왜요? 뭘 같이 작업하는데요?"

유림이 그런 세희를 가만히 보다가 성큼성큼 다가가더니, 세희의 두 손을 꼭 잡고 초롱초롱한 눈빛으로 올려다보았다.

"제 노래에 피처링해 줄 사람이 필요해요."

"네?"

"무대에 서지 않아도 돼요. 사장님이 마음에 들어 할 정도면 어느 정도 실력인지는 감이 잡히거든요. 피처링……해 주면 안 될까요?"

"아…… 저…….."

세희가 난감하다는 표정을 지으며 민을 쳐다보았다. 하지만 민도 어쩔 줄 몰라 하며 결국 얼굴을 손으로 쓸어내리고는 한숨을 푹 쉬었다.

"그만, 그만. 난감해하는 거 안 보여?"

결국 다가온 민이 유림과 세희를 떼어 놓고 유림이 다가오지 못하도록 세희의 어깨를 감싸 안았다.

그런 민의 행동에 미간을 찌푸리던 유림이 이내 고개를 끄덕이더니, 고개를 살짝 돌려 시선을 밑으로 내리며 한숨을 푹 내쉬었다.

"뭐, 싫다거나…… 귀찮으면 안 하셔도 돼요. 뭐…… 다른 사람이랑 하면 어떻게든 되겠죠…….."

"허어?"

갑작스러운 유림의 감정변화에 민은 미간을 찌푸리며 못마땅하다는 표정을 지었다.

세희는 가만히 생각에 잠겼다. 유림의 제안은 사실 나쁘지 않았다. 자신이 좋아하는 노래를 라이브로 들을 수 있을 뿐만 아니라, 같이 노래할 수 있다. 거기다가 무대에는 서지 않아도 된다. 어떻게 해야 하는지, 어떻게 진행되는지는 모르지만, 저 두 가지만으로도 자신에게는 큰 메리트가 있는 게 아닐까.

"……요."

"네?"

"음?"

세희의 기어들어 가는 목소리에 두 사람의 귀가 쫑긋 세워졌다.

고개를 폭 숙이고 있던 세희가 결심한 표정으로 고개를 번쩍 들며 유림을 보았다.

"할게요! 뭘 어떻게 하면 되죠?"

세희의 큰 대답에 유림은 만족스러운 표정으로 씩 웃었지만, 민은 그와 반대로 미간을 찌푸리며 세희의 어깨를 잡고 있는 손에 힘을 주었다.

"세희 씨, 진심이에요?"

"네! 근데 뭘 어떻게 하는 건데요?"

민은 아무것도 모르는 순수한 아이를 끌어들인 것만 같아서 매우 미안한 마음에 한숨을 폭 내쉬었다. 그는 세희의 앞으로 가서 두 손을 잡으며 그녀를 빤히 쳐다보았다.

"아무리 무대에 서지 않아도 큰 이슈가 될 수 있어요. 신비주의로 유명한 유림이와 노래하는 더 신비한 가수가 될 거고, 감추려 할수록 기자들은 파고들려고 할 거예요. 사실 요즘 내가 베이커리에 자주 가지만 빵을 사서 나온 적은 별로 없다고, 한 기자가 찔러보기도 했어요. 작업을 시작하면 언젠가는 기자들이 세희 씨를 밝혀 낼 수 있어요. 노래가 많이 유명해졌을 때의 얘기지만, 베이커리 운영에 영향이 생길지도 모르고요."

"아……."

자신이 한 결정이 저렇게 큰 무게를 가지고 있는지 모르고 있었던 세희가 민의 말에 멍한 표정을 지었다. 그리고 잠시 고민했다.

지금 하고 있는 베이커리는 강유가 좋아해서 시작한 일이었다. 물론 손님들이 맛있다고 칭찬해 주면 힘이 되기는 하지만, 자신의 좋고 싫음과는 관계없이 시작한 일이기도 하고, 이제 어지간히 자리도 잡혔으니, 먹고사는 것에는 지장이 없어서 계속하고 있는 일이기도 하다.

하지만 이 일을 못 하게 된다면 당장에 할 일이 없다. 미래에 대한 별다른 생각 없이 무조건 이 일만 했고, 이 일 외에는 할 줄 아는 것도 없다.

"그럼…… 고민을 좀 해 봐야겠네요."

"먹고사는 걸 왜 고민해요. 이번 앨범이 대박 나면 베이커리 사장님이 1년 동안 버는 돈을 한 달이면 만져 볼 텐데."

하지만 유림은 그런 고민을 용납하지 않겠다는 듯이 바로 말을 받아쳤다. 민이 유림을 노려보았지만, 그녀는 그저 어깨를 으쓱일 뿐, 다른 말은 하지 않았다.

"세희 씨 의견이 제일 중요해요. 어떻게 하고 싶어요? 하고 싶어요?"

하고 싶다. 도전하고 싶다. 하지만 섣불리 했다가는 자신에게 어떤 영향을 미칠지 모르기에 쉽게 결정을 내릴 수가 없었다.

"잘…… 모르겠어요. 아니, 정확히 말하면 하고 싶어요. 하고 싶지만, 쉽게 결정을 내릴 수 없는 일이니까……."

세희는 자신이 생각한 내용을 그대로 전했다. 그러자 유림이 팔짱을 끼고 손가락으로 팔을 톡톡 치더니, 들고 있던 가방에서 종이 몇 장을 꺼냈다.

"그럼 당장 결정하진 않더라도 불러나 봐요. 혹시 알아요? 막상 했는데 베이커리 사장님이 노래를 너~무 못 불러서 내가 도저히 못 하겠다고 할지. 설사 잘한다고 해도 베이커리 사장님이 싫다고 하면 안 할게요. 됐죠?"

세희는 유림의 제안에 다시 한 번 귀가 쫑긋했다.

민은 한풀 꺾인 유림의 주장과, 눈동자를 반짝이는 세희를 보고 이내 한숨을 푹 내쉬며 결국 항복하고 뒤를 돌았다.

"그래, 뭐…… 부르는 것 정도야……."

유림은 민의 말에 씩 웃었다가 이내 헛기침하며 세희에게 다가가 종이를 내밀었다.

"악보 볼 줄 알아요?"

"조금요."

"그럼 내가 한번 불러 볼 테니까, 감 잡아서 따라와요."

유림은 스튜디오 박스로 들어가지 않고, 그 자리에 서서 바로 목을 풀더니 숨을 길게 내쉬고 한 음을 길게 빼며 노래를 시작했다.

"이렇게 끝날 거라 믿지 않았어. 우리의 인연이 쉽게 끊어질 리 없다고 생각했으니까."

정말이다.

아까까지만 해도 정말로 자기 앞에 있는 저 여자애가 자신이 좋아하는 하유림이 맞는지 아닌지 믿을 수 없었는데, 타고난 청아한 목소리가 들려주는 뛰어난 가창력을 가진 노래는 자신의 앞에 있는 그녀가 하유림이라는 걸 입증하고 있었다.

"지금도 너를 잊지 못해, 울고 있어……."

세희가 넋을 놓고 있는 사이에 유림의 노래가 끝이 났다. 그리고 여전히 멍하게 있는데, 유림이 세희의 얼굴 앞에서 손을 휘휘 저었다.

"저기요?"

"아아…… 아, 네."

유림의 행동에 정신이 든 세희가 배시시 웃어 보였다. 라이브로 듣기 힘든 하유림의 노래는 그녀를 아주 만족스럽게 했다.

"할 수 있겠어요?"

"아마……도?"

세희는 악보를 보면서 고개를 갸우뚱거렸다. 그런 세희의 어정쩡한 대답에 유림은 못마땅한 표정을 지었지만, 이내 악보로 시선을 돌렸다.

"자, 시작해 봅시다."

세희는 유림의 말을 끝으로 심호흡하며 떨리는 심장을 진정시켰다.

자신이 좋아하는 가수 앞에서 노래를 불러야 한다는 것은 엄청나게 떨리고 부담스러운 일이었다. 하지만 시작을 한다고 했으니, 끝은 봐야 했다.

세희는 목을 두어 번 가다듬고는 첫 음을 잡아 가며 혼자 흥얼거렸다. 어느 정도 목이 풀린 듯하자 악보를 대충 훑고는 고개를 끄덕였다. 그리고 조심스럽게 입을 열었다.

"이렇게 끝날 거라 믿지 않았어. 우리의 인연이 쉽게 끊어질 리 없다고 생각했으니까. 하지만 나의 생각은 부질없이 흩어지고, 너란 사람은 날 떠나갔어. 다른 사람과 같이 끝난 인연일 뿐인데, 왜 자꾸 기억이 나고, 왜 자꾸 눈물이 날까……."

"아, 잠깐만요."

"네?"

세희는 노래를 부르는 도중 유림에게 저지를 당하자, 자신도 모르게 얼굴을 살짝 찌푸리며 고개를 갸웃거렸다.

"거기서는 그렇게 힘이 들어가면 안 되고……."

유림이 보기보다 친절하게 세희가 잘못한 곳을 수정해 주었다. 그런 유림의 의외의 모습에 잠시 놀라던 세희는 다시 노래를 이어 불렀다. 중간중간 유림은 노래를 멈추고 수정을 해 주었고 세희를 그 말들을 받아들여 다시 노래를 불렀다.

"후우······."

노래는 끝났지만 두근거리는 심장은 쉬이 가라앉지 않았다. 괜히 떨리는 마음으로 유림의 말을 기다리고 있는데, 잠시 생각에 잠겨 있던 유림이 고개를 끄덕였다.

"음, 너무 긴장해서 그런지 목소리가 떨린 거 빼고는 발성이나, 호흡, 가창력까지 모두 괜찮네요."

"아, 그래요?"

"네."

세희는 유림의 칭찬에 배시시 웃었다.

나이가 다섯 살이 어린 건 문제가 아니었다. 그녀는 지금 '하유림'이라는 가수에게 노래 실력을 인정받은 것이다.

"안타깝네요. 같이 작업하면 좋을 텐데······."

"아······."

정말로 안타까움이 묻어나는 유림의 표정에 세희가 어쩔 줄 몰라 하다가 고개를 푹 숙였다.

이렇게 옆에서 부르고 듣는 것뿐만이 아니라, 같이 작업할 수 있다면 정말 큰 행운일 것이고, 정말 큰 행복이 될 것이다. 하지만 자신의 생활이 걸려 있기도 했다.

'내가 이 기회를 놓치고 정말 후회를 안 할 자신이 있을까?'

유림과의 듀엣도 듀엣이지만, 강유가 좋아해서 하는 것이 아니라, 자신이 정말로 좋아해서 하는 것이 바로 노래였다. 다만 자신이 노래를 잘 부른다고 생각하지 않았을 뿐이다.

"흠……."

세희는 깊게 생각을 했다. 괜히 시도했다가 민에게 민폐를 끼칠 수도 있고, 밥줄이 끊길 수도 있다. 하지만 이 기회를 놓치면 자신은 분명 후회할 것이다.

세희가 걱정스러운 표정으로 민에게 시선을 돌렸다.

"제가 잘할 수 있을까요?"

"그건 세희 씨 하기에 달려 있어요. 트레이닝 시킬 테니까, 각오는 해야 하고."

민의 말에 세희가 마른침을 꿀꺽 삼켰다.

자신이 이 일을 승낙하는 순간, 평범한 일상으로 돌아가지 못할 수도 있다. 연예인들처럼 기자들에게 쫓기는 정도는 아니더라도 어느 정도 사람들의 입방아에 오를 것도 각오해야 한다.

'아, 이걸 어쩐다.'

평범하게 살아온 세월, 27년. 그런데 지금 평범함과 평범하지 않은 양 갈래 길에 서게 되었다.

세희는 결심한 듯, 비장한 표정으로 민과 유림을 보았다.

"전……."

밖에는 어느 때보다 산산해진 가을바람이 불고 있었다.

☆

"어?"

일이 끝나고 오랜만에 세희네 어머니도 볼 겸, 세희네 집으로 향하던 윤지의 눈에 강유가 들어왔다. 세희네 집 대문에서 나오는 강유의 표정이 썩 좋지 않아 보였다.

"야."

윤지가 우다다 달려가서 강유의 팔을 치며 불렀다. 그러자 강유가 눈을 동그랗게 뜨고 윤지를 보더니, 이내 피식 웃었다.

"뭐야, 너였어?"

"그럼 누군 줄 알았는데?"

"아니, 뭐. 어쩐 일이야?"

"어쩐 일이긴. 놀러 왔지."

"아, 세희 없어."

"응? 없어?"

윤지의 되묻는 말에 강유가 고개를 끄덕였다. 그런 강유의 대답에 윤지가 미간을 찌푸리며 뒤통수를 긁적였다.

"쉬는 날에는 어디 나가질 않는 애라서 연락 안 했더니, 이런 일이……."

혼자 중얼거리던 윤지가 고개를 들어서 강유를 봤다.

"어디 갔다는데?"

"그 라민인가 하는 사람한테. 데리고 나갔다나 봐."

"아."

대충 고개를 끄덕이던 윤지가 강유를 힐끔거렸다. 그리고 강유를 보다 한숨을 푹 내쉬고는 허리에 손을 올린 뒤, 한숨 쉬느라 내렸던 고개를 다시 들었다. 강유보다 키가 한참 작은 윤지의 비애였다.

"야."

팔을 툭 치자, 강유가 윤지의 얼굴을 보았다. 그의 얼굴을 가만히 보던 윤지가 한숨을 푹 내쉬며 입을 열었다.

"너희 집에 아무도 없지?"

"응."

"물어보나 마나 아줌마, 아저씨 여행 가셨겠지."

"맞아. 이번에는 형도 애인하고 같이 여행 갔어."

"잘됐네. 그럼 너희 집에 가서 얘기 좀 하자."

자신의 말에 고개를 갸우뚱거리는 강유를 보며 윤지가 어느 때보다도 입 모양을 크게 벌리며 또박또박 말했다.

"어느 때보다 진지하게."

윤지는 소파에 앉아서 강유가 내어 준 홍차를 몇 번 홀짝이고 난 뒤 조용히 찻잔을 내려놓으며 강유를 바라보았다. 강유는 윤지가 자신을 본 것을 확인한 뒤에야, 천천히 입을 열었다.

"무슨 말을 진지하게 하자는 건데?"

"뭐가 그렇게 급해. 그나저나 케이크는 없냐?"

"말을 안 할 생각이야?"

"누가 말 안 해 준다고 했어? 천천히 하자는 거지."

윤지는 홍차를 한 번 더 홀짝이고는 아직도 가만히 앉아 있는 강유를 노려보았다.

"케이크 있어, 없어?"

강유는 윤지의 말을 해석하고는 자신을 노려보고 있는 눈을 지그시 보다 한숨을 내쉬며 자리에서 일어났다. 그리고 조용히 냉장고로 다가가서는 냉장고 안에 있던 케이크 한 조각을 꺼내고 포크를 하나 챙겨 윤지에게 내어 주었다.

케이크를 받으면 바로 먹어 치울 줄 알았던 윤지는 케이크를 조금 맛보더니, 강유에게 밀어내었다.

"왜 그러는데?"

"맛없어. 아니, 이상해. 상했나?"

"설마. 어제 받은 건데."

"어제 받았다고? 누구한테?"

"어머니가 받아 오셔서 나도 정확히는 모르겠지만, 어머니 친구분께서 비싼 곳에서 산 거라며 주시더래."

"비싼 곳에서 사면 뭐해. 맛이 없는데. 비싸면 다 맛있으라는 법 있어? 아무튼, 내 입맛에는 안 맞아. 너도 먹어 봐."

윤지의 권유에 강유가 내키지 않는 얼굴을 한 채 한 입 먹어 보고는 고개를 절레절레 저었다. 그런 강유의 대답에 윤지는 그릴 줄 알았다는 듯이 고개를 끄덕였다.

"그래. 나한테도 맛이 없는 케이크가 입맛 까다로운 너에게 맛있을 리가 없지."

윤지는 이미 미적지근해진 홍차로 입가심하고는 강유를 바라보며 다시 입을 열었다.

"너는 세희가 해 준 케이크가 아닌 이상, 맛있다고 못 할 테지."

"갑자기 그런 말을 하는 이유가 뭐야?"

"그냥. 세희가 불쌍하기도 하고, 그런 불쌍한 세희를 보자니 네가 밉기도 하고…… 그래서 한번 해 본 말이야."

"뭐야, 그게. 하고 싶은 말이 있으면 그냥 말해."

"정말?"

"정말."

윤지는 강유의 대답에 슬그머니 웃으며 찻잔을 들었다.

"그래, 애인이 있다며?"

"아, 내가 말 안 했어?"

"어. 세희한테 들었다. 연애하느라 정신이 없었나 보네."

"아니, 뭐…… 꼭 그렇지만은 않아. 다음 소설 준비로 머릿속이 좀 어지러웠거든."

"그래, 그러시겠지."

"뭐야, 그 말은? 비꼬는 것 같은데?"

윤지는 강유가 눈을 가늘게 뜨고 자신을 보자, 피식 웃으며 어깨를 으쓱여 보였다.

"설마. 친구가 사랑에 빠져서 행복하다는데 그럴 리가 있겠어?"

"너라면 충분히."

"글쎄."

윤지는 이번에는 아니라는 말도 하지 않고 홍차를 한 모금 마시고는 최대한 조용히 찻잔을 내려놓으며 다리를 꼬았다.

"행복해?"

"응."

"대답이 너무 짧다. 그 뒤에 부연 설명은 없는 거야?"

"뭘 바라?"

"뭐, 어때서 행복하다는 등의 말들?"

"그냥 좋아."

윤지는 바로 돌아오는 대답에 눈만 깜빡이다가 다시 한 번 웃었다.

"그래, 그럴 줄 알았어. 너는 글 쓰는 놈이 묘사 좀 해 달라고 하니까 뭐가 그리도 짧게 대답하냐."

"짧은 게 한두 번인가."

"하긴, 새삼스럽지도 않네. 그나저나 그 여자하고는 결혼까지 하려고?"

"아니, 아직 결혼 생각 없는데. 그리고 남자 나이 27살에 결혼은 아직 이르지 않나?"

"네가 돈을 못 버는 것도 아닌데, 문제 될 게 뭐 있어?"

"벌고 못 벌고를 떠나서 아직은 생각 없어."

"아예 생각이 없는 건 아니고?"

"글쎄."

윤지는 아리송한 강유의 대답에 고개를 저었다. 그러고는 조금 남은 홍차를 다 마시고 찻잔을 내려놓더니, 한숨을 푹 내쉬었다.

"그나저나 하고 싶은 말이 뭔데 그렇게 뜸을 들여?"

이래서 강유하고는 길게 이야기하면 안 된다. 둔한 세희는 그냥 말하는 족족 받아 내기에 바쁜데, 강유는 이 사람이 무엇을 이야기하고 싶은 건지, 본론이 나오지 않으면 바로 훅 치고 들어온다.

윤지는 귀찮다는 표정으로 관자놀이를 긁적였다.

"그래, 본론만 말할게. 한강유, 너. 정말 세희를 친구로만 생각해?"

"뜬금없이 무슨 소리야?"

강유의 미간이 좁혀진다. 그리고 말이 끝나자, 꽉 다문 입술에 부자연스러울 정도로 힘이 들어갔다. 윤지는 덩달아 미간을 좁히며 손을 들어 얼굴을 쓸어내렸다.

"세희가 어떤지, 알고 있지?"

"뭐?"

이번에는 강유의 눈동자가 커진다. 윤지는 한숨을 푹 내쉬었다.

"세희가 어떤 감정인지, 넌 알고 있잖아. 그렇지?"

이건 질문이 아니다. 이미 알고 있어서 나오는 말이다. 강유는 윤지의 말뜻을 눈치채고, 아랫입술을 깨물었다.

"세희, 이제 너 말고 심장이 두근거리는 사람을 찾았어."

"뭐? 다시 말해 봐."

강유의 미간이 찌푸려지며 윤지의 입술을 노려보았다. 강유가 자신의 입술을 읽지 못했으리라는 생각은 하지 않지만 일부러 천천히, 그리고 더 과장되게 입을 크게 벌리며 다시 말했다.

"세희가 너 말고 심장이 두근거리는 다른 사람을 찾았다고."

"아…… 그래? 잘됐네."

윤지는 생각보다 바로 나오는 강유의 대답에 피식 웃었다.

"정말 그렇게 생각해?"

"어. 정말 그렇게 생각해."

"그럼 다행이고. 넌 앞으로 친구로서 세희를 지켜봐 줘. 하긴, 네 애인 보기도 힘든데, 세희까지 지켜보기는 힘들겠다. 그럼 세희는 내가 지켜볼게."

윤지는 생긋 웃어 보이고 자리에서 일어났다.

"나 간다."

"벌써?"

"응. 할 말은 다 했으니까, 굳이 있을 필요는 없지."

윤지는 강유가 자리에서 일어나는 것을 봤지만, 바로 몸을 돌

려 현관으로 다가갔다. 그러다가 발걸음을 멈추고, 자신을 빤히
보고 있는 강유를 보며 입을 열었다.

"그럼 넌 이제 거기에서 멈춰. 더는 움직이려 들지 마. 난 너
보단 세희의 행복을 바라거든."

탁— 삐리릭—

윤지는 중얼거리듯이 말을 하고는 바로 나가 버렸다. 윤지가
나간 집 안에 멀뚱히 혼자 남은 강유는 윤지가 가기 전에 말을
하려고 벌렸던 입술을 굳게 다물었다.

"어우, 답답해 정말."

윤지는 대문 밖으로 나와서 뒤를 돌아 한 번 눈을 흘기고는
다시 고개를 돌렸다.

"어……."

윤지가 고개를 돌린 곳에는 자신을 멍한 표정으로 보고 있는
한 여자가 있었다. 자신과 같은 아담한 키에 마른 편인 자신에
비해 통통한 몸매를 가진 여자였다.

이것만 봐도 강유의 스타일이다. 물으나 마나 현재 강유가 사
귀고 있는 여자라는 것을 알 수가 있었다. 평소 같으면 저 여자
에게 다가가 강유 애인 아니냐며 먼저 인사를 했을 테지만, 지금
은 그럴 기분이 아니었다.

물론 예의상 인사를 하며 자기소개를 할 수도 있었다. 하지만
지금은 다가가 말해 봤자, 날카로운 말투밖에 나오지 않을 것 같

기에 툭, 튀어나오려고 하는 말을 억지로 집어삼키고는 딱딱하
게 굳어지려고 하는 표정을 애써 펴며 그 여자의 옆을 지나갔다.

"아, 저기……."

그런데 예상외로 여자가 먼저 윤지를 향해서 말을 걸었다. 윤
지는 그냥 가려고 했지만, 자신도 모르게 발걸음을 멈추고 뒤를
돌아보고 말았다.

"무슨 용건이시죠?"

역시 부드럽게 말이 나가지 않을 줄 알았다. 속으로는 이 여
자는 죄가 없으니 부드럽게 말을 하자고 다짐을 했으나, 자신도
모르게 딱딱하게 나가는 말은 어쩔 수가 없었다.

"어, 저기…… 저…… 이윤지 씨…… 맞죠?"

'뭐야, 이 여자……. 나를 알고 있잖아?'

윤지는 여자의 조심스러운 말에 숨을 길게 내뱉고, 애써 부드
러운 표정을 지어 보이며 고개를 끄덕였다.

"그런데요. 저를 어떻게 아시죠?"

"아, 역시 그랬군요. 안녕하세요. 저는 민도아라고 합니다. 강
유 씨 애인이에요."

"네, 그럴 줄 알았어요. 그런데 어떻게 알았느냐고 먼저 물었
는데요."

"아……."

도아는 윤지의 표정과는 다르게 날카로운 말투에 움찔거리며
말을 잇지 못하다가 애써 미소를 지어 보이며 입을 열었다.

"그게…… 강유 씨가 앨범을 보여 준 적이 있었거든요. 사진을 보면서 강유 씨가 설명을 해 줬는데, 저도 모르게 사진 속의 주인공을 보게 되니까 말을 걸게 되었네요. 실례가 되었다면 죄송합니다."

도아가 고개를 살짝 숙이며 말했다. 그런 도아의 행동에 윤지는 얼굴을 찌푸리며 관자놀이를 매만졌다.

착한 여자다. 그래서 더 머리가 아프다. 앞으로 일이 어떻게 될지 대충 예상이 가는 윤지로서는 이 여자에게 딱히 해 줄 수 있는 일이 없었다.

"아뇨, 죄송할 것까지는 없습니다. 그것보다 제가 좀 일이 있어서요. 그럼 먼저 실례하겠습니다."

웬만해선 엮이지 않는 것이 좋다고 판단한 윤지가 할 말을 먼저 하고는 뒤를 돌아서 발걸음을 옮겼다.

자신이 아무리 세희의 행복을 바란다고는 하지만, 강유에게 한 말도 결국은 오지랖이다. 하지만 10년 넘도록 강유를 잊지 못하던 세희가, 이제 강유를 신경 쓰지 않게 됐다고 했다. 적어도 겉도는 감정들을 정리는 할 수 있을 것이다.

'그나저나 그 꿈속의 남자가 누구……'

차에 오르던 윤지는 아까 강유가 했던 말이 떠올랐다. 분명히 세희를 '라민'이라는 남자가 데리고 갔다고 했다.

"라민이면…… 그 라민?"

가만히 생각하던 윤지가 피식 웃었다.

"와, 진짜 그 라민이면 대박인데."

윤지는 혼자 중얼거리면서도 자기 생각에 어이가 없는지 고개를 저었다.

"설마, 진짠가?"

하지만 세희와 민이 만난 적이 있다는 걸 알기 때문에 의심이 다시 고개를 들었다.

"대체 누구야?"

윤지는 그 꿈속의 남자가 궁금했지만, 일단 참기로 했다. 그러면서도 인터넷 검색창에는 '라민'을 쳐 보고 있었다.

6화
인정할 건 인정해야죠

"오늘 할 만했어요?"

어두워진 골목. 집까지 데려다주겠다는 민의 말에 따라가고 있는데 그가 뜬금없는 질문을 던졌다. 그러나 세희는 망설이지 않고 고개를 절레절레 저었다.

"아뇨. 완전 스파르타예요. 민 씨나, 유림이나 봐주는 게 하나도 없어."

결국 평범한 길과 평범하지 않은 길 중에서 평범하지 않은 길을 선택한 세희는 계약서까지 작성하고 작업에 참여하게 되었다. 오늘도 피처링을 위한 트레이닝을 마치고 돌아오는 길이다.

해 본 적 없는 일에 긴장을 해서 그런지 계약서를 보면서도 글씨가 눈에 제대로 들어오지 않고, 무슨 말인지 하나도 몰라서 민에게 하나하나 설명을 들어야 했다. 막상 이게 그냥 노래방에서 노래를 부르는 것처럼 즐기는 게 아니라 '일'이라고 생각하니 긴장을 해서 트레이닝이나 녹음을 할 때 많이 혼나기도 했다.

자신에게는 낯선 일이라서 모를 법도 하고, 긴장할 법도 함을 유림도 알 텐데, 결코 봐주는 건 없었다. 하지만 그런 유림의 행동이 어설프게나마 자신에게 잘해 주려고 하는 것임을 세희는 눈치챌 수 있었다.

그래서 오늘도 먼저 친근하게 다가가 이름을 불렀는데, 그녀는 눈도 마주치지 않고 쌩하니 지나가 버렸다. 다시 생각해도 민망한 마음에 세희는 투덜거리며 바닥의 돌을 걷어찼다. 민은 그런 세희의 행동에 작게 소리 내어 웃었다.

"그래서 각오하라고 했잖아요."

"쳇. 알아요. 내가 알았다고 했기 때문에 아무 말도 못 하는 거라고요."

세희는 투덜거리다가도 살랑거리며 부는 바람에 숨을 크게 들이마셨다가 내뱉었다.

"그래도 바람이 좋으니까 참을게요. 덥지도 않고, 춥지도 않고. 평생 이런 날씨였으면 좋겠다."

세희의 말에 민이 하핫, 하고 웃었다.

"저는 겨울이 좋아요."

"응? 왜요? 난 추워서 별론데."

세희의 말에 민이 세희의 어깨를 잡아 끌어당겼다.

"추울 때 따뜻해지기 위해 더 가까이 있으려고 할 테니까."

민의 갑작스러운 행동에 세희의 발걸음이 멈추자, 민도 덩달아서 멈췄다. 그리고 가로등 불빛이 비추는 골목에서 둘은 서로를 가만히 바라보았다.

'뭐, 뭐지…… 이 분위기는.'

웃을 때마다 예쁘게 접히는 민의 눈동자가 오롯이 자신만을 담고 있다.

두근두근.

민의 눈동자를 바라볼수록 심장의 고동이 더 커진다. 이 조용한 골목에서 민에게 자신의 심장 소리가 들킬까 겁이 났다. 하지만 그 눈빛을 잠시라도 더 바라보고 싶어서, 자신의 눈동자에도 오롯이 그만을 담았다.

"세희 씨."

민의 목소리가 조용한 골목에, 그녀의 심장에 울려 퍼졌다. 평소와 같은 목소리, 같은 말투에 똑같은 자신의 이름인데도 오싹할 정도로 기분이 좋았다.

세희는 민의 부름에 자신도 모르게 손을 뻗어 그의 볼에 손을 대고 싱긋 웃었다.

인정해야 한다. 기나긴 시간 동안 이어진 짝사랑의 잔상이 남아 있을지는 몰라도 지금은 자신의 마음에, 자신의 눈동자에 오롯이 이 남자만을 담고 떠올리고 싶다는 것을.

나는 이 남자가…… 좋다.

"세희?"

그 조용한 순간을 깬 다른 사람의 목소리가 세희의 집이 있는 쪽에서 들려왔다.

익숙한 목소리, 그리고 자신이 마음속에서 완벽하게 떠나보내야 할 목소리. 혼자 시작한 사랑이니, 혼자 정리하면 되는 남자의 목소리였다.

"강유구나."

세희는 자연스럽게 민의 볼에서 손을 내리고, 입 모양은 어두워서 강유가 잘 보이지 않을 테니, 손을 들어 인사했다.

"안녕하세요."

그리고 가까이에 다가와서야 존재를 알아챈 도아에게 가벼운 묵례를 하며 인사했다. 그러자 도아가 민과 세희를 번갈아 쳐다보더니, 어정쩡하게 고개를 숙이며 인사했다. 어느덧 호기심이 가득 찬 도아의 눈빛이 느껴진다.

'아, 이걸 어쩐다.'

상황이 원하지 않는 방향으로 흘러가는 것이 느껴졌다. 세희가 이 상황을 어떻게 해야 하나 고민하고 있는데, 민이 다가와서 세희의 어깨를 감싸며 끌어당겨 안았다.

"안녕하십니까. 저번에 한 번 뵀었죠?"

"네. 안녕하세요."

강유의 인사에 민이 싱긋 웃으며 세희를 더 바짝 끌어당겼다.

"애인 바래다주는 길이세요?"

"네."

"그럼 조심해서 다녀오세요."

"아, 네."

민은 자신의 말에 그저 대답밖에 하지 않는 강유를 보며 어깨를 으쓱이다가 자신과 세희를 쓱 훑어보는 시선을 보고는 심상치 않은 무언가를 느꼈다.

'뭐지?'

세희가 강유를 좋아할지도 모른다는 건 어느 정도 눈치채고 있었다. 아니, 좋아했던 것일지도 모른다. 그런데 저 사람은?

"아……."

심각하게 고민하고 있는데, 강유 옆에 있는 도아와 눈이 마주쳤다. 잠시 정적이 흐르고, 민은 싱긋 웃어 보이며 다시 입을 열었다.

"그럼 이만 각자 갈 길 가도록 하죠. 너무 늦어서 어른들 걱정하시겠네요."

"네."

민은 여전히 세희의 어깨를 안은 채 발걸음을 옮겼다. 세희는 무슨 죄라도 지은 것처럼 꼼지락거리며 자신의 품에 파고들었다. 그게 왠지 마음에 들지 않았다.

"세희 씨, 무슨 죄지었어요? 왜 자꾸 숨으려고 해요?"

마음에 들지 않는 그녀의 행동 때문에 집 앞까지 다 와서 한소리 했더니, 세희가 고개를 살그머니 들어 강아지 같은 눈동자로 민을 쳐다보았다.

"그건 아니고, 좀 부끄러워서 그런 건데……."

세희의 목소리가 점점 기어들어 간다. 지금 이 상황이 확실히 마음에 들지 않는 건 맞는데, 밑에서 자신을 빤히 올려다보는 세희의 모습이 너무 귀여워서 피식 웃고 말았다.

"부끄러웠어요? 세희 씨가 나한테 어떻게 했더라? 어떻게 했기에 부끄러웠던 거죠? 우리 아무런 행동도 안 했는데?"

세희는 다 알면서도 놀리는 민이 얄미워서 살짝 노려보고는 그의 품에서 빠져나가려고 밀치려 했다. 그런데 그 순간 민이 세희를 와락 껴안았다.

"미, 민 씨?"

얼떨결에 민의 품에 안긴 세희가 경직된 상태로 민을 불렀지만, 그는 세희를 꼭 껴안고 놔주지 않았다.

"이런 게 부끄럽지 않은 사이가 됐으면 좋겠어요."

"……네?"

민의 말에 세희가 되묻자, 민은 그녀를 놔주고는 양어깨를 잡으며 싱긋 웃어 보였다. 그리고 아까 그녀가 민에게 했던 것처럼 똑같이 세희의 볼을 쓰다듬었다.

"아니에요. 집에 들어가고, 나중에 봐요."

민의 행동이 애틋해서, 나중에 보자는 그 말이 너무나도 멀게 느껴져서 순간 심장이 찌릿거리며 통증이 느껴졌다. 나중에 보자고 하고 영영 못 볼 사람 같았다.

"왜요? 왜 나중이에요?"

"응? 그럼 언제 보려고요?"

"나중에 언제 봐도 상관없는 거예요?"

한번 마음을 인정하고 나니, 오늘 봤어도 내일이면 또 보고 싶을 것 같다. 그를 볼 때마다 심장이 쿵, 떨어지는 것 같던 느낌이 그를 향한 설렘으로 바뀌었고, 그의 눈동자에 빠질 것 같다 생각했던 것처럼 정말 그에게 빠져 버리고 말았다.

그런데 그는 자신에게 안녕을 고하는 것만 같아서 마음이 아프다. 짝사랑을 끝내고 또 짝사랑으로 이어질 것 같은 아픈 예감.

세희는 한숨을 푹 내쉬며 고개를 절레절레 젓고는 두어 발자국 떨어져서 그에게 등을 보였다.

"아무것도 아니에요. 나중에 봐요, 그럼."

혼자만의 마음인 걸 민이 알 리가 없으니, 누굴 탓할 수도 없어서 그냥 말을 툭 내뱉고 대문을 열었다. 그런데 뒤에서 성큼 다가온 그가 손목을 잡아채 그녀를 돌려세웠다. 괜히 기대하는 자신이 한심스러워서 그녀는 살짝 눈을 들어 민을 올려다봤다.

"왜요?"

"아, 저기…… 나중에 보자는 말은 기약이 없는 게 아니에요. 나중이라는 게 내일이 될 수도 있고, 몇 시간 뒤 새벽이 될 수도 있는 거고. 그리고 어차피 연습 때문에 자주 봐야 되는데."

민이 멋쩍은 표정을 지으며 뒤통수를 긁적였다.

앞까지는 좋았는데, 뒤에 '어차피 연습 때문에' 라는 말이 마음에 들지 않는다. 세희는 한숨을 푹 내쉬며 민의 손을 잡아 자신의 손을 빼내고 시선을 돌렸다.

"그래요. 연습 때문에라도 자주 봐야죠. 알겠어요. 들어가 볼게요."

세희는 뒤도 돌아보지 않고 바로 대문 안으로 들어갔다.

'나도 참 별나다. 그게 뭐라고 서운하니?'

그저 감정 하나 인정했을 뿐인데, 그 사람의 단어 선택 하나하나가 민감하게 받아들여지고, 말투 하나하나에 예민하게 반응하게 된다.

그녀는 기껏 다른 사람을 마음에 담은 게 또 짝사랑인가 싶어서 한숨을 푹 내쉬며 집으로 들어갔다.

☆

"안녕하세요."

강유의 집으로 가는 골목을 걷던 도아는 세희네 집 대문 앞에 서 있는 윤지를 발견했다. 가방을 뒤적거리고 있는 그녀에게 다가가 인사를 했지만, 윤지는 가벼운 묵례를 하고 도아를 지나쳤다. 냉기가 흐르는 그녀의 행동에 괜히 민망해져서 관자놀이를 긁적였다.

'내가 마음에 안 들었나?'

이전에도 그렇고, 지금도 그렇고 윤지는 자신에게 굉장히 차가웠다. 먼저 알은척을 한 것이 잘못이었을까? 아니면 그냥 마음에 들지 않았던 걸까.

"후……."

강유는 어떨지 몰라도, 도아는 강유와 결혼까지도 생각하고 있었다. 그 정도로 그는 좋은 사람이었고 도아는 그를 사랑했다. 비록 사고로 청력을 잃었지만, 대화하는 것에는 큰 무리가 없고, 조금의 불편함은 신경도 안 쓰일 정도로 사소한 것에 불과했다.

그런 그에게 잘 보이고만 싶은데 그의 오랜 친구라는 윤지가 자신이 마음에 들지 않아서 강유에게 무슨 말을 할지 모른다는 생각에 걱정이 앞섰다.

"아, 민도아. 넌 너무 걱정이 앞선다. 일어나지 않은 일을 왜 벌써 걱정하니."

도아는 고개를 흔들며 강유네 대문을 열고 안으로 들어갔다.

"저 왔어요."

도아가 현관문을 열고 들어오며 습관적으로 중얼거렸다.

도아가 신발을 벗고 강유를 봤을 때, 강유는 멍한 표정으로 허공을 보고 있었다. 처음 보는 모습에 도아는 고개를 갸웃거리며 강유에게 다가가 어깨를 툭툭 쳤다.

"강유 씨."

도아가 어깨를 치는 손길에 허공을 멍하니 보고 있던 강유가 놀란 듯 고개를 휙 돌리며 도아를 보더니 눈을 깜빡이다가 살짝 웃는다.

"아, 도아 씨. 왔어요?"

강유의 웃는 얼굴에 심장이 아까보다 빠르게 두근거린다. 강유의 눈웃음은 귀엽고 매력적이어서 다른 사람에게는 보여 주지 않았으면 하는 독점욕까지 생긴다.

'하지만 그건 쓸데없는 욕심이겠지.'

도아는 자기 생각을 꾸짖으며 강유의 옆에 앉았다.

"뭘 그렇게 넋을 놓고 있어요?"

"아, 새 작품 구상 중이에요."

"그래요?"

강유의 말에 도아가 고개를 갸우뚱거렸다.

항상 새 작품을 쓸 때 생각이 안 나면 애국가라도 종이에 끼적이는 사람이 강유인데, 멍한 표정으로 구상하고 있다는 게 이상했다. 하지만 강유 나름대로 생각이 있을 거라 판단을 내리고 고개를 끄덕이는데, 갑자기 부르르 진동이 울렸다. 그의 핸드폰이었다.

강유는 화면이 켜진 핸드폰을 집어 들고는 내용을 확인하고 피식 웃었다. 그러고는 토독토독 뭔가를 쓰더니, 핸드폰을 손에서 놓지 않고 화면만 보고 있다.

자신이 옆에 있음에도 핸드폰만 쳐다보고 있는 게 심통이 나서 입술을 삐죽 내밀고 기다렸지만, 강유는 그런 도아의 마음도 모르고 계속 피식 웃으며 핸드폰을 손에서 놓지 않았다.

평소에도 간혹 보던 모습이긴 하지만, 요즘따라 더 심한 것 같았다. 오면 서로 얼굴 한 번 보고 일을 하거나, 각자 핸드폰만 만지고 있다. 이제 만난 지 세 달밖에 안 됐는데 하는 행동은 3년 사귄 사람들 같았다.

자신이랑 이야기하다가도 핸드폰에서 진동이 느껴지면 핸드폰이 우선이었고, 뭘 보는지 웃고 있기에 뭐가 그리 재미있느냐고 물어보면 아무것도 아니라면서 말을 돌리기 일쑤였다.

바람이라도 피는 건가 생각을 했지만, 그는 자신에게 콤플렉스가 있는 사람인 데다가 밖에 잘 나가지 않았고, 생활 패턴이 거의 똑같아서 함부로 의심할 수도 없었다.

"강유 씨, 도대체 뭘……."

"도아 씨, 저 화장실 좀 다녀올게요."

도아는 핸드폰을 보고 있는 그에게 말을 걸며 강유의 팔을 잡으려고 했는데, 갑자기 고개를 휙 돌리는 강유의 행동에 놀라서 얼떨결에 고개를 끄덕였다.

눈을 마주친 뒤에 말해야 하는 걸 깜빡한 것이다. 그러자 강유가 도아의 머리카락을 흐트러트리고는 핸드폰을 뒤집어서 테이블 위에 놓고 소파에서 일어났다.

'……보, 볼까?'

이러면 안 되는 걸 알면서도 강유의 핸드폰이 보고 싶다. 뭐가 그리도 좋은지 자신은 쳐다보지도 않고 핸드폰을 보고 웃는 건지 알고 싶다.

"시, 실례하겠습니다……."

도아는 눈치를 보며 강유의 핸드폰을 조심히 들었다. 그리고 잠금장치도 되어 있지 않은 화면을 쉽게 연 그녀는 화면이 넘어가자마자 보이는 사진에 얼굴이 굳어졌다.

「갓 만든 식빵이 너무 맛있어서 먹다가 입천장 까짐. 나는 바보인가 봐. 엉엉.」

식빵을 들고 우는 척하며 찍은 사진과 함께 쓰여 있는 세희의 SNS 글. 자신을 쳐다보지도 않았던 게 세희 때문이라는 생각이 들자 순간 심장이 욱신거렸다.

'아니야, 그냥 SNS일 뿐인걸? 그거 보고 있던 게 뭐 어때서.'

도아는 애써 미소를 지으며 불안함으로 쿵쾅거리는 마음을 진정시키기 위해 숨을 길게 들이마셨다가 내쉬기를 반복했다.

하지만 생각과는 다르게 떨리는 손은 감출 수 없었고, 이 상태로는 더 볼 수 없을 것 같아서 다시 화면을 끄고 아까처럼 핸드폰을 뒤집어 테이블 위에 올려놓았다.

"후…… 진정하자, 민도아. 핸드폰은 나도 보는걸, 뭐."

도아는 스스로를 타이르며 진정시키려 했다. 하지만 베이커리에서 몸 상태가 안 좋다는 세희를 보며 걱정스러운 눈빛을 띠던 강유가 떠올라서 다시 불안해졌다.

"그래, 친구…… 친구잖아. 걱정할 수도 있지, 뭐. SNS 보면서 웃을 수도 있고. 그래…… 친구니까."

중얼거리며 자신을 위로하면서도 표정은 점점 어두워져 갔다.

☆

세월이 가면 갈수록 봄과 가을은 사라지는 것 같았다. 이제 좀 선선해지나 싶던 날씨는 어느덧 나뭇잎이 다 떨어지고 나자 제법 쌀쌀해졌다.

초가을에도 목도리를 하거나 털모자를 쓸 정도로 추위를 많이 타는 윤지를 위해서 카운터 안쪽 방 안에 난로를 켜 주고 자신은 난로와 좀 떨어진 곳에 앉아 있는데, 한숨이 절로 푹푹 나온다.

자신이 작업실에 왔다 갔다 하면서 기대한 민과의 진전은 전혀 없었다. 민도 유림의 앨범 작업이 본격적으로 시작되자 정신없이 바빴고, 세희는 세희대로 트레이닝을 마치고 녹음을 시작한 데다 베이커리 운영을 같이 하느라 항상 바빴다.

그리고 힘들었다. 너무 힘들어서 한숨을 푹 내쉬던 세희의 눈에서 힘이 풀리며 고개가 점점 밑으로 떨어졌다.

"얘 봐, 얘 봐. 야! 정신 차려!"

말없이 세희를 보고 있던 윤지가 꾸벅꾸벅 졸고 있는 세희를 향해 외쳤다. 그런 윤지의 큰 목소리에 눈을 슬그머니 뜬 세희가 고개를 흔들며 기지개를 쭉 켰다.

"아, 피곤하다."

"너 1년 전만 해도 안 그랬잖아? 너도 나이가 들어 가기는 들어 가는구나?"

"이씨, 너는 나이 안 드는 줄 알아?"

"같이 나이는 먹어 가도 난 그렇게 졸진 않거든요."

"됐어, 됐어. 손님도 없고, 이만 문이나 닫아야겠다."

어차피 오늘은 연습이 없는 날이다. 오늘이라도 푹 쉬어 줘야 살 것 같았다.

"웅? 벌써?"

"벌써라니?"

윤지의 말에 세희가 시계를 보고는 미간을 찌푸렸다.

"벌써 7시야. 오늘은 도저히 피곤해서 안 되겠다. 들어가서 좀 쉴래."

"에이."

세희는 쩝 소리를 내면서 난로를 끄는 윤지를 보고 고개를 갸우뚱거렸다.

"뭐야? 너 오늘 여기 온 게 나 말고 다른 목적 있는 거야?"

윤지는 괜히 속으로 뜨끔해서 세희를 힐끔 보고는 고개를 돌렸다. 어차피 강유에게 들은 말도 있고, 물어보려고도 했으니 잘됐다 싶어서 고개를 끄덕였다.

"어. 네 꿈속의 남자."

"웅?"

"저번에 너희 집에 갔다가 강유 만났거든. 그런데 라민이라는

176

사람이 너 데리고 나갔다고 하더라. 그 라민이 내가 알고 있는 그 라민이 맞아?"

"아……."

갑작스러운 윤지의 정곡에 세희가 잠시 당황한 표정을 지었다.

말을 해야 한다는 생각은 있었다. 그 꿈속의 남자가 민인 것도, 평범하지 않은 길을 선택해 그와 같이 일하게 되었다는 것도.

"그 라민이 그 라민 맞는 것 같은데요?"

"응?"

세희가 갑자기 불쑥 끼어든 제삼자의 목소리에 화들짝 놀라서 고개를 돌렸다. 그곳에는 언제 들어왔는지 알 수 없는 민이 빙긋 웃는 얼굴로 세희를 보고 있었다.

"언제 들어왔어요?"

"방금요."

"방울 소리 못 들었는데."

"뒷문 알려 줬잖아요. 몰래 들어왔죠."

"아."

그와 같이 일하게 되면서 서로의 일터에 드나드는 모습이 기자들의 눈에 띄는 건 좋지 않을 것 같아서 뒷문으로 들어오는 길을 알려 줬던 게 생각났다.

그때 일을 생각하며 고개를 끄덕이던 세희가 윤지를 힐끔거리다가 이내 한숨을 푹 내쉬었다.

"일단은 서로 인사부터 합시다. 이쪽은 제 절친 이윤지. 그리고 이쪽은 너도 아는 '그' 라민 씨야."

세희가 서로를 번갈아 보며 통성명을 해 주자, 민이 방에 성큼 들어가 앉아서 윤지에게 손을 내밀었다.

"반갑습니다. '그' 라민입니다."

"네, 반갑습니다. 세희 절친 이윤집니다."

서로 인사를 하고는 뭐가 웃긴지 킥킥대며 웃었다. 뭔가 저 상황이 마음에 들지 않는 세희가 미간을 찌푸리고 있는데, 딸랑거리며 방울 소리가 들려왔다.

"아, 어서 오세요!"

세희는 뛰쳐나가며 손님을 맞이했다. 지금 막 들어온 손님은 단골이라 이런 상황이 익숙한 듯 세희를 보고 싱긋 웃으며 빵을 고르기 시작했다.

그러는 동안 안에서는 뭐가 그리도 좋은지 하하, 호호 시끄러웠다.

딸랑—

"어서 오세요!"

한 번 손님이 들어오자 갑자기 몰리기 시작했다. 문을 닫으려고 하던 때에 몰려든 손님에 세희는 정신없이 계산을 하며 손을 급히 놀렸다.

"도와줄게."

"응?"

불쑥 끼어든 목소리에 고개를 돌려 보니, 어느덧 옆으로 온 윤지가 계산을 한 빵을 하나하나 봉투에 담고 있었다. 세희는 피식 웃으며 윤지를 툭 쳤다.

"어, 고마워."

"계산이나 하셔."

"네, 네."

갑자기 몰려든 손님을 윤지 덕분에 수월하게 해결하고 한숨 돌렸다. 민은 안에서 밖이 조용해진 걸 느끼고는 방문을 조심히 열고 얼굴을 빠끔히 내밀었다.

"손님 다 갔어요?"

"아아, 네. 심심했죠?"

"아뇨. 핸드폰이랑 놀고 있어서 안 심심했어요."

"그래요?"

"뭐야, 두 사람 나 사이에 두고 너무 다정한 거 아니야? 에이, 안 되겠네. 나 집에 갈래. 어으, 닭살 돋아."

윤지는 두 팔을 교차해서 비비적거리더니, 민에게 비키라는 손짓을 했다. 그러고는 민이 뒤로 물러나자, 문을 활짝 열고는 바닥에 개어 놓았던 목도리를 챙겨 맸다.

"정말 가?"

"정말 가야지. 집에 들어가서 쉬어야겠다. 민 씨, 저 가 볼게요. 세희 잘 부탁해요."

"응? 민 씨한테 나를 왜 부탁하는데?"

"넌 바보니까."

"뭐? 야!"

"하하, 하하하."

세희의 큰 소리에 윤지가 호탕하게 웃었다. 그녀는 민에게 고개를 꾸벅여 보이고는 발걸음을 돌렸다.

가게를 나간 윤지를 가만히 보고 있던 민이 방에서 나와서 신발을 주섬주섬 신었다. 그런 그를 가만히 보던 세희가 고개를 갸우뚱거렸다.

"민 씨도 가게요?"

"잠깐요. 이따가 돌아올 거예요."

"일해요, 일."

세희가 단호한 표정으로 딱딱하게 말하자 민이 세희에게 다가가 팔을 툭 치며 입을 열었다.

"에이, 왜 그래요. 그렇게 말하면 내가 섭하지. 내가 언제 일 안 했어요?"

민은 누가 봐도 애교스러운 표정과 애교 가득한 말투로 세희에게 말했다. 다른 남자였다면 얼굴이 찌푸려졌을 텐데, 키도 크고 다부진 몸을 가졌으면서도 애교가 민에게 너무 잘 어울려서 웃음밖에 안 나왔다.

"으이그……."

민을 밉지 않게 노려본 세희는 눈을 돌려 텅텅 빈 진열대를 보며 흐뭇한 표정을 지었다.

"근데 좀 늦을 수도 있어요."

민의 말에 세희가 시계를 보니 7시 30분이었다. 빵도 없고, 이제 문을 닫고 정리를 할 생각이었다. 해가 짧아져서 하늘은 벌써 어둠에 휘감겼다. 집에 갈 때 같이 가고 싶지만, 이렇게 어두운데도 기다리겠다고 하면 같이 있고 싶어 하는 걸 눈치챌 수도 있다.

"그럼 오지 말고 집에 가요."

"데려다줄게요. 기다려요."

"안 그래도 되는데."

"안 돼요. 꼭 기다려요."

"……?"

왠지 평소의 민 같지가 않다. 조금 전까지만 해도 평소보다 과하게 앙탈과 애교를 부렸는데, 지금은 평소보다 더 진지하다. 그것도 쓸데없이.

쓸데없이 진지한 모습에도 설레어서 세희는 일부러 한숨을 푹 내쉬며 고개를 끄덕였다.

"알았어요."

민은 그런 세희의 대답이 만족스러웠던지, 살며시 웃으며 손을 흔들었다.

"다녀올게요."

"다녀오세요."

세희의 인사에 민은 가다 말고 뒤를 돌아서 세희를 빤히 쳐다보다가 뒷문 쪽으로 나갔다.

'아까 왼쪽으로 갔지?'

민은 윤지가 간 방향을 떠올리며 윤지를 찾기 위해 발걸음을 옮겼다.

키가 작은 윤지라 뛰어가지 않는 이상 멀리 가진 않았을 거란 생각에 주변을 두리번거리며 목도리를 두른 사람을 찾았지만, 윤지는 없었다.

"어디 간 거야?"

"나 찾아요?"

민은 갑자기 뒤에서 들리는 목소리에 깜짝 놀라서 뒤로 냉큼 돌았다.

그곳에는 팔짱을 끼고 지그시 민을 올려다보고 있는 윤지가 있었다. 갑작스러운 윤지의 등장에 당황한 민이 어설프게 웃으며 관자놀이를 긁적였다.

"아, 아하하…… 들켰네요."

"한참 전에 들켰죠. 나 나가는데 빤히 쳐다보는 게 좀 이상해서 주변에 있었어요. 나한테 할 말 있나요?"

"아……."

갑자기 훅 치고 들어오는 윤지의 질문에 민이 아랫입술을 깨물었다. 그리고 머릿속으로 말을 정리하고는 한숨을 푹 내쉬었다.

"강유 씨에 대해서 물어볼 게 있어서요. 이 질문에 대한 답을 해 줄 사람이 윤지 씨밖에 없을 것 같아서."

"그래요? 그럼 따라와요. 내가 해 줄 수 있는 말이라면 해 줄게요."

윤지는 말을 툭 던져 놓고 뒤를 돌아 발걸음을 옮겼다. 자신보다 한참 작은 윤지의 카리스마에 멍청하게 있던 민이 뒤늦게 정신을 번쩍 차리고는 그녀의 뒤를 졸졸 따라갔다.

어느덧 해는 완전히 저물고, 저녁이 되어 가로등 불빛이 가는 길을 비춰 줬다.

어디로 가나 싶어서 주변을 두리번거리고 있는데, 세희를 집에 데려다주면서 항상 보는 작은 공원이었다.

"아, 항상 지나가기만 했던 곳이네요."

"그랬어요?"

"네. 세희 씨 집에 데려다주고, 저는 곧장 집에 들어가니까요."

"이래 봬도 예전에는 사람 꽤 많았어요. 그런데 아무래도 좋은 곳이 더 많다 보니, 오래된 곳은 안 찾게 되더라고요. 그래도 저는 조용하게 이야기할 때에는 여기로 와요. 카페 같은 데 안 가도 괜찮죠?"

"네, 좋네요."

"그럼 아까 말한 거 계속해 보실래요? 강유가 왜요? 무슨 일 있나요?"

"아뇨, 무슨 일 있는 건 아니지만, 강유 씨의 감정이 신경 쓰여서 물어보고 싶었어요."

"응? 강유의 감정이요?"

"네."

윤지는 민의 말에 벤치로 가던 발걸음을 멈추고 잠시 인상을 쓰다가 뒤를 돌아서 민을 올려다보았다.

"라민 씨가 물어보는 게 무슨 말인지, 정확하게 말해 줄래요? 강유 감정이 왜요?"

"제가 그냥 착각하는 걸 수도 있습니다. 하지만 착각이라고 하기에는 너무 이상해서요. 세희 씨가 강유 씨를 좋아한다는 건 어렴풋이 짐작은 하고 있습니다. 그런데 강유 씨는 애인이 있는데도 불구하고 세희 씨를 바라보는 눈빛이…… 친구가 아니라, 여자로 보는 눈빛이었거든요."

"……."

윤지는 민의 말에 가만히 있다가 한숨을 푹 내쉬고는 벤치로 걸어가서 털썩 앉았다.

그런 윤지를 가만히 보던 민이 그녀가 앉은 벤치에 살짝 떨어져 앉아서는 다시 입을 열었다.

"솔직히 이 질문에 대해서 세희 씨는 당연히 모를 테고, 두 사람과 가까이에 있던 윤지 씨는 알 거라고 생각해서 물어보는 겁니다. 제가 느낀 게…… 맞습니까?"

"뭐, 대답을 못 해 드릴 건 없지만…… 제가 라민 씨의 뭘 믿고 말해 줘요?"

"네?"

"당신은 그 누구도 알 만한 사람이기에 저도 알고 있는 거지만, 당신의 속내는 모르겠거든요. 솔직히 처음에 세희에게 접근했을 때에도 사업상의 명목이었으니 지금이라고 다를 게 뭐가 있을까, 싶거든요. 솔직하게 말해 주세요. 당신이 이러는 게 사업상의 목적인가요, 아니면 남자로서 여자에게 관심이 있는 건가요? 그걸 확실히 해 주지 않으면 알고 있어도 말은 못 해 주겠는데요?"

윤지는 다리를 꼬며 단호한 표정으로 말했다. 그러자 민이 숨을 길게 내쉬며 고개를 끄덕였다.

"이해합니다. 윤지 씨와는 처음 본 사이기도 하니, 믿지 못하는 게 당연하죠."

"네. 잘 알고 계시네요. 그럼 제 질문에 대해서 먼저 대답해 주시겠어요?"

"솔직히 처음에는 노랫소리에 끌렸죠. 제 직업이니까, 이 정도의 노래 실력을 가진 사람이라면 제가 꼭 키워야겠다고 생각하고 마주했어요. 그런데…… 마주한 순간 절 빤히 쳐다보는 그 눈빛에 끌렸고, 정말로 좋아하게 됐습니다. 제 마음을 아낌없이 세희 씨에게 전하고 싶지만, 섣부르게 행동하다가는 밖에서 말이 나올 테니 신중하게 생각하고 있습니다."

민의 목소리는 진지했고, 그 진지함에서 진심이 묻어 나왔다.

윤지는 민을 빤히 쳐다보다가 이내 고개를 끄덕이며 천천히 입을 열었다.

"본인은 인정하지 않으려 하는 것 같던데, 강유도 세희 좋아한 지 오래됐어요."

"네?"

첫 대답부터 폭탄 같은 윤지의 말에 민이 미간을 찌푸렸다. 윤지는 민을 살짝 쳐다보고는 고개를 돌려 다른 곳을 보며 입을 열었다.

"놀랄 거 없어요. 강유가 세희 좋아한다는 건, 나 말고도 많은 사람들이 알아요. 그런데 본인이 아니라고 하니까 가만히 있는 거죠. 솔직히 내가 찔러도 봤는데, 사고가 나기 전에는 그냥 친구라고 둘러대고, 사고 후에는 쓸데없는 소리 하지 말라면서 넘어가더군요. 아마 사고 후에는 스스로에게 자신이 없었던 거겠죠. 그리고 그 감정은 아직도 유효해요."

"사고라면……."

"아, 모르나요?"

"귀가 안 들린다는 건 눈치챘지만, 사고가 났다는 건 모르고 있었습니다."

"아…… 그렇구나."

윤지는 말을 잘못 꺼냈나 싶어서 입을 꾹 다물고 있다가 어차피 꺼낸 말이니, 알아야 할 것 같아서 다시 입을 열었다.

"사실 강유가 17살 때 사고가 나서 병원에 오래 있었거든요.

그 사고로 청각을 잃었고요."

"아……."

"나는 아직도 그때를 못 잊어요. 강유가 세희한테 이제 네 목소리를 들을 수도, 네 노래를 들을 수도 없고, 네가 날 불러도 나는 반응할 수 없다고 했던 그 말을. 그때 그 말을 세희는 강유가 청각을 잃어서 그런 건가 보다, 라고 생각했지만, 나는 그 말을 듣고 강유가 세희를 좋아한다는 걸 확신하게 되었죠."

윤지는 예전 일을 생각하다가 이내 한숨을 푹 내쉬고는 민을 향해 고개를 돌렸다.

"근데 웃긴 건 뭔지 알아요?"

"뭡니까?"

"강유는 세희가 자신을 좋아한다는 사실을 알고 있어요. 한…… 6년 전부터?"

"……."

예상치 못한 말에 민의 입술이 굳게 다물어졌다. 강유가 세희를 좋아하느냐는 질문에 세희가 본인을 좋아한다는 사실을 그가 알고 있다는 것에 대해 듣게 되리라고는 생각지도 못했다.

"그런데 민 씨가 생각했듯, 저도 둘 사이에 껴 있다가 어쩌다 알게 된 거예요. 어쩌면 제가 알고 있는 시간보다 더 전부터 알고 있었는지도 모르죠."

자그마치 6년, 혹은 그 이상의 시간이다. 그 이전에는 몰랐다고 치더라도 자신이 세희를 보며 느끼고 있는 감정까지 거부하

187

면서 세희를 밀쳐 내려 했다면 진즉에 세희를 포기시켜야 했다. 그런데 그렇지 않고 그 남자는 6년이라는 세월 동안 세희를 더 힘들게 하였다.

"왜…… 세희 씨에게 말하지 않았던 겁니까?"

민이 눈썹을 찌푸리며 물었다. 그런 민을 보며 윤지는 덩달아 미간을 찌푸리며 한숨을 내뱉었다.

"누구는 말하고 싶지 않았겠어요? 강유한테는 미안한 말이지만, 강유보다도 나에게 소중한 친구는 세희예요. 하지만 결국 두 사람의 일에 나란 사람은 제삼자에 불과하고, 아무리 강유가 자신을 여자로 봐 주지 않는다고 생각하고 있을지라도 제삼자가 뜬금없이 '네가 좋아하는 거 그 사람이 알고 있어.' 라고 하거나 '그 사람도 너 좋아해. 그런데 그걸 인정하지 않아.' 라고 말한다면 그 사람이 어떨 것 같아요? 그리고 두 사람의 관계는요?"

윤지는 상상만으로도 짜증이 밀려오는지, 신경질적으로 머리카락을 마구 흐트러뜨렸다.

"차라리 강유가 자신의 감정을 인정하고 있다면 강유에게 말이라도 했겠죠. 네가 정리하든지, 둘이 만나든지 하라고. 그런데 스스로 거부하고 있는 게 눈에 보이는데, 내가 무슨 말을 하겠느냐고요."

윤지는 답답하다는 표정으로 민에게 말을 하며 관자놀이를 꾹꾹 눌렀다.

세희가 강유라는 존재를 신경 쓰지 않게 된 이상, 강유와의 이야기는 이미 옛날이 되어 버렸을지 모르겠지만, 아무리 옛날 이야기라도 그것은 윤지의 머리를 지끈거리게 하였다.

"이제 그건 안 됩니다."

"네?"

"제가 세희 씨가 강유 씨를 포기하게 할 겁니다."

떠올리기만 해도 지끈거리는 생각에 짜증이 난 가운데, 상큼하게 들려온 말에 윤지의 표정이 조금 풀어졌다.

"그래요? 그럼 어떻게 할 건데요?"

"저에게 빠져서 헤어 나오지 못하도록 할 겁니다."

"헤어 나오지 못하게 만들면 끝까지 책임져야 하는데도요?"

"그건 당연한 거 아닙니까?"

민의 당당한 말이 마음에 든 윤지가 결국 피식 웃었다. 답답한 마음이 민의 당당한 말로 뻥 뚫리는 것 같았다.

'적어도 질질 끌고 가지는 않겠군.'

그의 뜨거운 눈빛이, 굳게 다문 입술에서 느껴지는 결의가 아주 마음에 들었다.

"아주 마음에 드네요. 그럼 우리 세희, 행복하게 해 줄 수 있나요?"

윤지의 말에 민이 벤치에서 일어나더니, 뒤를 돌아 윤지를 보고 피식 웃었다.

"당연하죠. 이 세상 그 어느 누구보다도 행복하게 만들어 줄 거고, 어느 누구보다도 사랑받는 여자로 제 곁에 둘 겁니다. 그럼 나중에 식사 한번 대접하죠. 오늘은 세희 씨가 기다리고 있어서 이만 가 볼게요."

민은 윤지에게 고개를 가볍게 꾸벅여 보이고는 그 자리를 벗어났다. 그런 민의 뒷모습을 빤히 보던 윤지가 자리에서 일어나더니 피식 웃으며 팔을 교차하여 양팔을 비볐다.

"으, 닭살. 나는 누가 나한테 저런 말 안 해 주나."

윤지는 혼자 중얼거리며 별이라고는 북극성 하나도 제대로 보이지 않는 하늘을 보다가 발걸음을 옮겼다.

"아……."

두 사람이 빠져나간 공원에 장바구니를 바닥에 떨어트린 도아가 멍청하게 서 있었다. 그녀는 후들거리는 다리를 추스르지 못하고 그 자리에 주저앉았다.

'내가 지금 무슨 말을 들은 거야? 누가 누굴 좋아해?'

너무 놀라서 입에 돌지도 않은 침을 삼키는 시늉을 하며 멍하니 하늘을 보았다.

분명히 자신은 장을 봐서 강유네 집으로 가고 있었다. 그의 집으로 가는 길에 있는 작은 공원을 지날 때 안쪽에서 들려오는 목소리에 강유의 이름이 섞여 있는 걸 알아채자 발걸음이 멈추었고, 그렇게 듣게 된 이야기는 청천벽력 같은 소리였다.

절대 믿고 싶지 않았던 예상이 갑자기 현실로 다가오자 눈물이 눈가에 고이며 눈앞이 흐려졌다.

강유가 세희와 같이 있는 민을 보던 그 날카로운 눈빛이 그저 친구의 남자를 살피는 눈이라고 믿었다.

그리고 자신이 옆에 있는데도 불구하고 세희의 SNS를 보며 웃고 있는 건 그만큼 친한 사람이니까, 하고 이해하며 지나가려 했었다.

그런데 그것들이 세희를 좋아하기 때문에 나온 행동이라면…….

도아는 생각하고 싶지 않아서 고개를 절레절레 저었다. 그리고 이 자리를 떠나려 했지만, 생각처럼 다리가 움직이지 않았다. 참고 있던 눈물은 어느덧 걷잡을 수 없이 볼을 타고 흘러내리며 바지를 적셨다.

7화
싱숭생숭하네요

"피곤하지 않아요?"

며칠째 자신의 옆에서 든든한 기사 역을 자처한 민을 올려다 보며 물었다. 연습이 있는 날이야 너무 늦어서 이해하겠지만, 연습이 없는 날까지 이러는 건 그를 피곤하게 만드는 것 같아서 미안했다. 그러자 민이 웃으며 세희의 머리 위에 손을 얹는다.

"걱정돼서 그래요. 어두운 밤길을 여자 혼자 걸으면 얼마나 위험한지 몰라서 그래요?"

"그래도……."

민의 작은 행동 하나에 심장이 반응하고, 얼굴 근육이 반응한 다. 민이 걱정스러운데도 배시시 웃게 될 것 같아서 입술을 안으 로 말아 넣고는 고개를 숙였다.

"그래도 엎어지면 닿을 곳인데."

"걸어서 10분 거리가 어떻게 엎어지면 닿을 거리예요? 내가 보기에는 세희 씨 키가 그렇게 크진 않은 것 같은데."

장난스러운 민의 말에 세희가 고개를 들자, 민은 머리 위에 얹어 놓았던 손으로 세희와 자신의 키를 비교해 보며 말했다. 민의 말대로 세희의 머리는 민의 어깨보다 조금 위였다.

걱정돼서 하는 말을 진지하게 받아치다가도 금세 장난으로 변하는 민을 밉지 않게 노려보며 민의 팔을 툭, 쳤다.

"민 씨, 지금 장난해요?"

세희의 손길에 민이 그저 큰 소리로 웃었다. 호탕한 민의 웃음소리는 너무 기분이 좋아서 세희도 덩달아 피식 웃었다. 그리고 민의 팔을 툭 친 손으로 그의 팔을 잡고 싶었다. 자신보다 큰 손을 잡아 보고 싶었다. 이 순간에도 그를 만져 보고 싶은 마음에 주먹을 꽉 쥐고 고개를 돌리며 숨을 길게 내쉬었다.

'아, 나 변탠가 봐. 순수하게 데려다주겠다는 사람한테 무슨 생각 하고 있는 거야.'

"세희 씨?"

"아, 네?"

민의 부름에 세희가 고개를 들자, 민의 얼굴이 바짝 다가와 있었다. 세희가 놀란 마음에 숨을 훅 들이마시고 두 눈을 동그랗게 뜨자, 민의 눈이 예쁘게 접히더니 이마에 이마를 콩 부딪치고는 숙이고 있던 상체를 일으켰다.

"앞으로 밤에 나오고 싶으면 전화해요. 같이 있어 줄게요."

"아……."

갑작스러운 민의 행동에 놀란 세희가 잠시 멍청하게 있다가 이내 정신을 가다듬고는 고개를 좌우로 저었다.

"괜찮아요."

"실은 말이에요."

"네."

뭔가 진지하게 하려는 말이 있는 것 같아서 세희는 자신도 모르게 발걸음 속도를 더욱 낮추고 귀를 쫑긋 세웠다.

"실은 밤에 나오고는 싶은데, 혼자 오래 있으면 무서워서 못 나왔거든요. 그러니까…… 불러…… 줄 거죠?"

민은 최대한 애처로운 표정을 지으며 세희에게 말했다. 그런 민의 표정에 세희가 픔, 하고 웃었다.

"어어? 나 웃기라고 한 말 아닌데."

"하하하!"

민의 말에 세희는 가던 발걸음을 멈추고 배꼽을 잡고 웃었다. 솔직히 이 상황이 배꼽 잡고 웃을 정도로 웃긴 상황은 아니었지만, 세희는 민이 웃기다기보다는 너무 귀여워서 자연스럽게 웃음이 나왔다.

'어쩌지, 이 사람 안아 주고 싶어.'

세희의 마음은 진심이었다. 저런 귀여운 행동으로 자신을 이렇게 웃게 해 주는 민을 진심으로 안아 주고 싶어졌다.

"응?"

이번에는 머리보다 몸이 먼저 움직였다. 민을 안았다고 하기보다는 민의 품에 폭 안겨서 그의 허리만 감싸 안고 있는 게 전부였지만, 그것만으로도 충분했다.

"세, 세희 씨?"

"왜요?"

"가, 갑자기 이게 무슨……."

"으흥?"

세희는 콧소리를 한 번 내더니, 민과 살짝 떨어져 민의 얼굴을 올려다보았다. 민의 얼굴에서 당황한 기색이 보였다. 세희는 피식 웃었다.

막상 행동하고 나니 생각보다 어렵지 않았다. 오히려 그를 안기 잘했다는 생각이 든다.

"왜요. 민 씨도 나 안고 싶으면 안잖아요. 나도 갑자기 그러고 싶어져서요."

세희는 말이 끝나기가 무섭게 민을 안고는 머리를 민의 어깨에 편안히 기대었다.

"근데 민 씨가 그랬잖아요. 추우면 더 가까이에 있게 되니까 겨울이 좋다고."

"그랬……죠?"

"그 말을 이제 정확히 알 것 같아요. 떨어지면 추워서 그런가, 놔주기가 싫어지거든요. 민 씨도 나 안을 때 그랬어요?"

세희가 숨김없이 솔직하게 말했다. 그러자 민이 침을 꼴깍 삼키는 게 느껴졌다.

자신의 행동에 그가 긴장하고 있다는 사실이 좋아서 더 꽉 끌어안자 민이 긴 팔을 둘러 세희를 꽉 안았다.

"그걸 이제 알았어요? 난 단 한 번도 세희 씨를 놓고 싶었던 적이 없었어요."

민의 말에 세희가 푸스스 웃었다. 민이 자신과 비슷한 마음일지도 모른다는 그 생각이 그녀를 매우 기쁘게 만들었고, '시간이 멈췄으면 좋겠다'는 말을 이제야 이해했다.

어차피 흐르는 시간인데, 뭐가 멈췄으면 좋겠다고 생각하는 건지 이해 못 하던 세희였기에 지금이 너무나도 행복하고, 시간이 계속 흘러가는 게 너무나도 아쉬웠다.

"어머, 민이 아니야?"

세희는 익숙한 목소리에 민에게서 후다닥 떨어지고, 민도 세희를 쉽게 놔주었다. 그리고 고개를 돌리니 그곳에는 재윤이 서 있었다.

재윤은 한 손에 장바구니를 들고는 너무나도 해맑은 표정으로 딸은 본 체도 하지 않고, 민에게 다가갔다.

"안녕하세요, 어머니."

"그래, 그래. 그나저나 민이가 여기에는 웬일이니?"

왜 두 사람의 포옹에 대해서는 아무런 말이 없는 것일까. 그렇다고 해서 캐묻는 걸 원하는 바는 아니지만, 아무런 말이 없으니 뭔가 찝찝했다.

"아, 세희 씨를 데려다주려고……."

"어머, 그래?"

재윤은 뭐가 그렇게 좋은지 연신 함박웃음을 짓고 민을 바라보았다. 세희는 그런 재윤을 보며 못마땅한 표정을 짓고 있다가, 허리에 두 손을 올리고 뻐딱한 자세로 서서 입을 열었다.

"엄마, 엄마 눈에 딸내미는 안 들어와?"

"응?"

세희의 말에 재윤이 고개를 돌려 세희를 보더니 고개를 갸웃거렸다.

"어머, 너도 있었니?"

"엄마!"

"호호호."

세희는 자신의 외침에 재윤이 웃는 걸 보고서야 자신을 놀린 걸 알고, 입술을 뻐죽 내밀며 재윤을 밉지 않게 노려봤다.

"얘도 참. 놀리기 너무 쉽다니까."

재윤은 세희를 한 번 툭, 치고는 다시 민에게로 시선을 돌렸다.

"그나저나 밥은 먹었니?"

"아뇨. 아직 안 먹었어요."

"그럼 같이 먹자. 오늘은 오붓하게 셋이서 먹자꾸나."

재윤이 방글방글 웃으면서 말하자, 세희가 고개를 갸웃거렸다.

"왜 셋이야?"

세희의 물음에 재윤이 허공을 바라보며 입을 열었다.

"할아버지하고 네 아빠는 밤낚시 가셔서 내일 아침에나 오실 테고, 네 큰오빠라는 놈은 만나라는 애인은 안 만나고, 2박 3일 출장 다녀온다고 그러고, 네 작은오빠라는 놈은 이유 불문하고 늦게 들어오신단다."

재윤이 못마땅한 표정을 지으며 말하자, 세희가 피식 웃었다. 못마땅한 표정에 입술을 삐죽 내밀며 투덜거리는 재윤의 모습은 거울을 보는 것처럼 많이 닮아 있었다.

'나도 저런 표정이겠구나.'

새삼 알게 된 사실에 세희는 왠지 기분이 좋아져서 빙긋 웃었다.

"아무튼, 오늘은 이 엄마가 특별히 스테이크를 만들어 줄게."

재윤은 언제 못마땅한 표정을 지었느냐는 듯, 다시 해맑게 웃으며 말했다. 그것도 민을 바라보면서.

"누가 보면 민 씨 엄마인 줄 알겠네."

"호호호."

재윤은 세희가 들으라는 듯이 크게 웃으며 민의 소매를 잡아 끌어당기더니, 어깨로 세희를 밀며 걷기 시작했다.

"자, 자. 들어가자. 오랜만의 오붓한 날인데 시간을 낭비해서 는 안 되잖아."

얼떨결에 두 사람은 여전히 흐뭇한 미소를 띠고 있는 재윤에게 이끌려 같이 세희의 집으로 들어갔다.

☆

"왔어요?"

한동안의 고민 끝에 다시 가게 된 강유의 집. 도아가 안으로 들어서자 그녀를 보고 여느 때처럼 웃으며 반겨 주는 강유가 보였다.

저렇게 웃고 있으면서, 세희를 좋아한다고 한다. 청각을 잃은 콤플렉스로 세희에게 감정을 내세울 자신이 없어서 인정하지 못한다고 한다.

어느 순간 강유가 떠날까 봐, 홀연히 사라질까 봐 항상 불안했던 그 마음이 왜 그랬던 것인지 알 것 같았다.

"도아 씨, 피곤해 보여요."

어느덧 소파에서 일어나서 성큼 다가온 강유가 볼을 쓰다듬으며 물었다. 자신의 볼을 부드럽게 매만지는 강유를 빤히 올려다보던 도아가 고개를 살짝 돌렸다.

자신은 이렇게 보고만 있어도, 가벼운 스킨십에도 설레고 좋은데, 강유는 아니라고 생각하니 좀처럼 표정이 펴지지 않는다.

윤지와 민의 대화도 결국은 제삼자의 입장에서 한 이야기였기 때문에 본인에게 확답을 받지 않고서는 모르는 일이다. 그래서 마음을 단단히 먹고 왔는데, 막상 강유를 보니 입이 떨어지지 않는다.

도아는 자신의 바보 같은 모습에 한심스러움을 느끼며 숨을 길게 내뱉고는 고개를 끄덕였다.

"조금 피곤하긴 하네요."

"많이 바쁘다고 그랬었죠?"

"네. 강유 씨는 좀 어때요?"

"이제 정리가 되기 시작했어요. 밥은 제대로 먹고 다니는 거예요? 도아 씨, 못 본 사이에 더 마른 거 같은데."

"아니, 뭐……."

도아는 말끝을 흐리며 시선을 바닥에 두었다.

강유를 보면 좋은데, 기분이 싱숭생숭하고 많은 감정들이 교차하면서 표정 관리가 안 돼서 얼굴을 못 보겠다.

윤지와 민에게 들은 말에 대해서 물어봐야 한다고 머릿속으로는 생각하고 있는데, 생각이 말이 되어 입 밖으로 나오지는 못했다.

도아는 답답한 마음에 한숨을 푹 내쉬는데, 강유가 고개를 갸우뚱거리며 그녀의 손을 잡았다.

"같이 저녁 먹어요. 준비할 테니까 소파에 앉아 있어요."

"네."

도아의 대답에 강유가 머리를 쓰다듬어 주고는 주방으로 갔다. 그런 강유의 뒷모습을 보고 있던 도아가 소파에 털썩 앉으며 끊이지 않는 한숨을 또다시 내쉬었다.

윤지와 민의 이야기를 생각해 보면, 강유는 자신의 감정을 모르고 있다. 아니, 인정하지 않고 있다. 그런 사람에게 말을 꺼낸다고 해서 과연 그가 본심을 말해 줄까.

'왜 이렇게 조용하지?'

5분 정도가 흘렀는데도 주방이 조용하다. 뭔가 싶어서 고개를 돌리니, 강유가 핸드폰을 보며 심각한 표정을 짓고 있었다. 무슨 일이라도 일어난 거 아닌가 싶어서 가만히 보고 있는데 뭔가를 봤는지, 밝은 표정을 지으며 핸드폰을 내려놓고는 부산스럽게 움직이기 시작했다.

'설마…… 또?'

그가 핸드폰을 보며 웃는 이유는 한 가지밖에 없다는 생각이 들었다. 그렇다면 자연히 핸드폰을 보며 심각했던 것도 그것 때문이겠지.

강유가 움직이다가 옷이 불편했던 모양인지 잠시 방으로 들어갔다. 그사이에 도아는 주방으로 가서 강유의 핸드폰을 손에 들었다. 한 번이 어려웠지, 그다음은 쉬웠다.

"……하."

최근에 온 문자를 읽어 보던 도아가 헛웃음을 지었다.

강유가 세희를 좋아한다는 사실을 주변의 많은 사람들이 알고 있다고 했다. 이쯤 되고 보니 이렇게까지 티 나게 행동하는데 몰랐던 자신이 바보 같았다.

서로 이야기를 할 때 다정하게 눈을 보고 있었던 건 강유의

201

특성상 어쩔 수 없는 거라고 생각했다. 하지만 그 눈빛에 담긴 뜻을 파악하지 못한 자신이 웃겨서 웃음이 나올 지경이다.

"도아 씨?"

가만히 화면을 보고 있는 사이에 강유의 목소리가 들려왔다. 자신이 사랑하는 사람이고, 자신과 사귀는 사람이다. 그런데 저 사람은 자신을 사랑하지 않고, 자신과 사귀지 않는 것 같았다. 그래서 밉다. 자신을 바보로 만든 강유가 미워졌다.

"아무래도 오늘은 집에 가야겠어요."

"뭐 본 거예요?"

"미안해요. 가 볼게요."

도아는 소파에 놓았던 가방을 집어 들고 현관으로 뛰쳐나갔다.

한편으로는 아니길 바랐다. 그렇기에 작은 희망을 가지고 강유의 집으로 갔던 건데, 돌아온 결과는 아주 비참했고 그 작은 희망은 허무하게 사라져 버렸다.

자신에게 보여 주는 미소보다 세희의 문자를 보며 더 밝게 웃는 그가 너무 밉다.

친구니까 그런 거라며 스스로를 안심시키려 들었다. 강유가 '친구' 라는 단어로 감정을 막았던 것처럼 자신도 '친구' 라는 단어로 눈에 보이는 강유의 감정을 모른 척했던 것일지 모른다.

도아는 울컥 차오르는 눈물을 꾹 참으며 무작정 밖으로 나와 달리고, 또 달렸다.

☆

[혹시 라민이라는 사람이랑 사귀니?]

"응?"

마지막 녹음을 끝마치고 작업실에서 나오는데, 강유에게 오랜만에 문자가 왔다. 무슨 일인가 싶어서 확인했더니, 그가 왜 물어보는지 짐작할 수 없는 내용이었다.

아직 사귀는 건 아니지만 강유를 잊게 만든, 지금 그녀가 사랑하는 사람이다. 하지만 아직 강유 때처럼 짝사랑에 불과하기에 한숨을 푹 내쉬었다.

[아니. 안 사귀는데.]

도대체 이게 왜 궁금한지는 모르겠지만, 사실대로 답장해 주고는 핸드폰 액정 화면을 껐다.

"이제껏 한 번도 이런 거 안 물어봤으면서. 라민이라는 사람과 내가 만나는 건 궁금했던 건가?"

강유는 자신이 남자를 만난다고 할 때마다 축하한다며 잘 만나라는 격려의 말을 아끼지 않았다.

오히려 한술 더 떠서 그렇게 사람을 피하는 애가 먼저 언제 한번 같이 밥 한 끼 먹자고 할 정도로 자신을 친구로서 항상 생각하는 사람이었다.

"지금도 밥이나 한 끼 하자고 하려고 물어보는 건가."

강유와는 20년을 넘게 친구로 살아왔고, 10년 넘게 짝사랑하면서 온 관심을 두고 있었지만, 그에 대해서는 아직도 모르겠다.

지잉— 지잉—

"아."

작업실에서 핸드폰만 보면서 멍청하게 서 있는데, 민에게서 전화가 왔다. 같은 건물에 있어도 얼굴 한 번 못 본 게 섭섭했는데, 액정에 뜨는 민의 이름을 보니 저절로 웃음이 나왔다.

"네, 민 씨."

— 녹음 다 끝났어요? 오늘 마지막 녹음이었죠?

"네네."

— 정말 수고 많았어요. 오늘만큼은 만나서 밥도 같이 먹고 데려다줘야 하는데, 지금 상황이 여길 나가지도 못할 것 같아요. 미안해요.

민을 못 본다는 생각에 조금은 서운했지만, 바쁜 사람이다. 평소에도 바쁠 텐데 자신을 위해서 시간을 내 준 사람인 걸 알기에 서운한 티를 내면 안 된다는 걸 안다.

"아니에요. 트레이닝도 같이 해서 늦게 끝날 줄 알았는데, 생각 외로 빨리 끝났잖아요. 그만큼 민 씨가 바빠지는 건 당연하죠."

— 어이구, 우리 세희 씨는 마음씨도 비단결이네요.

"하하, 하하하."

민에게서 듣는 '우리 세희 씨'라는 말이 참으로 듣기 좋아서

소리 내어 웃었다. 그 웃음소리에 핸드폰 저편의 민도 덩달아 웃
는다.

— 그럼 이만 끊을게요. 옆에서 끊으라고 노려본다.

그 옆에 있는 사람이 유림임을 대충 눈치챈 세희가 푸스스 웃
으며 고개를 끄덕였다.

"네. 나중에 봐요."

— 네. 조심히 들어가요. 사람 조심하고요.

"응, 알았어요. 수고하세요."

— 네.

뚝—

세희는 전화를 끊고는 서운한 마음을 애써 토닥이며 건물 밖
으로 나왔다.

"어으, 날이 꽤 추워졌네."

세희는 피부로 느껴지는 서늘함에 혼자 중얼거리며 두 손으로
팔을 감싸 비볐다. 이럴 때 민이 옆에 있었으면 옷을 벗어 주는
대신 자신을 감싸 안아 줬을 것이다.

'아쉽다.'

며칠 동안 항상 같이 가던 길을 혼자 가려니 마음이 휑하니
쓸쓸해졌다.

"으으."

열심히 팔을 비볐지만, 11월 중순의 해가 진 저녁이라 카디건
하나로는 추위가 가시지 않았다. 빨리 가야겠다는 일념 하나로

재게 발을 놀리고 있던 때였다.

"거짓말!"

"응?"

작은 공원을 지나, 집까지 골목 하나만 지나가면 되는데, 골목에서 들려오는 큰 소리에 자신도 모르게 발걸음을 멈추고 귀를 쫑긋 세우며 벽으로 다가가 몸을 숨겼다.

"거짓말하지 말아요! 다 알고 있다고요! 더 이상 나 바보 만들지 말란 말이에요!"

"도아 씨! 일단 진정 좀 해요!"

그 목소리의 주인은 자신이 예상했던 대로 도아와 강유였다. 그냥 사랑싸움인가 싶어서 지나쳐 가려는데, 도아의 말이 그녀의 발을 붙잡았다.

"진정을 어떻게 해요? 결국은 세희 씨가 강유 씨를 좋아한다는 걸 알고 있었다는 거잖아요! 그런데도 강유 씨는 몇 년 동안 아무런 행동도 하지 않았고요!"

'이게 무슨 소리야?'

그냥 단순한 커플의 사랑싸움인 줄 알았더니, 그 속에서 자신의 이름이 거론되고 있었다.

'그나저나 강유가 뭘 어쨌다고? 내가 자길 좋아한다는 걸 알고 있었단 말이야?'

듣고도 이게 무슨 소린가 싶었다. 자신이 잘못 들은 게 아닐까 싶어서 귀를 후벼 파고 다시 두 사람의 대화에 귀를 기울였다.

"그래요, 알고 있었어요. 하지만 본인이 말을 하지 않는데 어떻게 하겠어요. 그리고 내가 먼저 말을 할 수도 없었고요. 친구라서 더 쉽게 그럴 수가 없었다는 거, 도아 씨도 잘 알잖아요."

"그래요, 잘 알죠. 하지만 그 말이 내가 듣기에는 세희 씨가 강유 씨를 완전하게 떠날까 봐 말 못 한 거로밖에 안 들려요! 친구라서 그랬다고요? 친구라서 세희 씨 SNS만 보고 있었어요? 내가 계속 옆에 있어도 쳐다보지도 않고, 나에게 웃어 주는 것보다 더 환한 얼굴로 세희 씨 문자 하나에 웃고 있나요?"

"그건!"

"내가 보기에도 강유 씨가 세희 씨 좋아하는 거로밖에 안 보인다고요! 그러면서 나랑 왜 만났어요? 내가 불쌍했나요? 안쓰러워 보였나요? 세희 씨를 마음에 두고도 날 만날 정도로 내가 굉장히 안쓰러워 보였나요?"

결국 소리치던 도아가 그 자리에 주저앉아서 엉엉 울었다. 들으면서도 이게 무슨 말인지, 머리가 뒤죽박죽이었다.

'그러니까, 강유는 내가 자길 좋아하는 걸 알고 있었고…… 강유는 아니라고 하는데, 다른 사람이 보기에는 강유도 나를 좋아하고 있고? 뭐?'

지금 이 상황에 와서 저런 말을 들으니 기가 찼다. 짝사랑하던 사람, 그 짝사랑은 이루지 못해도 평생 갈 친구라고 생각했던 사람이 그녀가 자기를 좋아하는 걸 알고 있었다고 한다.

친구라서 더 말하지 못했다는 건 그녀 역시 좋아하면서도 친구이기에 말하지 못했으니, 이해할 수 있다. 그런데 그 뒤의 말은 이해하지 못하겠다.

그럼 지금껏 자신을 좋아한다는 남자가 자신이 애인을 데리고 가면 잘 만나라고 했던 거였단 말인가?

어이가 없어서 웃음이 나왔다. 차라리 몰랐으면 혼자 정리하고 혼자 끝냈을 일인데, 이렇게 알게 돼 봤자 득이 될 것이 하나도 없었다. 오히려 마음만 싱숭생숭하고 심장만 답답하다. 이런 불편하기만 한 진실을 왜 이제야 알게 됐을까.

'누가 누굴 좋아해?'

강유가 자신을 좋아하는 거로 보인다는 도아의 말을 믿을 수가 없었다. 그에 대한 마음을 강유가 언제부터 알았는지 모르겠지만, 자신의 마음을 알고, 자신을 좋아한다면 그건 자신에게도, 사귀는 도아에게도 엄청난 실례가 아니던가.

'짝사랑을 길게 하다 보니, 별 이상한 일을 다 겪어 보네.'

세희가 숨을 길게 내쉬며 차마 골목을 지나가지 못하고 뒤를 돌았다.

자신이 그를 짝사랑해 온 시간이 자그마치 11년째. 이제 이 겨울이 가고 해가 바뀌면 12년째가 되는 걸 민의 등장으로 겨우 막아 냈다.

그런 기나긴 짝사랑 중에서 강유는 언제 알게 된 것일까. 최대한 티를 내지 않고 친구로서 옆에 있었는데 하나도 소용이 없는 짓이었단 말인가?

투둑, 투두둑.

"아…… 비 오네."

조용하던 하늘이 시끄러워지며 굵은 빗방울을 떨어트리기 시작했다. 낮부터 하늘이 어두웠다는 건 알고 있었는데, 비가 올 거라는 생각은 미처 하지 못했다.

쏴아아.

비가 끊임없이 쏟아졌다. 분명히 아까까지만 해도 추워서 양팔을 비비고 있었는데, 오히려 지금은 차가운 비가 싱숭생숭한 머리를 식혀 주는 것 같아서 가던 길에 발을 멈추고 우두커니 서서 비를 가만히 맞았다.

굵은 빗방울들이 그녀의 옷 속을 파고들며 그녀의 몸을 적셔 갔지만, 그녀의 발은 떨어질 생각을 하지 않았다.

길거리를 빠르게 지나가는 사람들도, 우산을 쓰고 여유롭게 지나가는 사람들도 모두 세희를 쳐다보았지만, 세희는 고개를 하늘을 향해 들고 눈을 감았다. 이 비가 마음속에 있는 모든 걸 쓸어 내려가 주길 바라면서.

"세희 씨?"

비를 맞고 흠뻑 젖은 채 집에 바로 갈 순 없어서 베이커리로 발걸음을 돌렸다. 터벅터벅 걷고 있는데, 부드러운 중저음의 익숙한 목소리가 세희의 귓가에 들려왔다.

"아, 민 씨?"

"세희 씨!"

세희는 괜히 민이 반가워서 빙긋 웃었는데, 민은 세희에게 달려와서 그녀를 덥석 끌어안았다. 비를 워낙에 많이 맞아서 민의 옷까지 삽시간에 젖어 갔지만, 그는 그런 것보다는 세희의 모습에 더 신경을 쓰고 있었다.

"여기서 비 맞고 뭐 해요? 아이고, 이 얼음장 같은 몸 좀 봐. 이러다 감기라도 걸리면 어쩌려고!"

"아……."

아까까지만 해도 춥다는 생각은 들지 않았는데, 민의 말을 듣고 보니 추운 것도 같았다.

"일단 어디라도 갑시다. 가게 가려고 했죠?"

민의 물음에 세희는 대답 대신 고개를 끄덕였다. 그런 세희의 끄덕임에 민은 말 대신 손을 내밀었고, 세희는 주머니에서 베이커리 열쇠를 꺼내어 주었다.

"아무래도 베이커리에 도어록을 설치해야겠어요. 요즘 세상이 얼마나 험한데요. 특히 여자 혼자면 도어록이 낫죠."

민은 최대한 세희를 끌어당겨 안은 상태로 'tasty'로 향했다. 바들바들 떨고 있는 세희를 그냥 두었다가는 몸살도 시간문제일 것 같았다.

"어디 보자, 수건이……."

민은 세희를 방에 앉혀 놓고는 화장실로 들어가 수건을 찾아

내어 세희의 몸에서 뚝뚝 흐르는 물부터 대충 닦아 냈다.

"무슨 일인데 그러고 서 있었어요? 여기 옷은 있죠?"

"아, 네. 작업복이긴 하지만."

"오케이."

민은 방구석에 있는 작은 옷장을 열었다. 그곳에는 세희의 말대로 작업복으로 보이는 옷 다섯 벌이 주르륵 걸려 있었다.

"일단 이거라도 입고 있어요. 홀딱 젖어서 그러고 있으면 몸살 걸려요."

민은 걱정스러운 말을 던지고는 난로를 틀어놓고 방 밖으로 나갔다.

"속옷……은 어쩔 수 없겠지만, 일단 옷 갈아입어요. 알았죠?"

"……네."

민은 방문을 닫고 세희가 옷을 다 갈아입기를 기다렸다. 괜히 초조해져서 다리를 떨며 세희의 목소리가 들리길 기다리고 있었다.

그런데 꽤 시간이 흘렀음에도 안쪽이 조용한 것이 이상한 민이 방문으로 바짝 다가가 노크를 했다.

똑똑.

"세희 씨? 문 엽니다?"

민의 말에도 안에서는 아무런 반응이 없었다. 무슨 일인가 싶어서 문을 다시 한 번 두드렸지만, 아무런 소리도 들리지 않는다.

"세희 씨?"

결국 조심스럽게 문을 열고 안을 빠끔히 들여다봤다. 아까와 같은 자세로 앉아 있는 세희는 갈아입으라고 준 작업복을 그냥 바닥에 그대로 둔 채 차가운 옷을 계속 입은 상태로 눈에 보일 정도로 바들바들 떨고 있었다.

"이런 바보! 옷 갈아입으라고 했더니, 왜 멍하니 있어요. 그러고 있으면 몸살 걸린다고 했잖아요!"

민은 세희에게 소리를 버럭버럭 지르면서 방 안으로 뛰어 들어가서 세희를 꼭 껴안았다. 아무리 난로를 틀어도 세희의 몸은 민에게도 한기가 전해질 정도로 얼음장이어서 그의 걱정을 더 크게 하였다.

"가만히 생각하니까, 화나요."

"네? ……나 때문에요?"

꽤 긴 침묵이 지난 뒤 갑자기 입을 연 세희 때문에 화들짝 놀란 민이 물었다.

그러자 세희가 고개를 절레절레 저으며 민을 살짝 밀어 둘 사이에 공간을 만든 뒤 그와 눈을 마주쳤다.

"아뇨. 내가 10년 넘게 꼭꼭 숨겨 놨던 게 있는데, 그 숨겨 놨던 걸 이제 바다에 내던졌거든요. 그런데 어떻게 알고 있었는지, 다른 사람이 그걸 다시 끌어 올렸어요. 차라리 애초에 알고 있다고 말이라도 하든가. 이제야 버리려고 내던졌는데, 이제 와 알고 있었다는 사실을 들으니까 화나네요."

"아, 그랬어요?"

"네. 그것 때문에 좀 기분이 싱숭생숭했어요. 언제부터 알고 있었던 건지, 왜 알면서도 말을 안 했던 건지. 어차피 버리려고 했던 거니까 신경을 안 쓰면 되는데도 어쩔 수 없이 생각이 나고, 신경 쓰게 되네요."

세희가 자조적인 미소를 짓더니 이내 한숨을 푹 내쉬었다.

"미안해요. 나 때문에 옷까지 젖게 하고."

"지금 옷이 문제예요? 세희 씨가 이런데."

아무런 말도 귀에 안 들어올 줄 알았는데, 민의 작은 말 한마디가 그녀의 가슴에 작은 파동을 일으킨다.

세희는 그의 말에 결국 푸스스 웃었다.

"걱정해 줘서 고마워요."

"알면 옷부터 갈아입어요. 세희 씨 지금 엄청나게 야하고, 유혹적이니까."

"응?"

민의 말에 조금 나가 있던 정신이 한 번에 돌아오는 걸 느꼈다.

민의 말을 듣고 시선을 밑으로 내려 보니, 젖은 옷이 자신의 몸에 딱 달라붙어서 가슴의 굴곡과 잘록한 허리 라인을 그대로 내보이고 있었다. 거기다가 안에 입은 셔츠가 얇아서 그녀의 살갗도 약간 비쳐 더욱더 야하게 보였다.

213

"아, 미안해요."

세희는 화들짝 놀라서 수건으로 몸을 대충 가리고는 괜히 긴장해서 마른침을 꿀꺽 삼켰다.

"굳이 그렇게 안 해도 나 힘드니까, 빨리 갈아입어요. 확 덮쳐 버리기 전에."

민이 평소와는 다르게 말을 툭 던져 놓고는 방에서 바로 나갔다.

말은 저렇게 해도 사실은 덮치지 않을 것이라는 걸 아는 세희가 괜히 웃음이 나와서 푸스스 웃었다.

한편으로 생각하면 민이 덮쳐도 자신은 반항하지 않을 것 같다는 생각에 고개를 절레절레 흔들며 옷을 갈아입었다.

8화
생각보다 담담하게

비를 흠뻑 맞은 그날 이후, 세희는 민의 생각대로 감기몸살로 꼬박 사흘을 내리 앓고도 다 낫지 않았다. 워낙에 건강 체질이라 잘 아프지 않는 편인데, 한번 아프면 오래가고, 상태가 심각한 게 문제였다.

"아, 머리야."

겨우 정신을 차리고 상체를 일으키는데, 머리가 띵하다. 끙끙거리며 누워만 있었더니 며칠인지도 모르겠고, 많이 나아지기는 했지만 몸은 축 늘어졌다.

"딸, 이제 좀 괜찮아?"

죽을 끓여서 가지고 온 재윤이 세희를 보며 물었다. 세희는 눈앞이 어지러운 걸 억지로 참아 내며 씩 웃었다.

"어. 훨씬 괜찮아졌어."

"아이고, 안 그래도 마른 애가 반쪽이 됐네."

재윤이 걱정스러운 표정을 지으며 세희의 볼을 쓰다듬었다. 며칠을 꼬박 앓은 영향으로 피부가 까칠한 게 느껴지자 재윤이 한숨을 푹 내쉬었다.

"일단 좀 먹고, 기운 차려. 그리고 민이한테 고맙다고도 하고."

"응? 민 씨?"

"그래. 민이가 그동안 너 병간호해 줬어. 계속 전화 오는 거 보니까 바쁜 모양이던데, 올 때마다 네 옆에서 떨어지지를 않더라. 밥을 차려 줘도 먹는 둥 마는 둥 하고."

"아……."

재윤의 말에 세희가 멍한 표정을 지었다.

열이 너무 올라서 정신이 혼미해지고 아파서 끙끙거릴 때, 누군가 차가운 수건을 이마에 올려 주면서 토닥여 주고, 더워서 이불을 걷어 버리고 옷을 벗으려는 손길을 막아 주긴 했는데, 그게 다 재윤이 한 줄 알았다. 그런데 그게 다 민이었다는 말에 세희는 자신도 모르게 주변을 둘러보았다.

"지금은? 어디에 있어?"

"네 병간호도 병간호지만 일이 많이 고된 모양인지, 그냥 두면 민이마저 쓰러질 것 같아서 네 큰오빠 방에서 좀 자라고 했어. 처음에는 그렇게 괜찮다고 사양하더니만, 많이 피곤하기는 피곤했나 보더라."

재윤의 말을 들으니 코끝이 시큰해진다.

아프기 전부터 그렇게 걱정을 끼쳤는데 결국은 민에게 커다란 폐가 되고 말았다. 그게 너무 미안해서, 그런데도 너무 고마워서 엉엉 울 것 같았다.

지금 민이 정말 보고 싶다. 얼굴을 보고 미안하다고, 고맙다고 말하고 싶다. 하지만 자신 때문에 사흘간 제대로 잠도 못 잔 사람을 깨워 달라고 할 수가 없어서 눈물과 목까지 차오르는 말을 꾹 누르고 재윤이 가져온 죽을 한 숟가락 떠먹었다.

"어때? 먹을 만해?"

"응."

세희는 억지로 웃으며 고개를 끄덕였다.

사실 입안이 너무 까끌거려서 부드러운 죽의 작은 쌀알도 모래알을 굴리는 것 같았다. 그 한입을 넘기기가 너무 힘들어서 한참을 입안에 넣고 우물거리다가 겨우겨우 목구멍으로 넘겼다.

"하……."

안 넘어가는 걸 억지로 넘기려니 미간이 찌푸려졌다. 재윤도 그걸 보고는 한숨을 푹 내쉬며 세희가 들고 있는 숟가락을 가져가 반 숟가락을 떠서 다시 내밀었다.

"약 먹게 다섯 숟가락만 먹자. 알았지?"

"응."

27살이나 먹어서 걱정하고 있는 엄마를 더 걱정시키고 싶지 않았기에 고개를 끄덕이고는 재윤이 주는 대로 천천히 한 숟가락, 한 숟가락 받아먹었다.

"옳지, 옳지. 잘 먹는다."

한 숟가락씩 먹을 때마다 나오는 재윤의 잘한다는 말에 결국 피식 웃어 버렸다. 재윤이 왜 웃느냐는 표정으로 고개를 갸우뚱거리자, 세희가 고개를 절레절레 저었다.

"아니, 7살짜리 어린아이가 된 것 같아서."

"아이고, 너는 엄마한테 평생 아기야. 잔소리 말고 마저 먹어."

"네, 네."

세희는 이럴 때 아니면 언제 재윤이 먹여 주는 죽을 먹겠나 싶어서 얌전히 받아먹었다. 처음 한 수저를 먹을 때보다 훨씬 잘 들어갔지만, 먹기 힘든 건 매한가지였다.

"하……."

겨우겨우 다섯 숟가락을 다 먹은 세희가 숨을 돌렸다. 그리고 재윤이 약을 준비하는 동안 지끈거리는 머리 때문에 눈을 꼭 감으며 바로 자리에 누웠다.

'민 씨 보고 싶다.'

민이 보고 싶다. 그의 손을 꼭 잡고 미안하고, 고맙다고 말하고 싶다. 그리고 다신 그 손을 놓고 싶지 않다.

세희의 감기몸살은 이틀이 더 지나서야 겨우 떨어졌다.

다 낫기 전에는 침대에서 움직일 생각 하지 말라는 재윤과 그런 재윤의 말에 동조하는 민 때문에 꼼짝도 안 한 덕분인지 오늘에서야 열이 다 떨어진 것 같았다.

자가진단만으로는 안 된다며 떠미는 통에 세희는 병원을 가야 했고 의사가 다 나았다는 말을 해 주고 나서야 재윤의 잔소리에서 해방될 수 있었다.

'민 씨는 주방에 있는 건가?'

세희가 샤워를 하고 나와서, 굳은 몸을 가벼운 스트레칭으로 풀어 주며 괜찮다는 말에도 직접 확인하러 온 민을 생각했다.

'솔직히 못 씻어서 창피했는데.'

정신을 좀 차리자 민에게 보이는 자신의 모습이 신경 쓰이기 시작했다. 며칠 동안 씻지를 못해서 기름진 머리에 말이 아닌 몰골.

그 사실을 깨달은 순간 너무 씻고 싶어서 애원했지만, 그건 두 사람에게 씨알도 먹히지 않았다.

"아이고."

오랜만에 스트레칭을 해서 몸이 가뿐해지자 세상이 평소와 다르게 느껴져, 허리에 손을 올리고 흐뭇한 표정을 지었다.

그리고 아까부터 마음 한편에 신경 쓰고 있던 강유의 부재중 전화 3통을 생각하다 이내 뒤통수를 긁적거리며 침대에 풀썩 앉았다.

강유는 청각을 잃은 뒤로 진짜 웬만해서는 전화를 하지 않는

다. 강유가 전화를 하는 경우는, 긴급한 상황에 문자로는 자신의 말을 쓸 시간이 없을 때, 그저 상대방에게 자신의 말을 전달하기 위함이다. 그런데 그런 강유가 세 번이나 전화했다.

'아프다는 걸 들었나.'

보통 아프다고 하면 찾아왔지, 이렇게 전화를 하지 않는다. 세희는 잠시 고민하다가 이내 마음을 잡았다. 이제 지금까지 유지했던 관계들이 지속될 수 없다는 것을 알아 버렸다. 어차피 모든 것을 정리해야 하기에 강유에게 문자 하나를 써서 보내고 핸드폰을 던져 버렸다.

"후, 어떻게 시작할까."

세희는 강유를 만나면 할 말을 조금씩 정리해 보았다. 정확히 말하자면 할 말이라고 하기보다는 물어보고 싶은 말이라는 것이 옳을 것이다.

자신의 감정을 알면서도 왜 숨겼는지, 도아는 왜 강유가 자신을 좋아한다고 생각하는지, 본인의 생각은 어떠한지 등등.

세희는 가만히 생각하다가 화장대 앞에 앉았다.

최근 며칠간 제대로 못 먹고, 겨우 죽만 먹어서 자신이 봐도 알 수 있을 정도로 많이 야위어 있었다. 그런 모습이 썩 좋아 보이지 않아서 화장할까 생각하다가 괜히 강유를 괴롭히고 싶어져서 그냥 자리에서 벌떡 일어났다. 그리고 덜 마른 머리카락의 물기를 수건으로 대충 제거하고 위에 재킷 하나만 걸치고 방 밖으로 나갔다.

"응? 어디 나가니?"

세희가 방문을 열고 나오기가 무섭게 재윤이 달려와 물었다. 세희는 고개를 살짝 끄덕이며 주방 쪽을 힐끔거리며 쳐다봤다.

"민 씨는?"

"할아버지랑 바둑 두고 있어."

"아, 그래? 그럼 나 잠깐 나갔다가 올게. 1시간 이내로 올 테니까, 걱정하지 말고."

세희의 말에 재윤이 못마땅하다는 표정으로 세희를 보았다.

"애 좀 봐, 이제 다 나은 애가 밖에 나가겠다고?"

"강유네 다녀올 거야. 최대한 빨리 갔다 올 거니까, 걱정하지 마세요. 나 갔다 올게."

세희는 계속 있으면 재윤에게 붙잡힐지도 모른다는 생각에 후다닥 현관 밖으로 나갔다. 영양소 부족인지 어지러워서 걸음이 비틀거리긴 했지만, 며칠 동안 앓으면서 아팠던 것에 비하면 새발의 피였다.

"어우, 정신 차리자."

짝짝.

세희는 볼을 두어 번 소리 나게 치고는 발걸음을 옮겼다.

"아, 왔어?"

강유의 집에 도착하자 현관을 향해 서 있던 강유가 세희를 맞이했다. 세희는 며칠 사이 야윈 강유를 보고 고개를 갸우뚱거렸다.

"아팠던 건 난데, 넌 몰골이 왜 그래? 너도 어디 아팠어?"

"어? 아니, 뭐…… 그건 아니고, 그냥 좀 입맛이 없어서. 그러는 너는 좀 괜찮아?"

강유가 세희의 질문을 대충 넘기고 어설프게 웃으면서 되묻는다. 세희는 그런 강유를 가만히 보다가 집 안을 둘러보았다.

"아무도 없지?"

"어."

"그럼 앉아서 이야기 좀 하자. 너한테 할 말이 좀 있거든."

"아, 그래. 주스라도 좀 가져올게."

강유는 오렌지 주스를 가져와서 세희 앞에 한 잔, 자신의 앞에 한 잔을 두고는 소파에 조용히 앉았다.

"그나저나 내가 전화한 것 때문에 온다고 한 거야?"

"아니. 너한테 할 말이 있어서."

"할 말?"

"어. 며칠 전에 아주 흥미로운 이야기를 듣게 되었거든. 좀 혼란스러웠는데, 너한테 확인하고 정리하는 게 좋을 것 같아서."

세희는 주스로 가볍게 목을 축이고 강유에게로 시선을 돌렸다. 강유의 표정은 눈에 띄게 굳어 있었고, 그 굳어진 얼굴 속에서 불안함과 긴장감이 보였다.

'어렸을 때는 정말 알 수 없는 애라고 생각했는데.'

강유는 어떤 일에 있어서든 자신의 페이스를 유지하는 애였다. 그래서 항상 무슨 생각을 하고 있는지 알 수 없었고, 앞으로도 그럴 거라 생각했다.

하지만 오늘만큼은 강유의 굳어진 얼굴에서 많은 감정을 느낄 수 있었다.

"후⋯⋯."

세희는 마음을 한번 가다듬고 천천히 입을 열었다.

"솔직하게 말할게. 나 사실 며칠 전에 너랑 도아 씨랑 한 얘기 들었거든. 고의는 아니었지만 엿듣게 된 건 정말 미안해. 하지만 그 일이 나와 관련된 이야기라서 도저히 그냥 넘어갈 수가 없더라고. 그러니까 지금부터 내가 묻는 말에 솔직히 대답해 줬으면 좋겠어."

세희의 긴말에 집중하는 강유의 표정이 점점 더 굳어진다. 하지만 세희는 멈추지 않고 다음 말을 이어 갔다.

"내가 너를 좋아한다는 걸 네가 알고 있다고 하던데, 그거 사실이야?"

"세희야, 그건⋯⋯."

"나 지금 너한테 변명이나 다른 소리 들으러 온 거 아니야. 그저 알고 싶어서, 물어보러 온 거니까 다른 소리 하지 말고, 진실만 말해 줬으면 좋겠어."

오늘만큼은 강유에 대한 배려는 전혀 고려하지 않을 거라고 생각한 세희가 다시 입을 열었다.

"사실이야?"

"⋯⋯어."

"그걸 왜 숨겼어? 그냥 친구여서 말할 수가 없었어? 그러면서도 애인 만들어서 나한테 소개하고? 너 좀 악취미다."

가만히 생각해 보니 강유가 이전에 했던 행동들이 좀 언짢아서 못마땅한 표정을 지었다.

지금이야 아무렇지 않게 말을 꺼낼 수 있지만, 만약 자신이 강유를 계속 좋아하는 상황이었다면 지금 이 자리의 분위기는 완전히 달라졌을 것이다.

"뭐, 바보같이 옆에서 친구라도 좋다고 버티던 나도 문제가 있으니 너한테만 뭐라고 할 건 아니지. 너 좋아한다면서 다른 남자도 만났고."

세희는 거의 혼잣말하듯 말을 하면서 혼자 감정을 추스르고는 다리를 꼬았다.

"그럼 언제부터 알게 된 건데?"

"좀 오래……됐어."

"그럼 내가 널 좋아한다는 게 네가 알았던 것보다 더 오래됐다는 것도 알았을 거고."

"어……."

"그리고……."

삐삐삐.

"응?"

이야기를 계속하려는데, 현관문 비밀번호 누르는 소리가 들려 고개를 돌렸다. 그런 세희의 행동에 강유의 시선도 현관문으로 꽂혔다.

덜컹.

"안녕하세요."

세희는 자리에서 일어나 들어오는 사람에게 꾸벅 인사했다.

"……세희 씨가 왜 여기에 있어요?"

그 인사를 받은 도아는 얼굴을 찌푸리며 세희를 본 뒤, 강유를 보며 아랫입술을 깨물었다. 세희는 두 사람의 시선 속에 오가는 수많은 감정을 무시하고 소파에 다시 앉았다.

"제가 여기에 있는 이유를 말하는 중이었어요. 그 이야기에 도아 씨가 한 말도 포함되어 있으니, 같이했으면 좋겠네요."

세희는 자신의 침착함과 담담함에 스스로가 놀랐다. 아무리 그래도 11년간 짝사랑했던 남자고, 그의 연인인 여자의 앞이다. 그리고 저 두 사람은 자신 때문에 싸웠다. 그런데도 너무나 아무렇지 않았다.

"와서 안 앉아요?"

세희는 도아의 발걸음 소리가 들리지 않아서 다시 말했다. 그러자 도아가 움직여 세희의 맞은편, 강유에게서 좀 떨어진 곳에 자리를 잡고 앉았다.

"무슨 말이에요? 세희 씨가 여기에 온 이유 중에 제가 한 말이 포함되어 있다니?"

"며칠 전에 두 사람 싸우는 거 들었어요. 그런데 그 싸우는 원인이 저더라고요. 그래서 그 내용에 대해 확인하러 왔어요."

세희의 담담한 말에 도아가 놀란 표정을 지었다. 그리고 강유를 바라봤지만, 이내 세희를 보고 있는 강유를 확인하고는 다시 고개를 돌렸다.

"확인이요?"

"네. 내가 강유를 좋아한다는 건 강유 본인도 알고 있었다고 했고, 언제부턴지는 모르겠지만, 꽤 오래됐다고 말하더라고요. 그런데 강유가 나를 좋아한다는 건 무슨 말인지 모르겠어요. 나는 아무리 생각해도 이해가 안 가거든요. 내가 자길 좋아한다는 걸 오래전에 알았음에도 가만히 있던 애가 날 좋아한다고요? 그게 무슨 말인데요? 그저 SNS 좀 본다고, 문자 좀 한다고 날 좋아하는 건 아니잖아요. 안 그래요? 혹시 도아 씨, 지금도 강유가 절 좋아한다고 생각하나요?"

세희가 도아를 덤덤하게 쳐다봤다. 처음 도아는 그 시선에 당황해 어쩔 줄 몰라 했다. 눈을 맞추지 못하고 바닥만 쳐다보던 그녀는 이윽고 고개를 들어 눈을 마주하더니 결심한 표정으로 천천히 입을 열었다.

"네. 여전히 그렇게 생각해요. 물론 세희 씨 말대로 SNS 좀 본다고 좋아하는 건 아닐 테지요. 근데 문자 내용은 뭐였는지 아세요?"

"모르겠는데요."

"며칠 전에 강유 씨랑 문자 했던 내용, 기억 안 나세요?"

세희는 자신이 지금 왜 저 여자에게 원망스러운 눈빛을 받아야 하는지 이해를 못 하면서도 그녀의 말대로 자신이 아프기 전에 강유와 마지막으로 한 문자 내용을 떠올렸다.

"아, 그 민 씨랑 사귀느냐, 뭐 그거요?"

"네. 그거요. 세희 씨가 그 라민 씨와 사귀지 않는다는 답장을 받고 지금까지 제가 봤던 것 중에 가장 밝게 웃었어요. 좋아하지 않는데, 그 사람이랑 사귀지 않는다는 말에 왜 그렇게 기뻐하겠어요? 좋아하지 않고서야 어떻게 저런 반응이 나올 수가 있죠?"

"거참."

도아의 말에 세희가 어이없다는 표정으로 웃었다.

진짜 아무렇지 않았는데, 저 말을 듣고 있자니 어이가 없었고 화도 났다. 이제 와서 무슨 소린가 싶고, 어렵게 정리한 자신의 감정이 저 두 사람의 싸움의 원인이 됐다는 것도 마음에 들지 않았다.

"한강유."

세희가 숨을 길게 내쉬고는 다시 강유에게로 시선을 돌렸다. 강유는 바짝 긴장하고 있었다. 그런 모습을 보며 신경질적으로 머리카락을 흐트러뜨린 세희가 한숨을 푹 내쉬며 입을 열었다.

"어떤 게 진실이든 나는 이제 신경 안 쓸 거야. 그리고 네 사랑싸움에 내 이름이 거론되는 거 썩 유쾌하진 않다."

진심을 담아 이야기한 그녀가 마른 입술에 침을 축이고 다시 입을 열었다.

"그래, 인정할게. 나 너 좋아했어. 좋아하는 게 아니라, 좋아했다고. 이제 과거형이야. 나 이제 너 안 좋아해. 도아 씨는 네가 나를 좋아한다고 하지만 네가 인정하지 않는 이상, 그건 확실하지도 않은 거잖아. 그럼 그대로 둬. 이제야 너 말고 겨우 다른 사람한테 눈이 가고 마음이 가는데, 이런 일에 신경 쓰고 싶지 않다."

"뭐?"

자신의 말에 강유의 눈이 커진다.

이제껏 강유의 감정을 몰랐던 게 더 이상했다. 자신의 말에 저렇게 하나하나 반응하는 앤데, 사랑이라는 감정이 눈을 멀게 했던 걸까? 그를 포기하고 나자, 자신을 향한 그의 감정을 어느 정도는 알 것 같았다.

"뭘 그렇게 놀라는데? 11년 동안 했으면 됐지, 얼마나 더 해?"

"라민…… 그 사람이야?"

"그래. 잘 알고 있네. 사귀는 건 아니지만, 내 눈이 그 사람을 보고, 내 심장이 그 사람에게 설레어. 이제 됐지? 앞으로 내 이름이 언급되는 건 자제해 주길 바라."

세희는 냉정하게 강유에게 쏴붙이고는 다시 고개를 돌려 도아를 보았다.

"도아 씨도 들었죠? 나에게 강유는 한 번도 가지지 못한 사람이지만 그것도 이제 다 과거의 일이에요. 그런데 이제 와 이러는 거 굉장히 불쾌하거든요. 지금도 강유가 나를 좋아한다고 생각한다고 하니 둘이 정리해야 할 게 남은 것 같은데, 내 이름 빼고 두 사람 감정만 가지고 정리하세요."

이렇게 한 번 쏘붙이고 나니 마음이 한결 편해졌다.

알게 된 이상, 언젠가는 물어보고 확실하게 해야 할 것이었다. 만약 강유가 정말 자신을 좋아한다고 할지라도 이제는 너무 늦어 버렸다.

너무나도 이성적으로 냉정하게 말하는 세희를 보던 도아는 믿기지 않는다는 표정을 하고 있었다. 세희는 그런 도아의 모습을 보고는 어깨를 으쓱이며 자리에서 일어났다.

"그럼 전 이만 가 볼게요. 엄마가 걱정하셔서."

"잠깐만."

그냥 무시하고 가려는데, 갑자기 들린 강유의 목소리에 세희의 발걸음이 멈췄다. 그녀가 뒤를 돌아보자 어느덧 소파에서 일어난 강유가 자신을 빤히 바라보고 있었다.

"불쾌하게 해서 미안해. 하지만 나는 친구를 잃기 싫었어. 내 소중한 친구니까, 내 사람을 잃기 싫었어. 그래서 더 감추려고 했고. 그런데…… 지금 생각해 보니까 쓸데없는 짓이었네."

"어. 쓸데없는 짓이었어. 차라리 네가 나를 만날 생각이 없었다면 내 마음을 알았을 때 잘라야 했을 거야. 하지만 너는 친구를 잃기 싫다는 변명으로 나한테 가지고 있는 너의 감정을 묶어 둔 것밖에 안 돼. 솔직히 말해 봐, 너 정말 친구로서 나 좋아하는 거 맞지?"

"어. 당연하지."

말은 당연하다고 하는데, 표정은 좋지 않다. 그냥 익숙한 말을 내뱉는 앵무새 같은 느낌이어서 세희는 한숨을 푹 내쉬고 고개를 끄덕였다.

"좋아. 그럼 됐어. 이제 너는 친구를 잃을 걱정 하지 않아도 되고, 나는 네가 나를 언제 돌아봐 줄까 걱정하지 않아도 되니까, 우리 둘의 문제는 해결된 거네. 그럼 이만 가 볼게. 정말로 엄마가 걱정하시거든."

세희는 자신만 빤히 쳐다보고 있는 두 사람을 무시하고 밖으로 나왔다.

도아까지 있는데, 이런 말을 한 자신의 행동이 잘못됐다고도 생각한다.

하지만 강유가 자신에 대한 감정을 알고 있고, 그 상황을 도아도 알고 있는 데다가 강유가 자신을 좋아한다고까지 생각한다면 언젠간 일이 커지고 말 것이다.

그럴 바에는 자신이라도 먼저 확실하게 끊어 주는 게 맞는다고 판단을 내렸다.

'내가 계속 좋아하고 있다고 생각하면 언젠가 둘이 사귈지도 모른다는 생각에 불안할 수도 있으니까.'

윤지에게 말한다면 괜한 오지랖이라고 할지도 모른다. 하지만 자신 때문에 싸우는 것으로도 모자라서 자신의 감정을 오해받는 건 더 싫었다.

세희는 한숨을 푹 내쉬며 고개를 절레절레 젓고는 다시 자신의 집 대문 안으로 들어갔다.

☆

시간의 흐름은 날씨에서 확연하게 드러났다. 선선하기만 했던 바람이 차가워졌고, 바람이라도 세게 부는 날에는 어김없이 목도리를 코까지 덮어야만 했다.

오랜만에 오픈한 'tasty'에 많은 사람이 들어왔다. 대부분 단골이었는데, 왜 그동안 안 열었느냐며 핼쑥해진 그녀를 보고는 많이 아팠냐면서 걱정해 주곤 했다.

그렇게 한 번에 몰려온 많은 이들이 다 빠져나가자 방 안에 들여놨던 난로를 카운터로 꺼내 노곤한 기분에 빠져 있다가 기지개를 쭉 켰다.

"아이고. 앨범 준비는 잘 되어 가나."

마지막 녹음 날, 웬만해서는 칭찬하지 않는 유림이 실력이 일취월장해서 쉽게 끝났다면서 폭풍 칭찬을 했다.

타이틀곡은 아니라고 해도 자신은 정식으로 연습기간을 거친 가수가 아니기 때문에 이대로 괜찮은 건가 싶었지만, 프로가 괜찮다고 말을 해 주니 그냥 마음을 놓기로 했다.

그러나 앨범 막바지에 아픈 자신을 병간호하느라 많은 시간을 허비한 민을 떠올리자 미안한 마음이 들었다.

띠링—

"아, 핸드폰."

잠시 충전기를 가지고 나오려고 방에 들어간 사이에 카운터에서 핸드폰이 울렸다.

세희가 허둥지둥 뛰쳐나가 핸드폰을 들고 확인해 보니, 민의 이름이 찍혀 있었다.

세희는 순간 표정 관리도 제대로 못 하고 서둘러 내용을 확인했다.

[세희 씨, 며칠간 베이커리에 못 갈 것 같아요.]

"응?"

이유는 없고 결론만 있는 말에 세희가 마음에 안 든다는 표정을 지었다.

[왜요?]

[세희 씨, 요즘에 인터넷 잘 안 했죠?]

[네.]

[이틀 전이 유림이 4집 앨범 발매일이었잖아요. 세희 씨가 부른 노래도 있는데, 어쩜 그리 무관심해요. ㅠㅠ]

"아……."

민의 문자에 세희가 괜히 미안해서 뒤통수를 긁적였다.

"아, 벌써 발매했구나."

세희는 괜히 멋쩍어서 잠시 망설이다가 다시 토독토독 답장을 보냈다.

[미안해요. 괜히 겁먹어서 더 신경을 안 쓴 것도 있거든요. 그런데 왜 못 오는 거예요?]

답장하고는 한참이 지나도 문자는 오지 않았다. 일을 하나 싶어서 얌전히 기다리는데, 벨 소리가 울렸다. 발신자는 민. 세희는 끊어질까 무서워서 재빠르게 받았다.

"네. 민 씨."

— 응? 바로 받네요?

"핸드폰 만지고 있었어요."

핸드폰으로 뭘 한 건 아니었지만, 완전히 거짓말은 아니었다. 민의 문자를 기다리며 핸드폰을 만지작거리고 있던 것은 사실이니까.

— 아아. 문자로 하는 것보다는 전화가 빠를 것 같아서요.

"아아⋯⋯."

— 이번 유림이 앨범에 세희 씨가 피처링한 노래 있잖아요.

"네."

— 앨범 발매와 동시에 타이틀보다 이 노래가 더 주목을 받아서 온갖 차트에서 1위를 차지했어요. 그 바람에 피처링한 사람이 누구냐고 난리가 났어요.

"네? 왜요?"

민의 말에 당황한 세희가 미간을 찌푸리며 물었다.

— 그 곡이 유일하게 유림이가 다른 사람과 같이 작업을 한 곡이에요. 거기다가 피처링한 가수의 목소리도 정말 좋다고 하

던데요?

"아……."

민의 말을 듣고 나니, 이해가 가서 고개를 끄덕였다. 자신이 알고 있는 한 '하유림'이라는 가수는 앨범을 발매하고 1위를 놓쳐 본 적이 없다. 그만큼 그녀는 주목받는 가수였다.

거기다가 유림은 3집을 내는 동안 듀엣 곡은 물론이고 피처링 같은 다른 가수와 함께한 적이 없었다. 그런 그녀의 노래에 다른 사람의 목소리가 들어가 있으니 그것만으로도 충분히 이슈가 될 법했다.

하지만 목소리가 정말 좋다니……. 생각지 못한 칭찬에 세희의 얼굴이 달아올랐다.

— 그래서 못 가요. 나를 따라다니던 기자들 사이에서 세희 씨는 이미 알려진 얼굴이에요. 연인 사이다, 뭐다 말들은 많을 테지만 확실한 게 없고, 전에 그런 기사들로 제가 한 번 고소를 한 적이 있어서 함부로 건들지는 못할 거예요. 그리고…….

"응?"

말을 하다가 갑자기 조용해져서 고개를 갸우뚱거리는데, 민이 숨을 길게 내뱉는 소리가 들린다.

"왜요? 무슨 일 있어요?"

— 아, 아니에요. 아무 일 없어요.

"정말?"

— 네, 정말요.

뭔가 이상하다 싶었지만, 일단은 아무 일 없다고 하니 그냥 넘어가기로 하고, 민의 말을 계속 경청할 자세를 취했다.

— 아무튼, 내가 이제껏 제일 가깝게 지낸 여자는 같이 일하는 사람 말고는 세희 씨뿐이고, 제일 가까운 여자가 제일 많이 작업실에 들락날락했으니까 세희 씨한테 많이들 갈 거예요.

"그럼 손님은 늘겠네요."

세희가 대수롭지 않다는 투로 대답했다.

이미 예상은 했던 일이고, 애초에 조금은 평범하지 않은 길을 걷게 될 거란 각오는 하고 시작한 일이다. 거기다가 자신이 피처링을 했다는 확실한 증거도 없고, 기사가 나더라도 추측성 기사만 난무할 것이다.

— 그래서 당분간은…… 못 만날 수도 있어요.

"알았어요. 서운해도 이해하니까, 그러려니 할게요."

세희가 진심을 담아서 말했다.

항상 보던 사람이라 당연히 오늘도 볼 수 있다고 생각했고, 며칠 못 본다는 것은 생각도 한 적이 없었다. 하지만 자신을 위해서라고 말하는 민에게 투정할 수는 없었다.

— 미안해요.

"아니에요. 괜찮아요. 다만 최대한 빨리 봤으면 좋겠어요."

— 응. 이해해 줘서 고마워요.

그의 말에 세희는 그저 웃고 말았다.

사실 지금도 그가 보고 싶다. 만지고 싶고, 그의 품에 안겨서 가슴에 얼굴을 비비적거리고 싶다.

스스로 괜찮다고 다독이고 이해한다고 하지만, 지금 이러는 순간에도 그의 얼굴을 보고 말하고 싶고, 그가 자신을 바라보는 눈동자를 마주 보고 싶다.

하지만 이 모든 것은 잠시 넣어 둬야 하는 자신의 욕심과 바람일 뿐.

세희는 코로 긴 숨을 내뱉고 다시 입을 열었다.

"나중에 봐요."

9화

여자의 마음은 갈대라더니!

딸랑―

"어서 오세요."

세희는 기자로 추정되는 여자가 베이커리 안으로 들어오자 방긋 웃는 얼굴로 맞이했다.

기자들의 방문은 며칠째 계속되고 있다. 이전에도 기자들이 몇 번 베이커리에 들어왔었던 건 대충 눈치채고 있었지만, 그 사람들은 슬금슬금 눈치만 보면서 빵만 사 갔지, 요 며칠 사이처럼 노골적으로 자신에게 무언가를 얻어 내려 하지는 않았었다.

하지만 시간이 조금 지나자 변화가 생겼다. 그것은 기자들이 와도 이젠 전혀 아무렇지 않다는 점, 기자들도 이제 빵을 사러 오는 것이 목적이라는 점이었다.

"어머, 밤식빵 없어요?"

"아, 네. 오늘은 다른 때보다 빨리 나갔네요. 죄송합니다."

"아뇨, 아뇨. 저한테 죄송할 건 없는데…… 이걸 어쩐담……. 동생이 사 오라고 난리인데."

저 여자는 이제 자신이 기자라는 걸 감출 생각이 없는지 카메라는 목에 걸고, 한 손에는 수첩, 주머니에는 펜을 꽂고 당당하게 다녔다.

세희가 알기로는 기자에는 사진기자하고 취재기자가 따로 있다던데, 저 여자는 무슨 기자 쪽에 속할까 궁금했다.

"무슨 기자 같은 거 하시나 봐요."

세희는 아무것도 모르는 척 시치미를 뚝 떼면서 말했다. 그러자 여자가 눈을 깜빡이다가 싱긋 웃었다.

"카메라 때문에 보통은 포토그래퍼라고 생각하시는데, 기자라고 생각하신 이유가 뭐예요?"

여자의 말에 나쁜 의도는 없었지만, 지금 자신이 실수했다는 건 확실했다. 그래서 적당한 선에서 꾸밈없는 말로 빠져나가야겠다는 생각이 들었다.

"요즘 기자분들 때문에 조금 예민해져 있거든요."

"어머, 왜요?"

"제가 뮤직프로듀서인 라민 씨와 좀 아는 사이거든요. 그래서인지 모르겠지만 이번에 가수 하유림의 노래에 피처링한 사람이 저라는, 뭐 그런 이상한 말들이 도는 모양이에요. 저야 손님이 늘어서 좋기는 한데, 항상 감시당하는 느낌도 들고 간혹 집요하게 질문 하는 분들 때문에 조금은 스트레스를 받아서……."

"아아."

여기자는 이해한다는 얼굴로 힘든 표정을 짓고 있는 세희에게 다가가 팔을 툭툭 쳤다.

"같은 기자로서 미안하게 생각해요. 기자라는 직업이 특종이라는 거에 목매는 직업이라……."

"알아요. 그래서 막 싫은 티 내거나 하지는 않아요. 별 피해도 안 주고 매출도 올려 주고 가시는데요, 뭐. 일부러 찾아오시는 분들도 계시고."

이 말은 꾸밈없는 진심이었다. 다른 목적으로 왔다가 자신의 빵 맛에 반해서 베이커리에 찾아와 준다는 것이 얼마나 기쁜 일인지 모른다.

지금 이 여자도 그 사람들 중에 한 명일 테고.

"그럼 빵 몇 개만 추천해 주세요. 동생 놈한테 여기 빵 몇 번 사다 줬더니 만날 심부름만 시킨다니까요. 지가 무슨 왕도 아니고……."

여기자는 지금 이 상황이 매우 불만이라는 표정으로 툴툴거렸다. 하지만 말과는 다르게 와서 동생이 원하는 빵을 찾는 걸 보면 싫지는 않은 모양이다.

"동생을 되게 아끼시나 봐요."

"뭐, 일단은 동생이니까요. 미워하려고 보면 애교 부리고. 싫어지려고 하면 다시 애교 부리고. 도저히 싫어할 수가 없다고나 할까……. 뭐 그런 거죠."

여자는 동생의 애교를 상상한 건지 어쩐 것인지 피식 웃었다.

"동생이 굉장히 귀여운가 봐요."

"어휴, 귀엽긴요. 키는 멀대같이 커서 요즘엔 근육 키운다고 난리예요. 그런 놈이 뭔 빵인지, 나 원 참."

여자의 투덜거림에 세희가 푸스스 웃었다.

"그래도 이렇게 오신 거 보면, 동생을 많이 예뻐하시나 봐요."

"아무래도 미운 짓을 골라서 하는 스타일은 아니다 보니."

세희는 여전히 웃는 얼굴로 이리저리 빵을 둘러보았다.

"동생분이 단 거 좋아하나요?"

여자는 세희의 말에 잠시 멍한 표정으로 있다가 이내 고개를 절레절레 저었다.

"아뇨, 많이 단 건 안 좋아해요."

"아아."

세희는 고개를 끄덕여 보이고는 빵 몇 개를 골라서 여자에게 보여 줬다.

"대충 이 정도만 골라 봤어요. 많은가요?"

"아뇨. 모자라지나 않으면 다행일 것 같은데요? 언니들도 여기 빵을 좋아하거든요."

세희는 부끄러움에 배시시 웃어 보이고는 빵을 계산해 봉지에 담아 주었다. 그러고는 계산대에서 나와 포장되어 있는 빵 몇 개를 더 넣어 주었다.

"이건 그냥 서비스예요. 제가 만든 빵을 좋아한다고 계속 말씀해 주시니, 도저히 그냥은 못 넘어가겠네요."

세희의 말에 여자가 싱긋 웃어 보였다.

"어머, 감사합니다. 다음에 또 오라는 뜻으로 알게요."

"네, 또 와 주세요."

여자는 세희와 화기애애하게 이야기를 하고는 돈 계산을 끝마치고 밝게 인사를 하며 가게를 빠져나갔다.

그렇게 기분 좋게 손님을 한 명 보내고는 빵 진열을 보기 좋게 다시 하려는데 다시 한 번 딸랑거리는 소리가 들려서 고개를 돌려 보니, 밖에서 거의 30분 가까이 아무렇지 않은 척 서성이던 남자가 안으로 들어왔다.

"어서 오세요."

세희는 싱긋 웃으며 손님을 맞이했다. 자신을 뚫어져라 쳐다보며 뭔가를 캐내려는 눈빛은 딱 봐도 그 정체를 알게 했지만, 자신은 이 가게의 주인이고 저 남자는 손님이었다. 서비스 정신으로 싱긋 웃는 얼굴을 유지해야 했다.

"라민 씨는 요즘 안 오십니까?"

남자는 매우 다이렉트하게 물어 왔다. 그런 남자의 직구에 세희는 잠시 미간을 찌푸렸다가 다시 싱긋 웃었다. 저 다 알고 있는 말투로 보아, 분명 이 남자도 다른 기자들처럼 민이 이곳에 자주 왔었다는 사실을 알고 묻는 것이리라.

"요즘에는 좀 뜸하세요. 아시다시피 바쁜 분이잖아요."

세희는 민을 향해서 최대한 높임말을 썼다. 선을 긋고 지내는 사이로 보이게끔.

"거두절미하고 말했는데도 무슨 말뜻인지 잘 아시는 모양이네요."

남자는 능글맞은 표정으로 웃으며 말했다. 그런 남자의 웃음이 상당히 마음에 들지 않은 세희는 억지로 미소를 유지하며 고개를 끄덕였다.

"당연하죠. 그런 말을 물어보는 기자가 한두 명이 아니거든요."

남자는 세희의 말에 잠시 얼굴을 굳히는가 싶더니, 다시 능글맞게 웃으며 입을 열었다.

"그럼 제가 원하는 말도 무슨 말인지 알겠네요."

"라민 씨랑 무슨 사이냐는, 뭐 그런 거 말하는 건가요, 아니면 피처링을 했냐는 질문을 하고 싶은 건가요."

"음, 엄연히 따지면 둘 다겠지만, 지금 전 전자는 필요 없어요. 후자면 되죠."

"그렇다면 사람 잘못 찾아오셨어요. 저는 노래를 즐겨 듣기는 하지만, 하는 건 별로 안 좋아해서요."

세희는 자연스럽게 거짓말을 이어 나갔다. 하도 똑같은 말을 앵무새처럼 반복하다 보니 이제는 그 어느 누가 봐도 자연스러울 정도로 말을 내뱉을 수 있게 되었다.

"흠."

남자는 아무런 표정의 변화도 없이 말하는 세희를 보면서 잠시 생각하는가 싶더니 다시 입을 열었다.

"정말로 거짓 하나 없는 말인가요?"

"제가 거짓말을 해서 득 볼 게 있나요? 설사 거짓말을 하고 있다고 하더라도 그쪽이 알 바는 아닌 것 같은데요."

세희는 여전히 웃는 얼굴로 날카롭게 쏴붙였다. 빵이 목적이 아니라 그저 자신에게 진실을 말하라 요구하는 사람은 손님이 아니다. 자신은 손님이 아닌 자에게 친절을 베풀 만큼 아량이 넓지는 못했다.

"죄송하지만 이만 가 주시겠습니까? 영업하는 데 방해가 되는군요."

세희는 여전히 웃는 얼굴로 딱 잘라서 말했다. 남자는 뭐라도 하나 건지기 위해서 세희를 노려보며 어떻게든 캐낼 말을 찾았지만, 세희는 더 이상의 말을 들을 필요도 없다는 듯 바로 뒤를 돌아 버렸다.

그런 세희의 태도에 남자는 하는 수 없다는 표정을 지으며 아무런 말 없이 베이커리에서 나갔다. 세희는 가게에서 볼 수 있는 거리에 그 남자가 없다는 것을 확인하고는 깊게 한숨을 내쉬었다.

'난 계속 지쳐만 가는데, 이 인간은 연락도 없고……'

세희는 핸드폰을 노려보면서 속으로 중얼거렸다. 가게에 안

온다고는 했지만 연락은 할 수 있는 것이 아닌가. 이런 매정한 사람 같으니라고.

빵 발효 시간에 맞추어 놓은 타이머가 울리고, 세희는 빵 발효 상태를 확인하다가 멍청한 표정으로 허공을 바라보았다.

아무리 생각해 봐도 뭔가 너무 이상하지 않나 싶다. 기자들도 사람인지라 시간이 지나도 돌아오는 말이라고는 똑같은 말뿐이라 점점 지쳤는지, 빵을 사러 오는 기자를 제외하면 그 수가 꽤 줄어들었다.

오늘처럼 다이렉트하게 물어 오는 기자는 이틀에 한 번 정도? 그런 기자들의 심리를 민이 모를 거라고는 생각하지 않는데, 그런 것치고는 너무하다. 만나러 오지 않는 것도 그렇고, 연락이 오지 않는 것도 그렇고.

물론 먼저 만나러 갈 생각도 해 보기는 했지만, 그런 행동을 한다면 민이 자신을 걱정해서 한 행동을 모두 수포로 만들 수도 있기에 함부로 움직일 수도 없다.

'그렇게 바쁜가? 연락도 못 할 정도로?'

많이 바쁘다면 전화까진 바라지 않는다. 다만 문자 한 번, 그거 하나 바랄 뿐인데, 민은 그런 것조차 없었다.

세희는 빵 반죽을 오븐에 넣고 타임을 맞춘 뒤 부랴부랴 밖으로 나와 핸드폰을 집어 들었다. 그러고는 민의 단축번호를 누르려다가 말고 핸드폰을 손에 꼭 쥐고 다시 생각했다.

지금 자신이 하려는 행동이 옳은 행동인지, 혹시라도 라민이 자신을 여자로서 생각하지 않는 건가, 하는 쓸데없는 생각까지.

'아니, 정말 바쁜 걸 수도 있잖아. 며칠 전에 전화했을 때에도 아무렇지 않았고.'

부정적으로 생각하기보다는 긍정적으로 생각하기로 마음을 먹었다. 부정적으로 생각하다 보면 끝없이 부정적으로 생각하게 되어 버린다. 이런 건 그녀답지 않았다. 지레 겁을 먹고 뒤로 물러나다니.

푸르르르르―

숨을 길게 내뱉고 용기를 내서 민의 단축번호를 누르자 컬러 링 하나 없는 투박한 소리가 들려왔다. 이렇게 신호가 가는 동안에도 민이 거절버튼을 눌러 버리면 어쩌나 하는 생각에 다리를 떨며 불안해했다.

― 네, 라민입니다.

"아……."

평소에 자신의 전화를 받던 민의 반응이 아니라 순간 당황해 버렸다. 자신의 번호를 확인해서인지 전화를 받을 땐 항상 반가워하던 민이었는데, 이런 사무적인 말투로 나올 땐 어떻게 해야 하나 짧은 순간에 많은 고민을 했다.

"저, 강세희입니다."

그래서 자신도 똑같이 사무적으로 나가고 말았다.

― 어……?

이런 자신의 대답에 민은 예상 밖이라는 듯 놀란 반응을 보이고는 잠시 침묵했다.

"저기요?"

— 아, 네. 세희 씨. 오랜만이에요.

"그러네요. 바빠요?"

— 아, 좀……

"아……"

전화했을 때 원래 이렇게 어색했던가. 세희는 지금 민이 자신과의 통화를 살짝 꺼린다는 걸 느꼈다.

평소에 전화받을 때처럼 밝게 반기는 목소리가 아니라 약간 낮은 목소리 톤과 더불어 항상 자신에게 무언가 질문을 던지던 사람이 말이 없어도 너무 없었다. 자신이 먼저 끊어 주기를 바라는 걸까.

"미안해요. 바쁜데 전화해서."

세희는 자신도 모르게 말이 딱딱하게 나가 버렸다. 그러고는 실망하는 자신을 감추려 어금니를 꽉 깨물었다. 사랑받고 있다는 느낌을 들게 한 사람이 한순간에 이렇게 바뀌어 버리니 당황스럽고, 어떻게 해야 할지를 모르겠다.

— 저기, 세희 씨……

"바쁘실 텐데, 일하세요. 앞으로는 이런 일 없도록 하겠습니다. 수고하세요."

뻭—

세희는 더 이상 통화를 해 봤자 자신만 실망하고, 자신만 아프다는 걸 깨닫고는 재빨리 끊어 버렸다.

세희는 욱신거리는 가슴을 부여잡고는 아랫입술을 깨물었다. 민의 따뜻한 품에 익숙해져 있는데, 민의 따뜻한 목소리에 익숙해져 있는데, 오늘의 민은 너무 낯설었다.

뭐가 문제일까. 보고 싶은 마음을 숨기지 않은 것이 잘못일까, 안고 싶을 때 그를 안았던 것이 잘못일까, 아니면 그저 단순히 이 사람은 자신을 여자로서 사랑하지 않는 것일까.

"하, 강세희. 착각도 가지가지 한다."

민도 자신을 사랑한다고 생각했다. 그렇지 않고서는 할 수 없는 행동을 보여 줬기에 그것이 사랑이라고 생각했다.

마음만 먹으면 그에게 먼저 다가가 사랑을 속삭일 수도 있었다. 하지만 자신의 감정을 추스를 시간이 필요해서 섣불리 다가가지 않은 것뿐이다.

그런데 오늘의 이 상황은 자신의 그 생각이 착각이라고 생각하게 만들었다.

두어 시간 정도 지났을까. 세희는 오븐에서 맛있게 구워진 빵을 진열해 놓고도, 씁쓸한 감정을 숨기지 못해 한숨을 푹 내쉬고 서 있었다.

안 좋은 일이 있어도 항상 드러내지 않으려 노력하는데, 오늘만큼은 표정 관리가 안 되고 있다.

그냥 마음이 축 늘어져서 일도 하기 싫고, 온갖 게 다 하기 싫었다. 그때 딸랑거리며 방울 소리가 들려왔다.

"어서 오세……요."

평소와 다름없이 입구 쪽으로 고개를 돌리며 인사를 하는데, 눈앞에 나타난 예상치 못한 사람을 보고 말끝을 흐리고 말았다. 설마 민이 올 줄이야.

"바쁘신 분이 여긴 어쩐 일이세요."

세희는 뒤를 돌아 카운터로 가면서 말을 던졌다. 민이 그런 세희의 차가운 말투를 느꼈는지, 숨을 길게 내쉬고는 천천히 세희에게로 다가갔다. 하지만 세희는 카운터 안에 서서 아무런 미동도 표정의 변화도 없었다.

"오해……한 것 같아서 왔어요."

"무슨 말씀이신가요?"

"아까 너무 바쁘고 정신이 없어서 그만 일하던 것처럼 전화를 받아 버렸어요. 세희 씨랑 통화한 것도 너무 오랜만이라 무슨 말을 해야 할지도 몰라서……. 그래서 별말 못 하고 있었는데, 세희 씨 반응이 너무 싸늘해서 왔어요."

"괜찮습니다. 무슨 사이일 것도 없는데, 오해라고 할 것까지야."

세희는 아무렇지 않게 어깨를 으쓱여 보였다. 겉으로는 태연하게 이런 말을 하는데도 자신의 심장이 욱신거리는 게 참으로 싫다.

굳이 따지자면 정말 자신이 말한 것처럼 이 사람과는 아무런 사이도 아닌데 혼자 설레다가, 혼자 설레발치다가 혼자서 아파하고 있는 것이다.

"그동안 제가 찾아오지 않아서 화가 많이 난 건가요? 거기다가 연락조차도 하지 않아서?"

"됐어요. 할 말 없어요. 가세요."

세희는 민을 쳐다보지도 않고 말을 툭 던졌다. 그런 세희의 반응에 민이 아랫입술을 깨물다가 머리카락을 쓸어 올렸다.

"정말 미안해요. 하지만 어쩔 수가 없다고 내가 말했잖아요. 세희 씨도 이해한다고 했고, 분명히 내가 오면 기자들이……."

"변명은 됐어요."

세희가 딱 잘랐다. 정말로 좋아한다면 방법과 수단을 가리지 않고서라도 연락하는 것이 남자라는 걸 잘 알고 있다. 그런데 기자를 핑계로 연락하지 않는다는 건 그냥 거기까지라는 소리다. 저 남자가 자신에게 가진 감정은.

"변명이 아니에요!"

민이 억울하다는 듯 목소리를 높였다. 그런 민의 반응에 세희는 한숨을 푹 내리쉬었다.

"그래요. 라민 씨한테는 변명이 아니겠지만, 나한테는 변명이에요."

세희는 분을 삭이려 차분하게 말을 하고 있었지만, 속에서는 열불이 터졌다. 아무리 이해를 구했고 자신이 이해한다고는 했지만, 2주가 다 되도록 연락이 없는 사람에게 화가 나지 않을 사람이 얼마나 있을까.

그가 자신과 같은 마음이라고 생각했기에 배신감이 더 컸을 것이다. 김칫국을 마셔도 얌전히 마셔야 하는데, 너무 과하게 들이마셨다.

"뭐, 좋아요. 바쁜데 그럴 수도 있죠. 그러니까, 바쁘신 분은 인제 그만 가시라고요."

세희가 감정을 최대한 억누르고 칼 같은 말을 내뱉었다.

분명히 보고 싶었는데, 그립던 사람인데, 목소리라도 듣고 싶던 사람인데 이렇게 올 수 있었음에도, 연락을 할 시간이 있었음에도 불구하고 문자 한 통 없었다는 것에 화가 나서 얼굴이 보기 싫어졌다.

"세희 씨, 내 얼굴이라도 좀 봐요."

"얼굴 보고 싶지 않으니까 가세요."

"세희 씨!"

민이 큰 소리로 세희를 불렀지만, 그녀는 꼼짝도 하지 않았다.

민이 화가 난 얼굴로 매장을 이리저리 돌아다니다가 입구 쪽으로 가서는 문을 잠그고 블라인드를 다 내렸다.

"뭐 하는 짓이에요?"

그런 민의 행동에 세희가 미간을 찌푸리며 민을 보았다. 그런 세희와 눈을 마주친 민이 거칠게 숨을 쉬며 세희에게 바짝 다가갔다.

"이제야 날 보네요."

"이게 무슨 짓이냐고요. 이거 영업 방해예요."

"그럼 이 빵 내가 다 살게요. 무슨 일인지, 이야기 좀 합시다."

민은 세희의 손목을 잡고 방 안으로 들어가서 블라인드 밖으로 보이는 검은 그림자들을 보고는 문을 닫아 버렸다.

"후……. 세희 씨, 내 말 좀 듣고 화내면 안 돼요?"

민이 작은 방 안을 왔다 갔다 하며 말을 던졌다. 세희는 벽에 기대어서 팔짱을 끼고 그런 민을 노려보았다.

"찾아올 수 없는 건, 만날 수 없는 건 이해했어요. 그런데 아무런 말 없이 문자 한 통 없는 사람 말을 듣고 화내라고요?"

"말했잖아요. 기자들 때문이라고."

"오는 건 그렇다고 쳐도 그게 연락도 못 할 이유인가요? 기자들 때문에?"

"그건……."

민은 쉽사리 대답하지 못했다. 세희는 그걸 예상한 듯 고개를 끄덕였다.

"그래요. 그래서 변명이라는 거예요. 그렇다 보니, 자연스럽게 나는 내 마음대로 생각하는 수밖에 없었던 거고요. 그래도 나 열심히 참았잖아요. 미리 알고 있던 거지만 하루에도 몇 번이 아니라, 수십 번씩 기자들이 와서 내 속을 뒤집어 놓고, 스트레스를 주고, 미치게 하더군요."

세희는 아랫입술을 물었다가 놓으며 숨을 길게 내쉬었다.

"그래도 잘 참았어요. 민 씨한테 연락 오면 이런저런 하소연이나 해야겠다, 이러면서 스스로를 위로했어요. 먼저 연락하고 싶었지만, 바쁜 사람이라는 거 아니까. 우리 베이커리에 오던 것도 짬짬이 시간 내서 온 거라는 거 아니까, 앨범 준비 막바지에 나 간호해 주느라 시간 허비한 거 아니까, 함부로 연락 못 했어요. 그래도 2주가 되어 가는데도 연락이 없는 건 심하다 싶어서 먼저 연락한 거고요. 그런데 돌아온 반응은……. 하."

세희가 자조적인 미소를 지으며 고개를 절레절레 저었다.

"어떤 이유가 있다고 할지라도 지금은 듣고 싶지 않네요. 나가 주세요."

세희가 민을 보고 있던 시선을 옆으로 돌리며 듣기를 거부했다. 그런 세희의 모습에 민이 머리카락을 마구 흐트러트리다가 세희의 앞에 섰다.

"아뇨. 전 말해야겠어요."

"민 씨가 나가기 싫다면 내가 나가요. 정리되면 뒷문으로 나가세요."

민은 끝까지 자신을 쳐다보지 않고 빠져나가려는 세희의 손목을 잡아 끌어당겨, 벽으로 밀어붙였다.

"아파요!"

세희가 오만상을 쓰며 민을 올려 봤지만, 민은 세희의 손목을 놔줄 생각이 없는 듯 꼼짝도 하지 않았다.

"일단 좀 들어요. 듣고 나서도 이해 안 간다면…… 진짜 갈게요."

민의 표정은 진지했다. 그리고 진심이었다. 그걸 세희도 느꼈는지, 한숨을 푹 내쉬며 고개를 돌렸다.

"알았어요. 알았으니까, 이것 좀 놔요. 아파요."

알았다는 세희의 대답에 민은 순순히 손목을 놔주고는 바닥에 앉았다. 그리고 그런 민의 맞은편에 세희가 자리를 잡고 앉았다.

민은 무슨 말을 할 생각인지, 한동안 고민하다가 숨을 길게 내쉬고 입을 열었다.

"처음에는 최대한 아무렇지 않게 행동하는 게 내 최선이었어요."

"그게 무슨 말이에요?"

민은 세희의 물음에 잠시 고민하다가 다시 입을 열었다.

"많은 비가 내리던 날…… 아직도 그때의 세희 씨 모습이 잊히지 않아요. 이러면 안 되는 거 아는데, 아픈 세희 씨에게 손이 자꾸 가더군요. 세희 씨를 안고서 입 맞추고 싶다는 생각만 드는데, 어찌나 내 자신이 추잡스럽고, 한심하던지."

"아……."

민의 고백에 멍하게 있는데, 그가 한숨을 푹 쉬면서 자신의 발끝을 바라보다가 고개를 돌리고 다시 한숨을 푹 내쉬었다. 그런 민의 행동을 보며 입가에 웃음이 피어나려는 걸 입술을 안으로 밀어 넣고 앙다물며 참았다.

민도 자신과 같았다. 추잡스럽다고 표현한 게 좀 마음에 들지 않았지만, 결과적으로 자신과 같은 마음인 것이 확실했다.

'정말 여자의 마음은 갈대인가 봐. 그렇게 화가 나다가도 내가 좋아서 그랬다는 거 확인하고 나니까 이렇게 웃고 싶어 지다니.'

하지만 너무 쉽게 풀어지는 모습을 보이면 안 될 것 같아서 숨을 길게 내쉬었다.

그런 세희의 한숨에 고개를 든 민이 세희를 빤히 쳐다봤다.

"그러니까 오해하지 말아요. 그래도 지키고 싶은데, 머릿속에서는 그런저런 생각만 들면 스스로가 얼마나 한심한 줄 알아요? 세희 씨마저 그러면 나 정말 힘들어요."

"그래요?"

언젠가, 민이 도발적인 포즈는 취하지 않는 게 좋겠다고 한 말이 떠올랐다. 그래서 자연스럽게 팔짱을 끼고 시선을 다른 곳으로 돌리며 생각하는 척을 했다. 그러고는 은근슬쩍 팔에 힘을 더 주고 살짝 위로 올리며 안 그래도 풍만한 가슴을 더 돋보이게 하였다.

"세희 씨 정말…… 아후……."

자신의 그런 행동에 민이 한숨을 푹 내쉬는 게 들렸다. 세희는 웃으려는 안면근육을 억지로 참아 내고 표정 관리를 하며 천천히 민에게로 시선을 돌렸다.

"그럼 민 씨는 왜 나한테 손이 가는데요? 날 사랑해요?"

"네?"

세희의 갑작스러운 질문에 민이 당황하는 모습이 보였다. 다짜고짜 사랑하냐고 물어 오는데, 놀라지 않을 사람이 몇이나 있을까.

"사랑하지 않아요?"

"가, 갑자기 무슨……."

세희의 눈에는 민이 당황해하면서 부끄러워하는 게 보였다. 안고 싶고, 입 맞추고 싶다고 당당하게 말할 땐 언제고, 이제 와서 왜 부끄러워하는 건지는 모르겠지만, 세희는 이런 상황에서도 점점 마음의 평안을 되찾고 있었다.

"음. 미안해요. 내가 괜한 걸 물었네요."

세희는 어깨를 으쓱이며 팔짱을 풀고 자리에서 일어났다. 이건 여자의 괜한 자존심에서 나오는 행동이다. 자신이 이렇게 행동하면 상대방이 어떻게 나올 줄 이미 예상하고 하는 행동.

"사랑해요!"

"……네?"

일어나서 밖으로 나가려는데 우렁차게 들리는 민의 말에 세희는 순간 벙쪄서 멍청한 표정을 짓고 말았다.

저 말을 듣기 위해 물어본 말인데, 막상 들으니 당황하는 자신이 웃기기도 했다.

"사랑한다고요! 사랑해요! 젠장. 이런 식으로 말하고 싶지 않았는데."

민은 머리카락을 흐트러뜨리면서 욕을 읊조리더니 다시 세희의 팔을 잡고 끌어당겨 와락 안았다.

그의 품 안에 있으니 그의 미친 듯이 뛰는 심장이 느껴졌고, 무엇 때문인지는 모르겠지만, 희미하게 떨리는 그를 느낄 수 있었다.

"사랑해요. 진짜, 정말로 사랑해요. 사랑해요, 세희 씨."

그렇게 작은 방 안에는 민의 사랑한다는 말이 울려 퍼졌다.

머엉—

세희가 멍청한 표정으로 허공을 바라보며 걸었다. 민의 감정은 예상하고 있던 것이지만, 저돌적인 사랑 고백은 세희의 혼을 쏙 빼놓고, 정신줄마저 놓게 했다.

"세희 씨, 그렇게 멍하니 걷다가 넘어지면 어쩌려고 그래요."

민은 빙긋 웃으며 자연스럽게 세희의 어깨를 감싸고 걸었다. 그런 민의 행동에 세희는 지금 이걸 가만히 있어야 하는 걸까, 밀어내야 하는 걸까, 고민하다가 밀어내기에는 너무 늦었다는 사실을 깨닫고 그냥 두는 길을 선택했다.

"세희 씨."

집 앞에 도착해서 민과 헤어지려는데, 민이 세희의 어깨를 놓아주지 않고 더욱더 끌어당기며 이름을 불렀다. 민의 부드러운 음성에 세희는 마른침을 꿀꺽 삼키고는 고개를 들어 민을 보았다.

"우리 연애하는 거 맞죠?"

민이 싱긋 웃으며 하는 말에 세희는 아무런 말도 하지 못하고 그를 빤히 바라만 봤다. 사랑하는 사람이 자신을 사랑하고 있다. 누군가는 이게 기적이라고 했는데, 정말로 그런 것 같았다.

아니, 애초에 이 사람이 자신에게 사랑을 주어서 자신이 이 사람을 사랑하게 된 것은 아닐까.

세희가 민을 가만히 보며 생각하다가 마른 입술에 혀를 내밀에 침을 축이는데, 그런 세희의 행동을 가만히 보고 있던 민이 씩 웃었다. 세희는 그런 민의 모습이 참으로 고혹적이라고 생각했다. 상대는 분명히 남자인데 말이다.

"세희 씨, 지금 나 유혹하는 거 맞죠."

"에?"

무슨 말인지 순간 이해를 하지 못하고 바보 같은 얼굴을 하고 대답하자, 민이 고혹적인 표정을 바꿔 피식 웃었다.

"이제야 말을 하네. 이제까지 나 혼자 이야기한 거 알아요?"

"아, 미안해요……."

"이제부터 미안하다는 말 하지 말기. 미안하다는 말 대신에 사랑한다는 말을 해 줘요."

민의 애정 가득한 목소리가 세희의 가슴을 채워 간다. 괜히 기분이 좋아져서 빙긋 웃는데, 민이 나란히 있던 세희를 끌어당겨 자신의 앞에 마주 세우고는 다른 손으로 세희의 턱을 들어 올리며 입을 살짝 맞추었다.

"우리 세희 씨, 너무 좋다."

민은 혼자 중얼거리며 다시 세희의 입술에 입을 맞추었다. 세희는 민의 품에 안겨 민의 입술을 받아들이면서도 지금 집 앞에서 이래도 되는 건가, 주변에 맴도는 기자들도 많다고 했으면서 이래도 되는 건가, 수많은 고민에 빠졌다.

그러나 점점 입술의 감촉에 빠져들어 버린 세희는 모르겠다는 심정으로 팔을 뻗어 민의 등을 안으며 몸을 더욱더 밀착했다. 고개를 더 위로 올려야 해서 조금은 힘들기도 했지만, 아까처럼 조금이라도 떨어져 있는 것보다는 이편이 키스하기 편했다.

쿵쾅쿵쾅.

민의 입술이 자신의 입술을 빨아들이고 그의 혀가 자신의 입 안으로 들어와 부드럽게 자신의 혀를 어루만질 때, 민의 손이 자신의 머리카락을 어루만지며 다른 한 팔로 자신의 허리를 감쌀 때, 세희의 귓속에 자신의 심장 소리가 울려서 정신이 없었다.

민에게 집중해야 하는데, 심장 소리가 자신의 집중력을 흐트러트리고 있었다.

"힘들어요?"

민은 세희가 집중하지 못한다는 걸 알았는지, 입술을 떼고 나지막하게 물었다. 그런 민의 질문에 세희가 누구의 타액인지 모를 것을 목으로 넘기며 고개를 끄덕였다.

"내가 너무 성급했나."

민이 관자놀이를 긁적이며 혼잣말을 하는데, 세희가 민의 가슴팍에 얼굴을 기대고 팔에 힘을 주어 안으며 고개를 절레절레 저었다.

"그게 아니고, 심장이 너무 뛰어서 집중을 못 하겠어요."

분명히 마음은 진정이 됐는데, 심장은 진정을 못 하고 있다. 지금도 귓가에 쿵쾅거리며 울리는 심장 소리가 너무 시끄럽다.

세희는 자신의 상황을 솔직하게 이야기했는데도 아무런 반응이 없는 민이 이상해서 뒤로 살짝 물러나 민을 올려 보았다.

"민 씨?"

"세희 씨, 너무 예쁜 말만 골라서 한다."

눈이 마주친 민은 아주 행복한 미소를 지으며 웃고 있었다. 그리고 이내 세희를 껴안고는 세희의 부드러운 머리카락에 얼굴을 비비적거렸다. 민의 심장도 자신의 심장 못지않게 뛰는 걸 들은 세희가 피식 웃으며 민의 허리에 팔을 둘렀다.

"그런데 우리 이러고 있어도 돼요?"

"뭐가요?"

"기사라도 나면 어쩌려고."

"애인이라고 나겠죠. 그럼 'tasty' 운영 힘들지도 모르겠다."

"에이, 까짓거 천이도 이제 고3이라고 아르바이트 그만둔다고 그러고, 재형이도 복학한다고 아르바이트 그만둔다고 하는데, 잠잠해질 때까지 문 닫죠, 뭐."

우리나라 특성상 잠잠해지기까지 생각보다 오래 걸리지 않을 것으로 판단한 그녀는 길게 세 달 정도 잡고 머릿속으로 계산기를 두드렸다.

지금 남아 있는 재료들의 유통기한과 공과금, 월세 등등을 생각하니 그 정도는 버틸 수 있을 것 같았다.

"뭐, 일단은 기사 나는 거 파악하고 결정해도 될 테니 걱정하지 마요. 지금은 우리 둘만 생각하자고요. 내가 이 순간을 얼마나 기다렸는지 알아요?"

세희의 말에 민이 갑자기 세희를 떨어트려 놓더니, 눈만 깜빡였다.

"기다렸어요? 정말?"

민의 반응에 세희가 푸스스 웃으며 손을 올려 민의 볼을 매만졌다.

"그럼요. 사실 나 민 씨 좋아한 지 좀 됐는데?"

"정말?"

"그럼요. 민 씨도 나한테 마음 있는 거 같은데, 왜 고백 안 하나 했죠. 먼저 해도 되긴 하겠지만, 그래도 고백을 받고 싶은 게 여자의 마음인지라."

세희가 혀를 삐죽 내밀며 말했다. 그런 세희의 말에 민이 활짝 웃으며 세희의 얼굴을 부여잡고 입술에 한 번, 양쪽 볼에 한 번, 이마에 한 번, 그리고 다시 한 번 입술에 쪽 소리 나게 뽀뽀를 하고는 꽉 껴안았다.

"으아, 정말 좋다."

"전 숨 못 쉴 것 같은데요."

"아, 미안해요."

세희의 말에 놀란 민이 팔에 힘을 풀고 세희를 부드럽게 안았다. 추운 날 따뜻한 민의 품은 결코 헤어 나올 수 없는 전기장판 위의 이불 속 같았다.

지잉—

그냥 이대로도 너무 좋아서 안고만 있는데, 갑자기 울리는 진동 소리에 민이 세희를 놔줬다. 세희는 갑자기 드는 한기에 못마땅한 표정을 지으며 핸드폰을 꺼냈다.

"누구예요?"

"엄마네요."

"어머니요?"

"네. 오늘 집에…… 아무도 없다는데요."

세희는 말을 하면서도 뭔가 찝찝한 마음에 얼굴을 찌푸리며 눈동자를 이리저리 굴리다가 고개를 돌려서 주변을 살펴보았다.

"왜요? 뭐가 있어요?"

"아뇨. 뭔가…… 좀 수상해서."

[우리 막내딸~ 오늘 집에 아무도 없으니까, 알아서 챙겨 먹어야 한다~ 친구를 데리고 와서 같이 있든가 해~ 혼자 있으면 무섭잖아~ 애인이 있으면 애인을 데려와도 좋고~ㅇ_<]

세희는 문자를 곱씹어 보면서도 찝찝한 표정을 지울 수 없었다. 아무리 생각해도 정말 수상쩍지 않은가. 방금 생긴 애인을 재윤이 알 리 없음에도 불구하고, 쓰지도 않던 이모티콘까지 써 가며 자신에게 이런 문자를 보내다니. 평소에는 집에 누가 있든지, 없든지, 혼자 있든지, 말든지 신경도 쓰지 않으면서.

"집에 식구 많지 않았어요? 아무도 안 계시대요?"

"식구는 많은 편인데, 원래 집을 자주 비우세요. 아빠랑 할아버지는 낚시가 취미라서 자주 나가시고, 오빠들이야 뭐…… 만날 바빠요. 일 때문인지, 애인 때문인지는 잘 모르겠고. 엄마는……."

세희는 말을 하다가 말문이 막혔다. 재윤이 언제 집을 비운 적이 있던가?

"딱히 외박 같은 걸 하실 분이 아닌데."

세희는 더욱더 수상함을 느끼며 다시 한 번 주변을 살펴보았지만, 뭐가 보이지는 않았다. 평소에는 한두 명씩 지나다니던 길임에도 오늘은 어찌 된 일인지 한 사람도 보이지 않았다.

'아무리 생각해도 이상한데…….'

정말 이상하고 수상쩍었지만, 아무런 단서도, 증거도 없어서 뭐라고 단정 지을 수 없는 상황이기에 그냥 이 상황을 받아들일 수밖에 없었다.

"그럼 혼자 있는 거예요?"

"그렇죠, 뭐."

"무섭지 않겠어요?"

"괜찮아요. 어린애도 아니고, 다 큰 성인인데요."

"이 주변에 강도 들었다던데, 그 뉴스 못 봤어요?"

민이 근심 걱정이 가득한 표정을 지으며 물었다.

물론 자신의 집 주변에서 일어난 일을 세희가 모를 리 없었다. 사람이 죽지는 않았지만, 집주인이 병원에 실려 갈 정도로 다치기는 했다고 들었다. 거기다가 불법인 총기까지 소유한 강도가 들었다고, 뉴스에서도 떠들어 댔었다.

"같이 있으면…… 안 되나?"

민이 굉장히 어려운 말을 하는 듯 머뭇거리며 말했다. 그런 민의 말에 세희가 아무런 대답도 하지 않고 자기 얼굴만 빤히 보자 민은 당황한 얼굴로 손사래를 쳤다.

"오, 오해하지 말아요! 뭐, 딱히…… 저기…… 어쩌겠다거나…… 그런 게 아니라……."

"나 아무 말도 안 했는데."

"아니, 그러니까…… 저기…… 내가 아까 한 말도 있고, 괜히 오해할까 봐서."

민이 뒤통수를 긁적이며 말했다.

민이 어떠한 생각을 하고 있든 상관없었다. 민이 아까 한 말을 자신이 지금 생각하고 있었기 때문에. 물증이 없는 이 상황을 만들어 준 것은 필히 이것을 위함이리라. 세희는 이 기회를 놓치지 않겠다고 생각하며 피식 웃고는 민의 소매를 붙잡았다.

"오해 안 하니까, 들어가요."

"네."

세희의 말에 민이 싱긋 웃으며 고개를 끄덕인다. 세희는 그런 모습이 귀여워서 피식 웃으며 민의 손을 잡고 안으로 들어갔다.

"민 씨가 아까 한 말 말이에요."

"아, 네."

세희는 자신의 손을 잡고 있는 민의 손에 힘이 들어가는 걸 느끼고 피식 웃으며 앞을 봤다.

"사실 나도 그렇다면 어떡할래요?"

"네?"

비밀번호를 누르고 현관문 안으로 들어가서 돌아보자 신발까지 벗은 그가 세희의 말에 멍청한 표정을 짓고 있었다. 세희는 천천히 뒤를 돌아서 민을 올려다보며 다시 입을 열었다.

"나도 민 씨를 보면 안고 싶고, 입 맞추고 싶고, 더한 것도 하고 싶다면 어떻게 할 거예요?"

세희는 아무런 말 없는 민에게 바짝 다가가 손을 놓고 민의 목에 팔을 휘감았다.

"내가 이러면 민 씨는 어떻게 할래요? 나 지금 유혹하는 건데."

민은 세희가 부드럽게 웃으며 말하자, 자신도 모르게 팔을 뻗어 세희의 허리를 감싸서 끌어당겼다.

"유혹……이라니. 진심이에요?"

자신의 말에 민의 목소리가 잠긴 게 느껴졌다. 욕망이 담긴 그 목소리가 듣기 좋아서 민의 목을 살짝 끌어당겼다.

"그럼 내가 거짓말하는 거로 보여요?"

"아뇨."

"싫으면 말든가."

세희가 그렇게 말하며 몸을 뒤로 빼려고 하자, 민이 빠져나가지 못하도록 더욱더 힘을 주었다. 그런 민의 행동에 세희가 눈을 살짝 내리깔며 수줍게 웃었다.

"나…… 안아 줄래요?"

"아……."

"물론 19금의 의미예요."

세희는 너무 진지한 분위기는 싫은지, 다시 고개를 들어서 한쪽 눈을 찡긋거려 보이며 장난스럽게 말했다. 그런 세희의 의도를 알아챈 민이 씩 웃으며 팔의 위치를 바꾸어 세희를 재빠르게 안아 올렸다.

"꺅!"

"후회하지 말아요."

민의 갑작스러운 행동에 놀란 마음을 쓸어내리고 있던 세희가 민의 말에 눈만 깜빡이고 있다가 빙긋 웃었다.

"걱정하지 마요. 후회 따위는 안 해요. 술김에 하는 소리도 아니고, 정말 멀쩡한 상태에서 하는 말이라 내일 아침이 되어도 나는 절대로 후회하지 않을 자신 있어요."

마음먹고 유혹하는 여자는 대담했다. 그리고 더욱더 사랑스러워 보였다.

"일단 씻고 와요. 가운은 욕실 안에 있어요."

세희는 민이 자신을 침대 위에 살포시 앉혀 놓자마자 말을 꺼냈다. 그런 세희의 말에 민은 헛기침하며 뒤를 돌아 고개를 끄덕였다. 귀까지 빨개진 것을 보아하니 부끄러운 모양이다. 나이가 나이이니만큼 여자 경험이 없는 것도 아닐 텐데.

'하긴. 정작 유혹이랍시고 말 꺼낸 나도 지금 미치겠는데.'

세희는 자신도 모르게 자신의 손을 올려 보았다. 두 손은 자신의 의지와는 다르게 긴장으로 인하여서 바들바들 떨리고 있었다.

"어떡하지?"

세희는 마른침을 꿀꺽 삼키면서 안절부절못하며 고개를 이리저리 돌려 댔다.

"아, 미치겠네."

자신의 처음을 생각해 보면, 뭘 잘 모르고 한 거라서 별다른 생각도 별다른 감정도 없었기 때문에 긴장 따위 모르고 그냥 지나간 느낌이었다. 정확히는 긴장할 틈도 없이 시작되었고, 무언가 깨달을 때쯤이면 이미 모든 게 끝나 있었다.

'내가 유일하게 느낄 수 있었던 건 아픔뿐이었지.'

세희는 다른 사람들이 말하는 '오르가슴'이라는 걸 느껴 본 적이 없었다. 그냥 아팠다. 남들은 사랑이라는 걸 안 해도 잘만

하던데 왜 자신은 안 될까, 고민도 많이 해 봤고, 그런 생각에 한 번 더 해 봤지만 결과는 똑같았다. 그리고 자신은 '사랑'이라는 걸 하지 않는 상태에서는 안 된다는 걸 깨닫고 그냥 포기했다.

'아예 안 좋아했던 것도 아니었는데.'

그 남자를 좋아하지도 않으면서 그냥 만난 건 아니었다. 좋아했다. 다만 사랑이 아니었을 뿐이다. 그럼 이번에는 괜찮을까. 이번에는 아픔만이 아닌, 남들이 말하는 '황홀함'이라는 걸 느낄 수 있을까.

세희는 가운을 꼭 여미고 침대에 누워 자고 있는지, 아니면 눈만 감고 있는지 모를 민의 옆에 가서 살포시 누웠다. 미친 듯 두근거리는 심장과 긴장으로 바들바들 떨리는 몸을 주체할 수가 없어서 두 눈을 있는 힘껏 꼭 감았다.

세희가 눈을 뜬 것은 침대의 출렁임을 느끼고 나서였다. 화들짝 놀라서 눈을 뜨니, 어느덧 민이 자신의 위에 올라와 있었다.

"먼저 유혹해 놓고, 그렇게 가만히 있는 건 반칙이죠."

민이 장난스러운 말투로 말했다. 하지만 그것도 잠시일 뿐, 점차 진지한 눈빛을 띠더니 한 손으로 세희의 귀에서 목덜미, 그리고 쇄골까지 쓸어내리며 매혹적으로, 그리고 조금은 위험하게 씩 웃었다.

"하긴. 이 모습도 꽤나 강렬한 유혹이네요."

세희는 자신을 금방이라도 잡아먹을 것 같은 시선으로 바라보고 있는 민을 보며 마른침을 꿀꺽 삼키고는 숨을 길게 들이마셨다. 이제 온갖 상상과 걱정이 현실로 다가오는 것이다.

세희는 눈을 잠시 감고 코로 천천히 숨을 내뱉었다. 그리고 살며시 뜬 눈으로 민을 똑바로 바라보았다. 심장이 목구멍까지 올라와서 금방이라도 입 밖으로 튀어나올 것만 같았지만, 이미 시작은 됐다.

세희는 떨리는 손을 올려 민이 했던 것처럼 귓불에서부터 쇄골까지 스친다는 느낌으로 천천히 손을 움직였다. 그 손은 가운 속까지 들어가 어깨선을 스쳤고, 어깨에 아슬아슬하게 걸쳐 있던 가운을 순식간에 밑으로 내려 민의 탄탄한 가슴을 드러나게 하였다.

세희는 민의 몸을 만지고 싶다는 충동을 이겨 내고는 잠시 숨을 멈추었다가 깊게 들이마셨다. 그러고는 천천히 민의 손을 이끌어 자신이 했던 것처럼 자신의 가운 속에 손을 넣어 어깨선을 스치게 하여 가운을 밑으로 살짝 내렸다.

"세희 씨…… 사람 미치게 하는 재주 있었구나."

민의 분위기와 말투가 순식간에 바뀌었다. 진지한 눈빛으로 중얼거리던 민이 씩 웃더니, 가운이 밑으로 내려가서 보이게 된 세희의 가슴골에 입을 맞추었다. 그리고 위로 올라오며 쇄골에 입을 맞추고 목에 입을 맞추더니, 세희의 입술에 쪽 소리 나게 입을 맞추었다.

"큰일 났다. 당신이란 여자한테 정말 미치겠어."

숨을 길게 내뱉듯 말한 민이 세희의 입술을 잡아먹을 듯 삼켰다. 급히 서두르지 않고, 느긋했지만 입술은 무엇보다 뜨거웠고 힘들이지 않고 자신을 번쩍 일으키는 손길 또한 매우 뜨거웠다.

가운이 전부 벗겨지고 민의 커다란 손이 브래지어 후크를 풀어 상체가 완전히 드러나 한기를 느꼈지만, 뜨겁게 키스를 계속하던 민이 자신을 꼭 껴안아 주자 언제 추웠냐는 듯 금세 다시 뜨거워졌다.

민은 다시 세희를 침대에 눕히고는 오른손을 천천히 밑으로 미끄러트렸다. 목선을 지나 쇄골을 지난 민의 오른손은 가슴의 라인을 맴돌다가 솟아오른 정점을 살짝 건드렸다. 그런 민의 장난 어린 손길에 세희가 움찔거리며 반응하자, 민은 주저하지 않고 세희의 입술에서 떨어진 입술을 옮겨 가 그 정점을 입속에 한가득 담았다.

"읏……."

갑작스러운 민의 행동에 세희가 짜릿함을 느끼며 몸을 비틀었다. 그러자 민의 오른손이 세희의 다리를 밑으로 훑어 내려가다 다시 위로 올라오며 마지막 한 장 남은 천 속에 손을 집어넣었다.

그와 동시에 세희가 움찔거리며 다리를 오므렸지만, 민은 그런 반응을 예상한 듯 그 찰나를 놓치지 않고 재빠르게 반응하여 오므리려는 세희의 다리 사이에 자신의 다리를 끼워 벌리도록

유도했다.

세희는 민의 손길이 주는 느낌에 어떻게 할지를 몰라 부끄러움에 고개를 돌렸다. 가슴을 입속에 한가득 넣고 즐기고 있던 민은 세희의 그런 행동을 어찌 알았는지, 그것을 용납하지 않겠다는 듯 손으로 세희의 턱을 부여잡고 키스를 퍼부었다. 세희가 자신이 하는 대로 따를 것이라는 걸 알고 있는 듯 민의 손길은 우악스럽지 않았다.

세희는 민의 손길에 몸이 떨림을 느끼고 숨이 가빠 오는 것을 느끼며 눈을 꼭 감았다. 솔직히 지금 이 상황에 어떻게 대처를 해야 할지 모르겠다.

"왜 이렇게 긴장해요. 무서워요?"

그녀의 은밀한 곳에 손가락을 넣고 천천히 매만지던 민이 잠시 움직임을 멈추고 귓가에 속삭였다. 민의 질문에 세희는 참고 있던 숨을 뜨겁고 길게 내뱉는 것으로 대답을 대신했다.

민은 세희의 숨소리에 씩 웃더니 은밀한 곳에서 손을 빼고는 그녀의 다리 사이에 자리를 잡으며 다시 한 번 귓가에 속삭였다.

"행복하게 해 줄 거고, 행복하게 만들 거고, 행복한 세월만을 지내게 해 줄 거예요. 이건 당신한테 하는 약속이기도 하면서 내 스스로 하는 약속이에요. 슬픈 일이 있어도, 좋은 일이 있어도, 아픈 일이 있어도 모든 일을 나에게 말해 줬으면 좋겠어요. 나는 당신의 모든 걸 알고 싶으니까."

"아흑!"

민의 말이 끝나기가 무섭게 그녀의 작은 동굴 입구에 있던 그의 분신이 그녀의 여린 살결을 가르고 안으로 들어왔다. 묵직하고 커다란 그의 분신에 그녀가 고통스러워하며 몸을 비틀자, 그가 그녀의 이마에 가볍게 입을 맞췄다.

"많이 아파?"

반말과 존댓말 사이를 왔다 갔다 하는 민의 부드러운 목소리가 귓가에 맴돈다. 세희는 숨을 두어 번 고르고 고개를 절레절레 저었다.

"괜찮아요. 움직여도 될 것 같아."

"그럼 분부하신 대로."

민은 세희의 말에 따라 허리를 천천히 움직이기 시작했다. 뜨거운 몸이 그녀를 감싸 안았다. 그가 움직일 때마다 고통과 함께 느껴지는 짜릿함에 그녀는 거친 숨을 내뱉으며 고개를 뒤로 젖혔다.

"나 어떡하지, 못 참을 것 같아요. 미안."

민은 말이 끝나기가 무섭게 뒤로 후퇴했다가 전진하기를 빠르게 반복했다. 세희는 갑자기 훅훅 치고 들어오는 그의 분신에 교성을 내질렀다.

"앗! 아아! 민 씨!"

허리를 빠르게 움직이던 민이 세희의 가슴에 입을 맞췄다. 위아래로 모두 그에게 점령당한 그녀는 허리를 활처럼 휘며 모든 것을 받아들이기 위해 힘썼다.

뜨거운 그의 몸은 더욱더 타올랐고, 피부가 맞닿으며 나는 소리와 남녀의 신음 소리가 방 안에 울렸다.

정신이 몽롱해지고 눈앞이 아찔하다. 쉴 틈 없이 파고드는 그를 받아들이기 벅찬데도 불구하고 끊임없이 그를 원하며 깊이 들어오는 그를 받아 내기 위해 허리를 치켜들었다.

"아아, 미칠 것 같아!"

민은 마치 짐승처럼 울부짖으며 외쳤다.

그렇게 서로를 탐하고 음란할 정도로 질퍽이는 소리가 방 안에 가득 찼을 때, 민은 자신의 모든 것을 쏟아 내고 세희를 껴안았다. 그리고 여린 귓가에 조용히 속삭였다.

"2차 전, 바로 들어갈까요?"

11화

아, 오글오글거려

금방이라도 눈을 흩뿌릴 것 같던 날씨는 언제 그랬냐는 듯이 맑게 개어 차가운 바람보다 따뜻한 햇볕을 내비쳤다. 라디오를 틀어 놓고 흥얼거리면서 가게 청소를 하던 세희는 라디오 DJ의 말에 잠시 손을 멈추었다.

〈네, 다음 노래는 하유림이 부른 노래 중에서도 놀라울 정도의 신기록을 세우며 삽시간에 모든 음원 차트 1위를 달성한 노래죠?〉

〈그렇습니다. 피처링 가수의 이름에는 'H'라는 알파벳만 쓰여 있는데요. 수많은 추측성 기사들만 나오고 아직 그 정체가 밝혀지지는 않았습니다.〉

〈H라⋯⋯ 처음 들어 보는 이름인데, 신인인 모양이죠?〉

〈추측성 기사 외에 정확한 말은 없어서 저도 뭐라고 말씀을 드릴 수가 없네요. 하지만 한 가지 확실한 사실은 하유림의 숨겨 놓았던 뛰어난 랩 실력을 뒷받침해 줄 수 있는 능력자라는 거죠. 그래서 이 두 사람의 아름다운 목소리와 뛰어난 실력 덕분에 삽시간에 모든 음원 차트 1위를 달릴 수 있던 것이 아닐까 싶습니다. 지금 핫한 이 노래 여러분도 함께 들어 보실까요?〉

〈하유림이 부릅니다. '1초만이라도'.〉

세희는 아직도 저 '1초만이라도'라는 노래 제목과 'H'라는 자신의 예명 아닌 예명을 들을 때마다 심장 소리를 온몸으로 느낄 정도로 가슴이 두근거렸다. 그리고 이어서 나오는 유림의 목소리와 자신의 목소리를 들을 때면 손발까지 떨리는 느낌이었다.

라디오를 통해서 듣는 자신의 목소리는 자신의 것이 아닌 것만 같았다. 마치 다른 사람이 부른 것만 같아서 현실성이 없기까지 했다. 자신이 며칠 전까지만 해도 작업실에서 녹음한 노래가 맞는 건가, 혹시 꿈은 아닌가, 다시금 생각하게 된다.

어느덧 노래가 끝나고 세희가 감고 있던 눈을 떴을 때, 다시 라디오 DJ의 목소리가 들려왔다.

〈네, 잘 들었습니다. 이번 노래를 들으면서 왜 모든 분들이 라민 씨가 프로듀싱 한 곡을 묻지도 따지지도 않고 일단 좋다고 하는지 알 것 같습니다. 이번 앨범에서 'H'라는 가수의 목소리를 처음 듣는데요. 아름다운 목소리를 이 앨범을 시작으로 다른 앨범에서도 들었으면 좋겠네요.〉

끊이지 않는 DJ들의 칭찬 릴레이에 세희는 손발이 오그라드는 것을 느끼면서 온몸을 바르르 떨었다. 저 사람들은 알까? 사람들이 누구냐고 시끄럽게 떠는 'H'의 존재가 사실 작은 베이커리에서 빵과 쿠키를 굽는 평범한 여자라는 걸.

딸랑.

딸랑거리는 방울 소리와 함께 민이 싱긋 웃는 얼굴로 베이커리 안으로 들어왔다. 세희는 저 미소가 좋았다. 어른스럽지만 한편으론 장난꾸러기 같은 저 미소.

며칠 전의 뜨거운 밤 이후로 많이 대담해진 세희가 주위를 한 번 휙 둘러보고는 민에게 쪼르르 달려가, 쪽 소리가 나게 입을 맞추었다.

"왔어요?"

"응. 세희 씨가 너무너무 보고 싶어서 만사 다 제쳐 두고 왔어요. 잘했어요?"

세희는 반말과 존댓말을 섞어 가며 말하는 민을 보자니, 칭찬을 바라고 꼬리를 흔드는 강아지를 보는 것 같았다. 그녀는 피식 웃으며 헛기침을 두어 번 하고는 고개를 절레절레 저었다.

"아뇨. 잘못했어요."

"어? 어? 왜?"

"만사 다 제쳐 놓고 오면 안 되죠. 할 일은 다 하고 와야죠. 정말 만사 다 제쳐 놓고 온 건 아니죠?"

"하하."

세희의 물음에 민은 어설프게 웃으며 뒤통수를 긁적였다. 거 짓말을 못 하는 사람인 건 알았지만, 이런 거 하나도 거짓말을 못 할 줄이야.

"에이. 그러면 안 돼요. 일은 다 해야죠! 이번에 기획사 창립 준비 중이라 바쁘다고 안 했어요?"

"너무 그러지 마요. 내가 분명히 말했잖아. 세희 씨가 너무너 무 보고 싶어서 그랬다고. 당장 안 보면 미칠 것 같은데 어떻게 해."

"……."

세희는 민의 스트레이트 펀치에 얼굴에 열이 오르는 걸 느끼 고는 괜히 민망해져서 창밖으로 시선을 돌려 이리저리 살폈다.

"기자들 대동하고 온 건 아니죠?"

"나도 모르겠는데."

"응? 모르면 어떻게 해요. 알아야지. 뮤직프로듀서 라민이 이 런 평범한 여자랑 만난다는 거 알려지면 나는 민 씨 팬들한테 맞아 죽을지도 몰라."

세희가 온몸을 바르르 떨며 양팔을 비볐다.

"누가 우리 세희 씨한테 그렇게 하도록 가만두겠어요? 그리고 기사 나면 나는 좋은데. 내 여자라고 힘들이지 않고 광고할 수 있어서."

민은 어느덧 세희의 뒤로 와서 그녀의 정수리에 얼굴을 기대 며 양손을 꼭 잡았다.

이처럼 다정하고 애틋한 연인의 포즈가 어디 있을까, 싶을 때 갑자기 방울 소리가 들렸다. 두 사람은 전혀 대처하지 못한 채 그대로 고개만 돌렸다.

"어······."

문을 열고 들어오던 사람과 세희의 눈이 정면으로 딱 마주쳤다. 그녀는 아무 말도, 어떤 행동도 하지 못하고 눈만 말똥말똥 뜬 상태로 가만히 있었다.

전과는 다르게 편안한 캐주얼 차림의, 어느덧 단골이 된 여기자. 그 사람이 지금 세희와 민의 앞에서 멍청한 표정으로 가만히 서 있다.

"사귀······시나 봐요."

"아······."

여기자의 말에 여전히 같은 포즈로 눈을 깜박이던 민과 세희는 뒤늦게 후다닥 떨어져서 한마음으로 여기자를 양쪽에서 잡고 방 안으로 데려갔다.

"어? 어? 어?"

여자는 멍청한 표정으로 있다가 말 한마디도 못 하고 질질 끌려갔다. 민은 여기자를 방에 데려다 놓은 뒤 밖으로 나가서 아무도 들어오지 못하고, 아무도 보지도 못하도록 문을 닫고 블라인드를 쳐 버렸다.

"어떻게 된 거죠?"

방에 들어와서야 정신을 차린 여기자가 기자 특유의 취재하는 말투가 아닌, 이 상황이 이해가 가지 않는다는 말투로 고개까지 갸우뚱거리며 물었다.

"아, 죄송해요. 제가 기자님께 거짓말했어요."

저 말투와 행동과 표정에서 자신의 말을 그대로 믿었던 사람이라는 걸 읽어 낸 세희가 실토했다. 이미 무슨 사이인지 알 텐데, 거짓말을 해 봤자 소용이 없다는 판단을 했기 때문이기도 하다.

"사귀는 게 무슨 죄예요? 왜 거짓말을 하고 그래요?"

여기자는 나무라는 말투로 세희에게 말했다. 세희는 왠지 엄마 같은 그녀의 말투에 바보같이 웃어 보이며 관자놀이를 긁적였다.

"사귀는 사이라고 하면 기자분들이 더 몰려올 테고, 그렇게 되면 장사하기 더 힘들어질 테니까요."

"으흥."

여기자는 무슨 소리인지 알겠다는 표정으로 콧소리를 내며 고개를 끄덕였다. 자신이 기자 일을 하고는 있지만, 원하지 않는 취재를 당하는 사람의 마음을 모르는 것도 아니다. 거기다가 이 여자는 지금 자영업을 하는 사람이 아니던가.

"그러네요. 라민 씨와 사귄다는 것 하나만으로도 기자들이 난리가 날 테니."

"그렇죠."

"그런데 이미 많은 기자에게 아무 사이 아니라고 말을 해 놓은 상태라……. 흠. 들어올 때 보니 다른 기자들은 보이지 않아서 다행이지만, 솔직히 저도 한 사람의 기자로서 지금 이 상황을 그냥 넘기기에는 아깝네요."

세희의 솔직한 말만큼이나 여기자의 말도 매우 솔직했다. 세희 또한 앞에 있는 여기자의 마음을 이해하지 못하는 건 아니기에 고개를 끄덕이며 진지한 표정으로 고민했다. 지금 이 상황을 어떻게 풀어 나가야 할까.

"내세요, 기사."

가만히 두 여자의 대화를 듣고 있던 민이 말했다. 그런 민의 짧은 말에 세희는 물론이요, 여기자 또한 눈을 동그랗게 뜨고 그를 쳐다보았다.

아까 기사가 나면 좋다는 말이 거짓말은 아니었나 보다. 하지만 민은 말이 다 끝나지 않은 듯 진지한 표정으로 천천히 입을 열었다.

"단……."

"단?"

"단……."

민의 말이 이어지기를 기다리며 두 여자가 진지한 표정으로 있는데, 민이 어설프게 씩 웃었다.

"죄송하지만, 성함이 어떻게 되시죠?"

민의 갑작스럽고도 약간은 생뚱맞은 질문에, 여기자는 명청한 표정으로 있다가 어설프게 웃으며 자신의 지갑에서 명함 하나를 꺼내어 내밀었다.

"아아, 성함이 박신주 씨군요. 오늘 알았네요."

세희는 이미 전에 적립카드를 만들어 줄 때 알았던 사실이기에 그냥 고개를 끄덕이고 말았다. 그러고는 다시 민이 말을 꺼내기를 가만히 기다렸다.

"아까 하시려던 말씀이 뭐죠?"

여기에 세희보다 성격이 더 급한 여자가 있었다. 신주는 민이 자신의 명함을 꼼꼼히 살펴보다 못해서 뚫어져라 보고 있는 게 답답했던 모양인지, 재촉하는 표정으로 민을 쳐다보며 물었다. 그런 성격 급한 신주를 보고 민이 피식 웃으며 다시 입을 열었다.

"이 말 들으면 신주 씨가 제일 좋아할 것 같은데."

"그러니까 뭐냐니까요? 내가 제일 좋아할 것 같은 말이?"

"일단 신주 씨가 좋아할 말과 기사를 내기 위한 조건이에요. 성격 급한 신주 씨가 못 기다릴 테니, 빨리 말을 할게요."

민이 신주와 세희의 동의를 얻고자 하는 표정과 눈빛으로 쳐다보자, 두 여자는 고개를 끄덕였다.

"좋아요. 아까도 말했듯, 조건임과 동시에 신주 씨가 좋아할 말이에요. 바로 기사에 대한 독점권."

민의 말이 끝나기가 무섭게 신주의 눈이 반짝였다.

"한마디로 말해서 저희에 대한 기사는 모두 신주 씨에게 독점권을 드린다는 거예요. 사실상 우리가 먼저 말하지 않고, 알려

주지 않으면 모든 기사는 추측으로만 나올 뿐이니까요. 만약 기사로 내야 할 일 같은 게 생긴다면, 그것도 신주 씨에게 제일 먼저 알려 드릴게요."

"오호."

신주는 민의 말이 굉장히 마음에 든다는 듯 씩 웃었다.

"저도 민 씨의 말에 찬성이에요."

민의 말 하나하나 신주의 반응 하나하나를 지켜보고 있던 세희가 손을 살며시 들면서 말했다.

"이왕이면 다른 기자분들보다는 신주 씨가 낫지 않을까 싶어요. 처음엔 그래도 전부 다 거짓말은 아니었지만 사귀고 나서도 계속 아니라고 말한 건 미안했으니까."

"응?"

세희의 말에 신주가 고개를 갸웃거리며 입을 열었다.

"그러면 두 분이 사귄 지 얼마 안 됐다는 이야기인가요?"

"적어도 신주 씨가 그 'H' 때문에 왔다 갔다 하실 때는 아직 사귀기 전이었어요. 뭐, 아직 파릇파릇한 커플이랄까."

평소의 세희답지 않게 장난기 서린 말투로 말하며 헤실헤실 웃었다. 사랑하면 닮는다더니 지금의 세희는 민이 장난기 서린 말투로 어린아이 같이 말할 때와 몹시 닮아 있었고, 신주도 그걸 느낀 모양인지 세희를 따라서 씩 웃고는 민에게로 시선을 돌렸다.

"독점하면 저야 좋지만, 현실적으로 괜찮으시겠어요?"

"네?"

세희가 이해하지 못하겠다는 얼굴로 고개를 갸웃거렸다.

"처음에 저 혼자 기사를 내는 거는 문제가 되지 않겠지만, 그 다음이 문제예요."

"아무래도 그렇죠."

신주의 말에 민이 고개를 끄덕였다.

"아무래도 제가 만나는 여자가 워낙에 없다 보니, 세희 씨가 제 애인이라는 건 어느 정도 추측이 가능하겠죠."

"그 말에는 아니라고는 못 하겠네요."

솔직하게 말해 주고, 솔직하게 답변을 들은 민은 만족스러운 표정으로 고개를 끄덕이다가 다시 입을 열었다.

"아무래도 세희 씨를 다시 찾아올 기자들이 많아지겠죠. 아무리 조심한다고 해도 두 사람 만나는 거 분명 누군가의 눈에는 띌 테고요. 한번 달아오른 여론을 이용하려고 기자들이 눈에 불을 켜고 달려들지도 몰라요. 그렇게 되면 내가 해 줄 수 있는 것에도 한계가 있죠."

두 사람의 시선이 세희에게로 향했다. 매우 걱정스럽고, 고민스러운 얼굴과 눈빛에 세희가 아무렇지 않은 표정으로 어깨를 으쓱였다.

"예상하고 있었던 일이에요. 제가 대충 계산해 보니 이런 일들은 금방 가라앉게 되어 있잖아요. 저는 길게는 6개월 정도만 쉬면 되지 않을까, 생각하거든요. 아예 문을 닫는 것도 생각해 봤지만, 제가 아무리 부모님과 같이 살아도 제 앞가림은 제가 해야 하지 않겠어요? 그러니 쉽게 정리는 못 할 것 같아요."

세희가 어깨를 으쓱였다. 결혼을 해서 한 가정을 이룬다면 모를까, 지금 자신의 상황에서 최대한 이 일에 동참할 수 있는 방법은 이것뿐이었다.

"세희 씨."

세희의 말을 경청하던 민이 입을 열었다.

"네?"

"한 가지 제안을 할게요."

"무슨 제안이요?"

"흠……."

말을 쉽게 꺼낼 것 같았던 민이 심각한 표정으로 고민을 하더니, 세희를 빤히 바라보았다.

"이대로라면 세희 씨뿐만 아니라 다른 가족분들에게 피해가 가지 않을까 해서 하는 말인데…… 그러니까……."

민이 아랫입술을 물었다가 놓고, 마른 윗입술에 침을 적셨다.

"그러니까, 그냥 나랑 삽시다."

"네?"

"응?"

뜬금없는 민의 말에 두 여자가 눈을 동그랗게 뜨고 민을 바라보았다. 두 사람의 시선을 고스란히 받은 민이 뒤통수를 긁적이며 입을 열었다.

"아니, 이상한 뜻이 있는 건 아니고……. 베이커리 문을 닫으면 세희 씨 따라 집으로도 찾아갈 텐데, 그럼 가족분들까지 불편해지시잖아요. 하지만 아무리 집에서 기다려도 세희 씨가 보이지 않는다면 포기할 테니까."

"아, 저기…… 음. 그럼 반대로 동거한다고 소문날 텐데요?"

세희가 조심스럽게 말했다. 그러자 민은 여전히 진지한 표정으로 고개를 끄덕였다.

"맞아요. 그럴 수 있어요. 하지만 결혼한다고 하면 누가 뭐라고 할 건데?"

"결혼……이요?"

결혼이라는 말에 세희가 주춤거리는 모습을 보이자, 민이 세희의 손을 꼭 잡았다.

"우리가 만난 시간은 얼마 안 됐지만, 시간이 중요한 게 아니라고 봐요. 우리는 사귀기 전부터 이미 충분히 서로에 대해서 알아 갔다고 생각하고, 사귀기 시작한 그 시점부터 나는 계속 당신과 결혼하자고 말하고 싶었어. 하지만 그건 내 생각이고, 당신이 느끼기에 내 생각이 너무 성급한 것은 아닌가, 하면서 눈치를 봤어요. 어떻게 하면 최대한 이른 시일 내에 결혼하자고 말을 할 수 있을까, 엄청나게 열심히 고민하고 있는데 그런 반응이면 나 상처받아요."

"그래도……."

"괜찮아요. 부모님께는 나랑 같이 허락받으러 갑시다. 응?"

민은 어느덧 해맑은 미소를 지어 보이며 말했다. 너무 해맑고, 자신감이 넘쳐서 민의 말대로 하면 아무것도 문제가 되지 않을 것 같은 기분. 거기다가 부모님의 허락을 받아 놓으면 기사가 나도 할 말은 있을 것이다.

"그래요. 어차피 날 기사라면 다른 기자들이 눈치를 채고 올리기 전에 빨리 내 버리는 게 나아요. 오늘도 하는 행동 보니까 이제까지 기사 안 난 게 신기하던데요, 뭐. 어떻게 할래요?"

신주의 말에 잠시 고민하던 세희가 숨을 길게 내쉬고는 고개를 들었다. 결심이 선 듯 비장한 얼굴이었다.

"표정을 보아하니 우리가 원하는 답이 나올 것 같은데, 아닌가요?"

신주의 짓궂은 말에 세희가 어설프게 웃으며 관자놀이를 긁적였다.

"아뇨, 맞아요."

"그럼 일단 가게 정리부터 해야겠네요. 언제 오픈할지 모르는 일이니까."

☆

"아, 몇 시지."

일을 쉰 지 꽤 오랜 시간이 흐른 것 같은데, 늦게 자도 자연스럽게 아침에 눈이 떠진다.

눈을 뜨자마자 보이는 하얀 벽지에 새삼스럽게 자신의 방이 아니라는 걸 깨닫고는 옆으로 시선을 돌리니, 민이 새근새근 아기처럼 곤히 잠들어 있었다.

잠시 핸드폰으로 손을 뻗었지만, 그동안 시간을 가리지 않고 모르는 번호로 연락이 와서 시달린 걸 생각하니 스트레스만 받을 것 같아서 한숨을 푹 내쉬고는 손을 거두고 자리에서 일어났다.

세희네 할아버지와 부모님께 이런저런 사정을 설명하고 보안이 잘 되어 있는 민의 아파트에서 지내는 것이 안전할 것 같다면서 얘기를 했더니, 재윤은 매우 들뜬 목소리로 그러라며 허락했지만, 세희의 아버지인 중권은 못마땅해했다. 결혼도 하지 않은 처자가 남자의 집에 계속 머물러야 한다는 사실이 마음에 들지 않은 것이다.

세희가 난감해하고 있자, 민이 중권에게 따로 이야기를 할 수 있겠냐고 청해 단둘이 작업실로 들어갔다.

약간의 시간이 지나고 작업실에서 나온 중권은 여전히 못마땅한 표정을 지었지만 마지못해 허락했다. 세희는 무슨 이야기가 오갔는지 궁금해서 민에게 물어봤지만 아무리 물어봐도 그는 대답해 주지 않았다.

"세희 씨?"

너무 곤히 자서 일어나지 않을 것 같던 민이 어느덧 일어나서 자신을 찾는 목소리에 컴퓨터 전원만 켜 놓고 자리에서 일어났다.

"여기 있어요."

"응? 거기서 뭐 해요?"

민은 떠지지 않는 눈을 찌푸리면서 억지로 떴다. 그리고 세희가 있는 방으로 들어가 켜져 있는 컴퓨터를 보고는 고개를 갸우뚱거렸다.

"어제저녁에 신주 씨한테 인터넷 확인해 보라고 문자 와 있었거든요. 그래서 확인해 보려고요."

"아. 그래요?"

세희의 말에 민이 옆에 작은 의자를 가지고 와서 자리를 잡고 모니터를 보았다. 그리고 인터넷 창을 열어서 시선을 얼마 옮기지 않고도 바로 보이는 낯익은 이름에 둘이 눈만 깜빡거렸다.

「천재 뮤직프로듀서 라민! 5월 초 결혼 예정!」

「M기획사 사장이자 천재 뮤직프로듀서인 라민의 연인은 재벌가 딸?」

「라민! 연인과의 심야 데이트!」

"……."

신주가 라민이 연애 중이라는 기사를 쓰자마자 뜬 기사들. 전혀 사실이 아닌 기사를 보면서 할 말을 잃어버렸다.

"당신이랑 심야 데이트를 하고 5월 초에 결혼하는 재벌가의 딸은 누구예요?"

"……그러게요."

너무 어이가 없음에 할 말이 없어져 버렸다. 사적으로 만난 사람은 세희밖에 없었기 때문에 당연히 화살이 다 세희 쪽으로 향할 줄 알았는데, 이상한 쪽으로 가 버렸다.

　일반인이라는 기사의 타이틀보다는 재벌가의 딸이라는 타이틀이 더 먹힐 것 같아서 그런 것일까.

　세희도 민이 재벌가의 딸을 공적인 자리에서 하는 수 없이 한 번 만난 적이 있다는 사실을 알고 있다.

　하지만 사적으로는 만난 적이 없다고 들었고, 그 말을 의심할 생각도 없다.

　이 사실을 유일하게 정확히 알고 있는 기자인 신주는 민에게 연인이 생겼다는 폭탄만 딱 던져 놓고 뒤로 빠져 버렸다. 아무래도 반응을 보다가 폭탄 하나를 더 던질 모양이었다.

　물론 그사이에도 재벌가의 딸이 민의 연인이라는 유언비어를 포함해서 자신들의 현실과 맞게 일반인이라는 추측 기사도 있었다.

　기자보다 누리꾼들이 더 무섭다고, 본인들이 놀랄 정도로 자신들의 현실을 그대로 추측해 놓은 사람들도 있었다.

　"추측하는 건 누리꾼들이 훨씬 낫네요. 근데 요즘에는 재벌녀보다 일반인이 더 좋은 호응을 얻지 않나요?"

　세희는 근거도 없는 재벌가 딸과의 스캔들 기사가 마음에 안 들었던 모양인지 얼굴을 찌푸리며 말했다. 그런 세희의 말에 민이 씩 웃고는 입을 열었다.

"사람들의 호응을 얻기에는 일반인이 훨씬 낫죠. 하지만 사람이라는 게 샘이 나면 더 열나게 되어 있어요. 사람들은 나를 천재에 젊고 잘나가는 프로듀서로만 보고 있잖아요. 잘나가는 사람이 잘나가는 사람을 만나면 시샘은 심해지고, 그러면서 말이 점점 퍼지는 거죠. 설사 그게 안 좋은 쪽이라고 할지라도 말이에요. 기자들이 노리는 건 그거예요. 뭐, 실제로 나는 사람들이 생각한 것처럼 천재도 아니고, 능력자도 아닌데."

"17살의 나이에 대스타를 발굴해 낸 거면 천재고 능력자인데 뭘 그래요."

"다른 사람들보다 자신의 능력을 빨리 깨달았을 뿐이지, 천재는 아니에요. 그리고 사람들의 특성과 개성을 잘 알아봐서 그 길로 인도해 준 것일 뿐, 능력자도 아니고."

"……."

민의 말에 세희는 아무런 말도 하지 않고 민을 빤히 바라봤다. 얼굴을 보아하니, 조금의 거짓도 없는 것 같았다. 세희는 그런 민을 가만히 바라보다가 살포시 웃었다.

"응? 왜 웃어요?"

"민 씨는 본인의 특성과 개성은 잘 못 알아보네요. "

"뭐가?"

"요즘 세상에 자신의 능력을 어린 나이에 깨닫는 사람이 몇 명이나 될 것 같아요? 자기 나이대의 사람들보다 어느 한 가지가 특출 나다면 그게 천재인 거고, 자신의 그 능력을 잘 활용한다면 그게 바로 능력자인 거예요. 말로 들어 보면 정말 별거 아닌 거 같지만, 그런 사람들이 이 세상에 흔한 것 같아요?"

"아무래도 흔하지는 않겠지?"

"그래요. 그런 사람이 흔하면 천재가 왜 있고, 능력자가 왜 있겠어요. 그냥 다 각기 제 길 가는 사람들일 뿐이지. 그런 면에서 사람들이 천재니, 능력자니, 하는 말인 거예요. 이래 봬도 나도 제빵 쪽에서는 꽤 알아주는 능력자고 말이지요."

세희가 한쪽 눈을 찡긋거리며 말했다. 그런 세희의 말과 제스처에 민이 피식 웃더니, 세희를 꼭 껴안았다.

"어쩜 말도 이리도 예쁘게 할까."

"예쁘게 한 말이 아니라, 은근슬쩍 내 자랑 한 건데?"

"그럼…… 말을 바꿔서, 어쩜 이리 자랑도 예쁘게 할까."

"어머나."

세희는 민이 자신의 목덜미에 자잘한 입맞춤을 하자, 까르르 웃으며 민을 툭, 쳤다.

"간지러워요."

"그럼 간지럽지 않게 해 줄게."

"에?"

민은 세희의 목덜미에 자잘한 입맞춤 대신, 붉은 꽃잎을 새기며 셔츠 속으로 손을 넣어 속옷의 버클을 풀어 버렸다. 그리고는 세희의 목덜미에서 잠시 멀어져, 세희의 상의를 시원스레 벗겨냈다.

"자, 잠깐만요."

"응? 왜?"

"아니, '응? 왜?'가 아니잖아요. 이 밝은 대낮에 뭐 하는 거예요."

세희는 무척이나 당혹스러운 표정을 지으며 두 손을 교차하여 자신의 가슴을 가렸다.

"사랑을 나누는 데 밤낮이 중요한 거야?"

민의 목소리가 은밀하고 조용하게 변했다. 그리고 완벽하게 반말로 바뀐 민의 말투에 세희가 마른침을 꿀꺽 삼키며 입을 열었다.

"그, 그렇지만 부끄럽단 말이에요."

세희는 자신을 빤히 바라보는 민의 시선을 피하려 고개를 돌렸다.

이제껏 사랑을 나눌 때 이렇게 밝았던 적이 없었다. 그렇기에 민의 몸을 제대로 보지도, 자신의 몸을 제대로 보여 주지도 않았다. 그런데 갑자기 이러니 당혹스럽고, 부끄러울 수밖에.

"나는 부끄럽지 않아. 그리고 당신을 더 알고 싶어. 몸에 있는 세세한 것 하나하나까지 말이야."

"그, 그렇지만……."

"감추려 하지 마, 부끄러워하지 마. 왜 감추려 하고 부끄러워하지? 나는 당신이 궁금하다면 다 보여 줄 수 있어. 당신은 궁금하지 않은 거야?"

"그, 그게⋯⋯."

궁금하지 않을 리가 없었다. 민의 멋진 몸이 어떨까, 항상 자신에게 황홀함을 주는 그의 분신이 어떨까, 하면서 부끄러운 상상을 한 적도 있다.

하지만 그건 상상이고 생각이지, 막상 이런 상황이 되자 자신의 부끄러움이 너무 커서 어떻게 하지도 못하겠다.

"아니라고 말하지 못하는 걸 보니, 궁금한 거지? 침묵은 긍정이잖아."

민은 해맑게 웃어 보이고는 힘들지 않게 세희를 안아 들어 올려. 안방으로 발걸음을 옮겨서 침대에 눕혔다.

"가리지 마."

민의 나지막한 목소리에 세희가 그제야 여전히 가슴을 가리고 있던 팔을 천천히 밑으로 내렸다.

민은 그제야 만족한다는 얼굴로 씩 웃었고, 세희는 부끄러움에 어찌하지도 못하고 고개를 옆으로 돌린 채, 두 눈을 꼭 감았다.

"궁금하면 날 보라니까, 왜 자꾸 시선을 피하려고 해."

세희는 민의 말에도 눈을 뜰 수가 없었다. 궁금하다. 정말로 궁금한데, 부끄러움은 자신이 눈을 뜨는 것을 허락하지 않았다.

"정말이지⋯⋯."

민은 처음이 아닌데도 바들바들 떨고 있는 세희를 보면서 하는 수 없다는 미소를 지으며 꼭 감고 있는 세희의 두 눈에 살짝 입을 맞추었다.

"미안. 내가 너무 성급했나 보네."

민은 숨을 길게 내쉬면서 다시금 미소를 머금었다.

"서로 노력하자. 부끄러워하지 않게. 서로의 몸을 바라보는 것에 익숙해지도록, 서로 더 많은 걸 알아 가도록. 이렇게 부끄러워하는 당신도 내가 이해할 수 있게, 당신이 나를 바라봤으면 하는 내 마음을 당신이 이해할 수 있도록."

민은 서두르지 말아야겠다고 생각을 고쳐먹었다. 세희는 지금 자신이 두려워서 그러는 게 아니다. 정말로 단순히 부끄러워서 그러는 것이고, 서로를 이런 식으로 알아 간다는 게 아직은 낯설 뿐이다. 속 좁은 남자는 아니니 이 정도는 충분히 이해해 줄 수 있다.

'지금은 좀 참아 볼까……'

민은 '지금' 이 순간만은 본능을 무시하고 그냥 세희를 꼭 껴 안는 것으로 대신했다. 그 덕분에 민의 분신이 더 성이 나서 난 리를 쳤지만, 속으로 애국가를 부르며 자신의 분신을 다독였다. 하지만 애국가를 다 불러도 가라앉지 않아 무교인 그가 불경과 주기도문까지 외우는 등, 온갖 노력을 하며 두 눈을 꼭 감았다. 밤이 빨리 오기를 바라는 마음으로.

"정말이지, 지칠 줄을 모른다니까."

세희는 민이 밤새도록 괴롭힌 탓에 나른한 몸을 일으키면서 혼자 중얼거렸다. 어찌나 괴롭혔던지 온몸이 다 뻐근하고, 그의 것을 받아 내었던 그곳은 욱신거렸다. 일어날 기력조차 없었지만, 자신의 핸드폰이 울리는 걸 그냥 방치해 둘 수가 없어서 억지로 일어났다. 하지만 벨 소리가 때마침 끊겨 버렸다.

낮에 자신이 왜 그런 반응을 보여서 민을 참게 했는지 자신을 탓했다. 그를 참게 한 결과를 몸소 체험했으니까. 하지만 막상 민이 어린아이같이 자는 모습을 보니 아무래도 좋다는 생각이 먼저 들어 버렸다.

'나도 중증이네.'

자고 있는 민의 입술에 입술을 살짝 맞추었다. 한 달가량 민의 집에 머물면서 민에게 너무 익숙해져 버렸다. 아니, 정확히는 길들여져 버렸다. 저 입술에 저 손길에 저 눈빛에 이 향기에 이 모습에……. 그의 전부에 길들여져 버렸다. 그를 떠나서는 더는 살 수 없을 것 같을 정도로.

'이렇게 좋아서 어떻게 하지…….'

사람은 행복할 때 가장 불안하다. 이 행복이 영원하지 않을까 봐, 자신이 상처 입을 순간을 미리 두려워한다.

"우웅…… 세희 씨……."

혼자 불안해하고 혼자 상상하며 두려워하는데 민이 잠꼬대를 하면서 세희가 없는 반대쪽을 더듬거리고 있었다. 세희는 그런 민의 모습이 귀엽기도 하고 너무 웃겨서 피식 웃어 버리고 말았다.

자신이 불안하고 두려워하는 걸 눈치라도 챈 것처럼 민은 자면서도 자신을 웃게 하고 있었다.

"민 씨, 나 이쪽에 있는데?"

"응?"

세희가 민의 어깨를 툭툭 치며 말하자, 민이 더듬거리던 손길을 멈추고 세희 쪽으로 고개를 돌리더니 졸려서 떠지지 않는 눈을 억지로 뜨며 세희를 바라보았다.

"으응…… 언제 거기로 갔어?"

"계속 여기에 있었는데."

"아…… 이상하네?"

민은 여전히 비몽사몽인 상태로 자신에게 말을 하는 건지, 아니면 혼자 중얼거리는 건지 모를 말을 아직은 잠긴 목소리로 옹알이를 하듯 말했다.

그는 떠지지 않는 눈을 억지로 크게 뜨면서 상체를 일으키고 있는 세희의 얼굴을 빤히 바라보았다.

"왜 일어나 있어? 잠 안 와?"

"아뇨. 핸드폰이 울려서."

"이 새벽에?"

"정확히는 아침이 맞죠."

"……아침?"

"네. 아침 7시 30분입니다."

"하긴. 내가 마지막으로 본 시간이 4시였지."

민은 낮게 중얼거리는가 싶더니 다시금 세희를 빤히 바라보며 입을 열었다.

"그나저나 이 새벽에 누구야?"

아까보다는 덜 잠긴 목소리로 민이 물었다.

"글쎄요. 아직 확인을 안 해 봐서……. 잠깐만요."

세희는 잠시 잊고 있던 핸드폰에 손을 뻗어 집었다. 이 이른 아침부터 누구인가 싶어서 액정을 켜니, 여러 통의 부재중 전화와 문자가 와 있었다.

"응? 윤지?"

"윤지 씨?"

"네. 그동안 연락 안 했다고 혼났어요."

세희가 혀를 삐죽 내밀며 뒤통수를 긁적였다.

정신이 없다는 핑계로 윤지에게 그동안 연락을 제대로 하지 못하고 살았다.

자신이 과거에 민에게 문자 한 통 없었다고 화를 냈었는데, 그보다 더한 짓을 해 버렸다.

"아, 역시 우리 윤지. 단번에 알 줄 알았어."

세희가 장문의 문자를 계속 보다가 피식 웃었다.

[야, 너 인마. 내가 생각만 하다가 화가 나서 먼저 연락한다. 라민 씨랑 관계된 여자가 너밖에 없으니까 그 애인이 너인지 알겠고, 그것 때문에 정신없는 것도 알겠는데, 아무리 그래도 연락 한 번 안 한 건 좀 잘못이지 않냐? 응? 거기다가 그 'H'라는 가

수, 너 맞지? 아니라고 거짓말하면 당장에 쫓아가서 엉덩이 차 버릴 거야.]

진심이 담긴 윤지의 문자에 피식 웃으며 침대에서 내려와서 의자에 걸쳐져 있는 원피스를 입고는 통화키를 눌렀다.

— 야이, 배신자야!

윤지는 핸드폰을 들고 있었는지, 신호음이 두어 번 가자마자 전화를 받고 대뜸 고함을 질렀다. 이런 반응은 충분히 예상하고 있었기에 세희는 멀찌감치 떨어트려 놓았던 핸드폰을 다시 귓가에 댔다.

"미안, 미안. 그래도 먼저 연락해 줘서 고마워."

— 입바른 소리는 됐어! 남자 생겼다고 친구 홀랑 버리는 친구한테 완전히 삐쳤거든요!

"에이, 너무 그러지 마라. 알면서."

— 흥. 됐거든. 가장 친한 친구라고 생각했는데, 친구 소식을 기사로 듣게 해?

"정말 미안해. 그리고 가장 친한 친구라고 생각하는 게 아니라, 정말 가장 친한 친구야. 그리고 이야기를 하지 않은 게 아니라, 그동안 너무 정신이 없어서 말한 줄 알고 있었어."

— 됐어. 그래도 넌 배신자야.

말은 배신자라고 하면서 목소리가 풀린 걸 느낀 세희가 피식 웃었다. 그리고 옆에서 귀를 쫑긋 세우고 있는 민에게로 시선을 돌렸다.

"나 잠깐 통화 좀 하고 올게요."

세희는 못마땅한 표정을 짓는 민의 입술에 가볍게 입을 맞추고는 방에서 나와 푹신한 소파에 몸을 눕혔다.

"다음부터는 안 그럴게, 화 풀어라. 응?"

— 쳇. 빵이나 만들어 줘. 네 빵 못 먹어서 더 화났어.

세희는 툴툴거리며 빵 이야기를 꺼내는 윤지가 귀여워서 푸스스 웃었다.

— 웃지 마! 나 정말 화난 거 맞거든!

"알았어, 알았어. 나 요새 민 씨네 집에서 지내. 놀러 올래?"

— 뭐? 사귀는 거야 예상하고 있던 일이었는데, 같이 살고 있어? 동거?!

"아니, 뭐…… 부모님 허락하에 같이 있는 거야. 이걸 동거라고 하나?"

— 그럼 그걸 동거라고 하지, 뭐라고 해? 내가 알 수 있었던 건 네가 라민 씨와 사귄다는 것과 노래를 듣고 알아낸 네 목소리뿐이야. 다른 말 말고, 무슨 일이 있었는지 말 좀 해 봐.

자신이 윤지와 같은 상황에 처한다면 화가 많이 나서 며칠간은 삐쳐 있을 텐데, 윤지는 화난 듯하면서도 시원하게 받아들여 주고 자연스럽게 넘어가 주었다.

이런 성격이라는 건 알고 있었지만, 그래도 더 미안하고, 더 고맙다.

"무슨 일이 있었느냐면 말이지."

세희는 이 고마운 마음을 어떻게 표현할 수가 없어서 이런저런 이야기를 다 해 주었다. 유림과의 만남과 피처링을 하게 된 계기, 그리고 민과의 감정, 강유와의 일까지 모두.

— 거참, 고작 몇 달 사이에 무슨 일이 그렇게 많이 일어났어?

밥을 먹으며 통화를 하는지 오물거리는 소리가 들려왔다.

이럴 때 부모님이 계시다면 윤지를 혼낼 사람이 있었을 텐데, 부모님이 호주로 이민을 가고 혼자 남아 있는 윤지를 혼낼 사람은 없었다.

"밥 먹어?"

— 아, 응. 대충 토스트 먹고 있어.

"밥 먹지 않고."

— 하기 귀찮아서. 아무튼 간에 정신이 없기는 하겠네.

세희는 윤지가 말을 돌리는 걸 느끼고 피식 웃으면서 고개를 끄덕였다.

"어. 진짜 정신없었어. 뭐 하나 끝나면 하나 빵 터지고, 뭐 하나 끝나면 빵 터지고, 아주 다이나믹했다."

세희가 말을 하고는 큭큭거리며 웃었다.

이제는 어떠한 일도 웃으며 말할 수 있고 웃으며 지낼 수 있다. 강유를 짝사랑했었다는 사실은 변하지 않지만, 강유를 사랑하는 마음은 변했다. 이제 이 마음을 간직하며 살아가면 된다.

☆

지잉— 지잉— 지잉—

"누구지?"

저녁에 민이 괴롭힌다는 핑계로 아침에 너무 잠만 자는 것 같아서 오랜만에 일찍 일어나서 아침 준비를 하고 있는데, 진동이 끊임없이 울렸다.

핸드폰을 보니 수신자는 중권. 세희는 고개를 갸웃거리며 전화를 받았다.

"예, 아빠."

— 어, 그래. 자고 있었던 건 아니고?

"아니에요. 밥 하고 있었어요. 아빠는요?"

— 아니, 다른 게 아니고, 오늘 목욕탕에 좀 가려고 밖으로 나왔는데, 기자들이 문 앞에 진을 치고 있어서 말이다. 나보고 라 서방을 아느냐고 묻던데, 괜찮은 거냐?

중권의 '라 서방'이라는 호칭에 웃으려던 것도 잠시, 기자들이라는 말에 미간을 살짝 찌푸렸다.

'기자들이 우리 집 문 앞에 진을 치고 있다고?'

세희가 눈동자를 이리저리 굴리다가 문득 떠오르는 생각에 오른손에 들고 있던 칼을 내려놓고 물기를 앞치마에 닦으며 민이 집에서 작업실로 쓰는 방으로 발걸음을 돌렸다.

"아, 저도 지금 무슨 일인지 몰라서, 확인해 보고 이따가 전화

301

할게요."

─ 그래, 알았다.

세희는 끊어진 핸드폰을 확인하고는 바로 인터넷으로 들어갔
다. 그리고 굳이 검색하지 않아도 어떤 상황인지 이해가 가서 고
개를 끄덕였다.

"하암…… 아침부터 또 누구야?"

곤히 자고 있던 민이 세희의 통화 소리에 깬 모양인지, 어느
덧 뒤에 와서 그녀의 목에 팔을 감고는 그녀의 목덜미에 얼굴을
묻었다.

"깨워서 미안해요."

"아니, 아니. 무슨 일 있어?"

"아, 다른 게 아니고, 신주 씨가 드디어 터트린 모양이에요."

"아, 그래?"

민도 깜깜무소식이었던 모양인지 고개를 들어 잘 떠지지 않는
눈을 억지로 뜨고, 인터넷 기사를 보았다.

[충격! 천재 프로듀서 라민의 연인의 실체!]

[라민의 연인은 빵집 사장님?]

[신의 손이라 불리는 베스트셀러의 딸과 천재 프로듀서의
만남!]

[베스트셀러 작가와 천재 프로듀서! 장인, 사위 되다!]

"음……."

찾아본 신주의 기사에는 분명 베이커리를 운영하는 자신의 이

야기와 민의 이야기밖에 없었는데, 어느덧 이야기는 꼬리에 꼬리를 물고 자신이 아닌 중권을 향해 있었다.

"어찌 된 게 나보다 우리 아빠가 더 주목받는 것 같죠?"

"아무래도 대중한테 어필하게 쉬운 사람이 장인어른이니까."

민의 입에서는 자연스럽게 '장인어른' 이라는 말이 나왔다. 전화 통화할 때 넉살 좋게 '아버지' 라고도 부르는 걸 듣고는 멍하니 있던 기억이 난다. 아버지라는 말도 자연스러운데 장인어른이야, 뭐.

"어필이라. 하긴."

세희는 고개를 끄덕이며 인정했다.

중권은 이미 TV 프로그램에도 베스트셀러 작가로 초청을 받아 여러 번 출연을 한 적이 있었고, 내는 글은 모두 유명한 드라마와 영화의 원작이 되었다.

각색에도 직접 참여를 할 정도로 자기 일에는 적극적인 사람인 데다가, 50을 넘은 중년 남성임에도 중권이 쓴 사랑 이야기는 항상 사람의 심금을 울리고, 공감을 이끌어 냈으며 다른 사람의 심장까지 두근거리게 만드는 능력이 있었다.

기자들이 우스갯소리로 팬클럽까지 있는 거 아니냐고 말한 적이 있었는데, 실제로 중권에게는 팬클럽도 있다. 그 팬들은 작가 지망생들이 대부분이었지만, 아줌마 팬들도 무시 못 할 정도로 많았다. 한마디로 '중권 파워' 라고나 할까.

가족들에게 피해가 갈까 봐 민의 집으로 왔던 건데, 팬층은 달라도 민만큼이나 유명한 아버지라는 걸 잊고 있었다는 사실에 턱 밑을 긁적였다.

"아이고, 이래서 기자들이 우리 집으로 몰렸구나. 아빠 안 그래도 바쁘실 텐데."

"아, 작품 내신 거 영화화한다고 했었지?"

"응. 이번에도 같이 참여하신다나 봐요. 재미 들린 것 같아."

세희가 자연스럽게 반말과 존댓말을 섞어 가며 민에게 대답했다. 민은 피식 웃으며 그녀에게서 떨어지는가 싶더니, 팔을 잡아당겨 일으켰다.

"그럼 우리가 조금이라도 덜 바쁘게 해 드릴까?"

"응?"

"씻자."

"응? 응?"

민은 어리둥절한 표정으로 있는 세희를 보며 여전히 웃는 얼굴로 그녀를 번쩍 안아 들고 욕실로 향했다.

그러는 동안에도 세희는 여전히 두 눈을 계속 깜빡거리면서 어리둥절한 표정으로 민의 목에 팔을 둘렀다.

"왜 이래요?"

"씻자고."

"그러니까, 갑자기 왜요? 덜 바쁘게 해 드린다는 거랑 씻는 거랑 무슨 상관 있어요?"

"물론 상관있지~"

세희는 여유롭게 대답하며 자신을 내려놓는 민을 빤히 바라보았다.

"뭔데요?"

"일단 씻고 준비부터 하자."

"무슨 준비?"

"에이. 일단 준비하면 다 알게 되어 있어."

민은 뭔가 상당히 신난 듯 이제 스물아홉 된 남자라고는 믿기 힘들 정도로 너무나도 밝게, 방긋방긋 웃으며 말했다. 그 미소를 보고 있자니, 더는 물어 봤자 소용없을 것 같았다.

"그런데 나 아빠한테 전화해야 하는데?"

"이따가 내가 전화해서 상황 설명해 드릴게."

"알았어요."

세희는 기분이 좋아 보이는 민을 보며 따라 웃어 버렸다. 기분이 좋아 보이니 그거로 됐다는 생각으로.

12화
결혼은?

"어머, 어머!"

"웬일이니!"

"저 여자가 그 여자야?"

민이 세희의 어깨를 감싸고 집 밖으로 나가자마자 기자들이 두 사람을 에워쌌고, 그들을 겨우 떨치고 거리로 나가자 사람들은 난리가 났다.

원래 민을 모르던 사람들도 최근 연일 화제를 불러일으키는 하유림을 만들어 냈다는 프로듀서에게 관심을 보이는 중이었다.

인터넷 기사에서는 중권이 더 주목을 받는 것 같아 보였지만, 뜨거운 가십거리의 주인공은 결국 민이었다는 듯, 막상 밖으로 나오니 현실은 인터넷과는 전혀 달랐다.

세희는 난생처음 느껴 보는 무수히 많은 사람의 시선에 어떻게 해야 할지 모르고 안절부절못하며 바닥만 내려다봤다.

자신은 연애하는 것뿐인데 욕설이 들려오기도 했고, 부럽다는 소리와 함께 자신의 몸매에 대해서 시샘의 말을 내뱉는 사람들도 있었다.

"뭐 잘못한 거 있어? 왜 바닥만 보고 그래?"

"사람들 시선이…… 불편해서요."

세희의 말에 민이 살짝 웃으며 자신에게 더 끌어당겼다. 주변에 있던 사람들은 카메라로 사진이며 동영상을 찍기 바빴지만, 민은 아랑곳하지 않고 세희의 귀에 대고 속삭였다.

"당당하게 어깨 펴고 나를 봐. 사람들의 시선에 너무 연연하지 마. 우리는 그냥 데이트하러 온 거고, 야유를 퍼붓는 사람들은 우리가 부러워서 그러는 거야. 선남선녀 커플을 보면 원래 욕하고 싶어지는 법이야. 특히 솔로들은."

"……"

세희는 아무런 말을 하지 않고 민을 빤히 쳐다봤다. 그러자 그가 싱긋 웃으며 쪽 소리 나게 입을 맞추더니 사람들을 향해서도 싱긋 웃어 보였다.

세희는 모르겠지만, 민은 밖에서는 말없이 무뚝뚝한 사람이라고 소문이 나 있는 사람인지라 저런 상큼한 미소는 사람들을 놀라게 하였다. 몇몇 여자들은 꺅꺅거리며 사진을 찍기에 여념이 없었다.

"갈까?"

"응."

세희는 최대한 사람들의 시선을 신경을 쓰지 않으려 노력하며 긴장을 늦추고 고개를 들었다.

여전히 사람들의 사진 찍는 소리와 여러 가지 말들이 들려왔지만, 세희는 지금 자신의 옆에 있는 민에게만 신경을 집중하기로 했다.

준비하면 다 알 거라는 민이 택한 것은 정면 돌파였다. 연인이 누군지, 그 연인의 가족이 누군지 다 알려진 상황이니, 더 이상은 숨길 것이 뭐 있겠냐는 것이 민의 설명이었다.

민의 의도가 어떤 것인지 충분히 알지만, 갑자기 많은 사람의 시선을 받는 일은 굉장히 부담스러운 것이었다.

그리고 나중에는 더 많은 구설수에 오르내릴 것임을 안다. 하지만 많은 사람 앞에 자신을 드러내면서 옆에서 든든하게 지켜 주고 있는 민을 보니, 마음이 든든하고 기분이 좋아져서 배시시 웃었다.

두 사람은 너무 부담스러운 사람들의 시선을 피해 일단 룸카페로 들어갔다.

"요즘에 영화가 재미있는 게 있나 모르겠네. 일단 기본적인 데이트 코스는 영화잖아."

"일단은."

민과 대화를 나누며 키위 주스를 쪽 빨아 마시던 세희가 눈동자를 이리저리 굴리며 고개를 갸웃거렸다.

"왜?"

"민 씨는 꼭 데이트 안 해 본 사람처럼 말하네요?"

"음. 아니라고는 말 못 하겠는걸."

"정말?"

"정말. 연애는 해 봤지만, 데이트는 하지 못했어. 내 사적인 일로 이슈가 되는 게 못마땅했고, 내가 연애를 하는 게 일일이 중계되는 것 같아서 싫었거든."

"그럼 지금은요?"

"이게 참 아이러니한 게, 그때랑은 다르게 사람들이 세희 씨랑 내가 연애하는 걸 보는 게 재미있어. 보고 시샘하는 것도 재미있고, 무수히 많은 사람들 앞에서 내 애인을 자랑하는 것도 엄청 즐거워."

민이 해맑은 표정을 지으며 말했다. 저 표정은 자신을 위해서 거짓말을 하는 표정이 아니라, 진심으로 즐겁다는 뜻이다.

"나도 즐거워요."

"정말?"

"응. 정말. 솔직히 신경은 쓰이는데, 자신들은 가질 수 없기에 시샘하고, 우리들의 모습에 질투하는 거잖아요. 그게 왠지…… 재미있어요. 좀 이상한가."

세희는 자신이 말을 해 놓고도 뭐가 그리 쑥스러운지 혀를 삐죽 내밀고는 배시시 웃어 버렸다. 민은 그런 세희가 너무 사랑스

러워서 세희의 볼을 살짝 잡았다가 놓고는 볼에 쪽 소리 나게
입을 맞추었다.

"어떡하지?"

"왜요?"

"당신이 너무 사랑스러워. 지금 당장에라도 집에 가서 당신
확 안아 버리고 싶다."

"에?"

민의 말이 어떤 의미인지 뒤늦게 눈치챈 세희가 멍한 표정을
짓고 있던 얼굴이 화르륵 달아오르는 것을 느꼈다. 어떻게 된 게
이 사람은 밝은 대낮에 이런 부끄러운 말을 아무렇지 않게 할
수가 있는 것일까?

세희는 여전히 붉어진 얼굴로 자신을 안고 있는 민을 빤히
바라보다가 언제까지고 이렇게 부끄러워하면서 민의 놀림감이
될 수 없다는 생각에 표정을 고쳐먹고 민을 밉지 않게 노려보
았다.

"이 색골!"

"어허. 남편한테 색골이라니?"

"남편?"

"그래, 남편."

당당한 표정으로 고개까지 치켜들고 말하는 민을 세희가 빤히
쳐다보다가 피식 웃어 버렸다.

"어라? 왜 웃어? 농담 같아?"

"아뇨. 진담 같아 보여서 웃는 거예요. 정말 결혼하고 싶어서 그러는 거예요?"

"응. 왜?"

"아니, 그냥."

세희는 그냥 웃고 말았다.

민은 그런 세희를 보며 덩달아 웃었다.

많은 사람들이 결혼은 미친 짓이라고들 말하지만, 자신의 멘토라고 할 수 있는 부모님은 항상 웃는 얼굴이라 그런 것 같지 않았다.

파릇파릇한 커플들보다도 더 닭살이었고, 신혼부부보다도 더 깨가 쏟아졌다.

비록 보통의 사람들보다 부모님을 일찍 하늘로 보내 드리기는 했어도 사랑스럽게 서로를 바라보던 부모님의 그 눈길은 절대 잊을 수 없다.

그래서 자신도 세희와 그런 미래를 꿈꾸고 싶었다. 세희와 함께라면 부모님처럼 그렇게 평생을 서로 사랑하며 살 수 있을 것 같다.

"이렇게 안고 평생 살았으면 좋겠다."

"어머, 나보고 껌딱지가 되라는 거예요?"

"껌딱지? 그거 좋네."

민은 자신을 노려보는 세희를 보고는 큰 소리로 웃었다.

정말 진심이었다. 세희가 자신에게 딱 달라붙어 있었으면 좋겠다. 껌딱지라……. 이보다 더 사랑스러운 껌딱지가 어디에 있을까.

"정말 그거로 좋아요?"

"응?"

"내가 정말 이렇게 딱 달라붙어서 안 떨어지면 어떻게 하려고?"

"나야 감사하지."

"정말이지……."

세희는 민을 밉지 않게 노려보고는 머리를 그의 가슴에 기댔다.

이대로 계속 행복할 수 있다면 결혼이라는 것도 나쁠 것 같지 않다.

아무리 결혼이 미친 짓이라고 한다지만 해도 후회, 안 해도 후회를 하는 것이 결혼이라고 하지 않는가.

하지만 이 사람과의 결혼은 미친 짓일 것 같지도 않고, 후회하지도 않을 것 같다.

아니, 후회하지 않을 것이다. 이건 여자의 직감이라고도 할 수 있고, 그냥 그렇게 믿고 싶은 것일 수도 있다. 하지만 세희는 후자보다는 전자로 생각하기로 했다. 이왕이면 긍정적인 게 좋으니까.

"각오해요. 정말로 안 떨어질 테니까. 죽을 때까지 민 씨 옆에 붙어 있을 거야."

"걱정하지 마시죠, 아가씨. 떨어진다고 해도 놔주지 않을 테니."

저 두 사람의 대화를 서빙을 하던 아르바이트생만이 듣고 부러워했다는 후문이다.

☆

"너희들, 결혼은 언제 할 생각이냐?"

"응?"

민과 함께 가족들이 한자리에 모여서 저녁을 먹고 있는 중이었다. 뜬금없이 나온 대훈의 말에 세희가 고개를 갸웃거렸다.

"네? 결혼이라니요?"

"아, 저……."

세희의 질문에 민이 약간 주저하듯 입을 열었다. 얼굴에는 난감하다는 표정이 드러났고, 그런 표정을 본 대훈이 혀를 끌끌 차면서 다시 입을 열었다.

"젊은이가 그렇게 질질 끌면 못써. 애비랑 나한테 그렇게 호언장담해 놓고 막상 반려자 될 사람한테는 말 한마디도 못 꺼낸 게야?"

"……네."

"응? 응?"

세희는 자신도 모르는 사이에 일이 이상하게 돌아가고 있음을 느끼며 얼굴을 찌푸렸다.

"아니, 할아버지랑 아빠한테 호언장담하다니요? 뭘요?"

"이 녀석아. 이 할애비랑 네 아빠가 결혼도 안 한 처자가 남자 집에서 하루 이틀도 아니고, 한 달 동안 머무는 거에 왜 아무런 말을 안 했겠냐."

"그거야, 사귀는 사이니까……."

"이 할애비가 그렇게 개방적인 사람으로 보이든?"

"……."

가만히 듣고 보니 그랬다. 그냥 아무런 말이 없었기에 혼자서 마음대로 생각해 버리고, 결론을 지었다.

집에 들어왔다가 다시 나가도 잘 다녀오라는 말뿐이었기에 그냥 그러려니 했는데…….

"그러니까, 결혼할 사이라고 말해서 아무런 말씀들을 안 하셨다는 거예요, 지금?"

"당연하지. 어차피 결혼할 거면 며칠 동안 같이 지내는 게 뭐가 대수라고. 그래서 가만히 있었지, 그냥 만나다가 헤어질 것 같은 사이였으면 진즉에 너는 집에 갇혀 지냈을 게야."

"……."

세희는 아무런 말도 하지 못했다. 뭔가 이상하다고 생각이 들 때 그냥 물어볼걸. 민에게 물어봐도 말해 주지 않아서 재윤한테 한 번 물었다가, '뭐 어때'라는 대답을 듣고 그냥 가만히 있었던 자신이 바보였다.

"그래서 세희 너는 라 서방하고 결혼하기 싫은 게야?"

"예?"

"뭘 그리 두 눈 동그랗게 뜨고 놀래? 결혼하기 싫은 거냐고 묻잖어."

"에……."

갑작스러운 질문에 세희는 아무런 말도 하지 못했다.

물론 민과의 결혼은 항상 생각했고, 민과 같이 있으면서 '결혼하면 어떨까' 하는 미래의 이야기도 해 봤다.

하지만 그건 두 사람만의 이야기이고, 지금 이 상황에서 결혼 생각이 있다는 걸 말하는 순간, 날짜까지 잡아야 할 것 같아서 입을 꾹 다물었다.

"네 나이도 이제 28살이야. 언제까지 청춘일 줄 알아? 이 남자다 싶을 때 잡고, 이 남자 아니면 안 되겠다 싶을 때 결혼하는 거야. 이건 엄마로서의 충고가 아니라, 여자로서의 충고야."

평소의 재윤답지 않게 근엄한 표정을 지으며 말했다. 그런 재윤의 말에 세희의 두 오빠인 소훈과 소안은 뭘 안다는 건지 고개를 끄덕거렸다.

"너는 이 남자다 싶어서 라 서방을 잡았는데, 이 남자가 아니면 안 되겠다 싶은 게 아니라서 결혼을 망설이는 거야?"

"아냐, 그런 거."

세희는 차마 이 분위기가 불편해서 그렇다고는 말하지 못하고 그저 입술만 삐죽 내밀었다.

그냥 마음 같아서는 결혼하고 싶다고 말할까, 생각하다가도 어른들에게 이끌려서 하는 결혼은 하기 싫어서 묵묵히 입에 밥만 집어넣었다.

처음에는 대훈과 같이 못마땅한 표정을 짓던 중권이었지만 세희의 표정을 보고는 이내 한숨을 푹 내쉬며 입을 열었다.

"거, 그만 좀 해요. 결혼이 애들 소꿉장난도 아니고, 단번에 말할 수 있는 게 아니잖소. 뭘 그렇게 보채. 자기가 가고 싶으면 가겠지."

"그렇지만……."

"결국 두 사람이 결혼하는 거잖소. 억지로 밀어붙이면 붙을 애들도 떨어져. 당신은 애들이 떨어지길 바라오?"

"그건 아니고."

"그럼 된 거요. 뭘 그리 계속 보채서 애 난감하게 만들어. 아버지도 그렇고."

재윤을 향하던 화살이 대훈에게로 향하자 대훈이 미간을 살짝 찌푸렸다.

"어허, 인석 보게. 이 애비 죽기 전에 증손자 좀 보고 싶어서 그런다."

"그럼 순서가 틀렸잖습니까. 증손자를 보고 싶으시면 소훈이나 소안이를 닦달해야지요."

"흥. 저 녀석들이야, 여자라고는 코빼기도 안 보이는데, 뭘."

대훈이 나이에 맞지 않게 새침한 표정을 지으며 말했다. 대훈의 말대로 소훈과 소안은 결혼할 때임에도 불구하고 집에 여자를 데리고 온 적이 없다.

심지어 여자를 만나는 흔적조차도 본 적이 없다. 너무 심사숙고해서 데리고 오지를 못하는 건지, 아니면 결혼할 여자가 없는 건지.

외모로 보아서는 없는 게 아니라, 너무 넘쳐 나서 데려오지를 못하는 게 아닐까 싶기도 하다.

"에이, 할아버지 너무 그러지 마세요. 할아버지는 아직 20년은 더 사셔야죠."

소안이 웃으며 애교 섞인 말을 건네자 대훈이 눈썹을 찌푸렸다.

"에라이, 인석아. 징글맞은 소리 말어. 마누라 없는 나날을 20년이나 더 보내라고?"

"할아버지도 참."

소안은 더는 말하지 않았다. 자신의 조부모가 얼마나 사이가 좋았었는지 알기 때문에, 그리고 대훈이 떠나간 자신의 할머니를 얼마나 그리워하는지 알기 때문에 더 무슨 말을 할 수가 없었다.

"걱정하지 마세요. 결혼을 생각하지 않고 만나는 건 절대로 아니니까."

조용하던 가운데 세희가 입을 열었다.

"다만 아직 연애를 더 하고 싶어요. 그것뿐이에요."

세희의 아무렇지 않은 표정을 보고 있던 가족들이 민에게로 시선을 돌렸다. 그저 고개를 끄덕이며 갈비를 입에 넣고 있던 민이 갑자기 자신에게로 몰린 눈동자들에 당황하며 고개를 갸우뚱 거렸다.

"아니야. 많이 먹어."

재윤은 더 이상 확실한 대답을 듣는 것을 포기하고 민의 밥 위에 고기를 얹어 주었다.

밥을 다 먹고 거실에 나와서 후식으로 과일을 먹고 있는데, 세희가 어디에 갔는지 보이지 않았다. 주변을 계속 두리번거리고 있던 재윤이 민에게 시선을 돌렸다.

"라 서방."

"예."

"우리 세희 어디 갔어?"

"아까 전화받고 있던데요?"

"이렇게 길게 통화해?"

"아무래도 일 때문인 것 같던데."

"베이커리 문도 닫았는데 무슨 일을 해?"

"아, 그게……."

민은 세희가 피처링을 한 것에 대해서 아직 말을 안 꺼냈나 싶어 조심스럽게 말을 전했다.

소훈과 소안은 그렇다고 쳐도 대훈과 중권, 재윤은 모를 줄 알았는데, 워낙에 TV에서 많이 떠들어 대는 터라 그 소문의 'H' 라는 가수를 아는 모양이었다.

"어머, 그럼 그 'H' 가 세희란 말이야?"

"네."

"어머, 어머, 어머."

"어쩐지 목소리가 낯익더라니."

소훈과 소안은 예상을 했다는 얼굴로 고개를 끄덕였다.

"근데 걔 성격에 안 하겠다고 했을 텐데, 용케 꼬여냈네?"

"하하. 제가 그런 게 아니라, 유림이…… 아, 가수 하유림이 하자고 졸랐어요. 그걸 거절을 못 하고 하게 됐죠."

"아하."

소안은 이해했다는 표정으로 다시금 고개를 끄덕였다. 그런 두 사람의 대화를 가만히 들으며 뭔가를 생각하던 재윤이 민을 툭툭 쳤다.

"왜 그러세요?"

"라 서방."

"예."

"라 서방은 세희와 결혼을 할 거라고 우리한테 다짐을 받아 가고 같이 산 거 아닌가?"

"그렇……죠."

"그럼 세희한테 프러포즈는 했어?"

"프러포즈요?"

"쯧쯧. 안 한 모양이네."

재윤은 그럴 줄 알았다는 듯, 고개를 절레절레 저었다.

"하긴. 결혼의 기역 자도 말을 못 한 모양인데, 프러포즈 는……."

"하하."

민이 어설프게 웃었다. 실은 프러포즈를 생각하지 않은 건 아니다.

여러모로 생각하고, 이벤트 자료도 찾아보곤 했지만, 이벤트 자체를 해 본 적이 없어서 준비마저 쉽지가 않았다.

"결혼도 하지 않은 남녀가 같이 사는 거, 아무리 요즘 세상에 흔한 일이라고 해도 사람들 눈에는 안 좋게 보일 거고 입방아에 오르게 될 거야. 기사 보니까 좋지 않은 말도 많이 나와 있더라. 이런 때일수록 너희가 더 조심해야 하는 법이야."

"조심해?"

세희가 통화를 끝마치고 온 모양인지, 과일 하나를 집어 먹으며 소파에 앉았다.

"뭘 조심해?"

"세희 너 내일부터 집에 재깍재깍 들어와."

"지금 내가 결혼 안 한다고 해서 이러는 거야?"

"결혼 준비 중도 아니고, 혼인신고를 한 것도 아니고, 그냥 연애하는 것뿐인데 같은 집에 사는 거 남들이 안 좋게 봐서 그래. 애초에 최대한 빨리 결혼하겠다는 조건으로 같이 있는 걸 허락한 건데, 그 조건이 충족이 안 됐잖아. 거기다가 너희는 뭐만 하면 기사가 나니까, 욕부터 먹잖니. 엄마 입장으로서는 그거 굉장히 싫어."

"……."

세희는 재윤의 말에 아무런 대답도 하지 못하고 민을 빤히 바라봤다. 그런 세희의 시선에 민이 씩 웃으며 세희의 손을 붙잡고 고개를 끄덕였다.

"그렇게 하도록 해."

"……정말?"

"안 좋은 소리 듣게 되는 거 어머님께서 싫다 하시잖아."

"……."

민의 말에도 세희는 쉽게 대답하지 못했다.

이미 익숙해질 대로 익숙해졌고, 그렇기에 당연히 떨어져 있다는 걸 생각도 해 본 적이 없었기 때문에 이런 상황이 야속하기만 했다.

민도 그런 모양인지 얼굴은 웃고 있어도 눈만은 울고 있었다.

"잘 모르겠어. 생각 좀 해 보고."

"응? 모르긴 뭘 몰라. 결혼이야 원래 생각이 많고 생각이 많다 보니 복잡해져서 그냥 모르겠다, 생각하는 게 맞는데, 가족이 사는 집에 다시 들어와 사는 것도 생각이 많아서 복잡해? 생각하다가 일 년 지나겠다, 애."

"하지만 매일 민 씨 얼굴을 보는 게 이제는 당연한 게 되어 버렸는걸."

세희는 솔직하게 말하기로 했다. 어설프게 거짓말을 하는 것보다는 훨씬 낫겠지.

"그럼 너는 이 엄마가 속상한 걸 보고 있겠다는 거야?"

"……."

재윤이 약한 곳을 쿡 찌르고 말았다. 재윤의 말과 속상하다는 얼굴에 세희가 한숨을 푹 내쉬면서 두 손을 들었다.

"알았어. 말 들을게."

"라 서방도 서운하겠지만, 지금은 그냥 그러려니 해 줘. 세희가 내 딸이라서 욕먹는 게 싫은 것도 있지만, 라 서방도 사위로 생각하고 있는데, 안 좋은 소리 듣는 걸 좋아할 리가 없잖아. 알았지?"

"네."

민은 재윤의 마음을 느낀 모양인지 빙긋 웃으며 대답했다. 부모님의 사랑을 느껴 본 지 꽤 오랜 시간이 흘렀지만, 모를 리가 없었다. 재윤이 대놓고 자신을 사랑스러운 아들을 바라보듯 바라보는데, 어찌 모를 수 있을까.

"음."

세희가 어느덧 낯설어져 버린 자신의 방에 누워서 천장을 빤히 바라보았다. 낯설어진 방, 혼자인 게 이상한 침대. 세희는 한숨을 한 번 푹 내쉬고는 옆으로 돌아누웠다.

"벌써 보고 싶어서 어쩌지."

세희는 허전한 자리에 몸을 이러지도 못하고, 저러지도 못하면서 계속 뒹굴거렸다.

"아, 진짜 결혼해야 하나."

세희에게는 그저 민과 같이 있는 게 중요할 뿐이지, 결혼이라는 게 중요한 것이 아니다.

하지만 그와 같이 있을 수 있는 방법이 결혼뿐이라면 더 진지하게 생각해 볼 필요는 있었다.

"거기다가 주변에서도 다들 결혼 타령이고."

아까 유림이와 통화했을 때 유림이도 그랬다. 결혼하느냐고.

무슨 말이냐고 했더니, 인터넷에서 지금 동거한다는 말부터 시작해서 사실혼 관계다, 이미 혼인신고는 했다, 하는 유언비어를 담은 기사들이 속출하고 있다고 했다. 뭐, 기사가 날 때부터 같이 살던 건 사실이지만.

애초에 이런 상황은 자신이 만든 것이다. 자신이 민의 애인이라는 것을 사람들이 알지 못했을 때, 자신과 가족을 보호한다는 핑계로 숨어 버린 탓이었다.

처음부터 당당하게 사람들 앞에 나섰다면 상황이 지금보다 나았을지도 모른다. 앞의 일은 생각하지도 않고 행동했으니 이런 일이 벌어질 수밖에.

'누구를 탓하겠어.'

세희가 다시 한 번 한숨을 푹 내쉬었다.

"결혼이라."

둘이 있다가 혼자 있으니 느는 건 혼잣말밖에 없었다. 세희는 상체를 일으켜 앉아서 멍하니 공중을 바라보다가 핸드폰을 집어 들고 달력을 살펴보았다.

"벌써 2월……."

여전히 혼잣말하면서.

13화
그대를 위한, 우리를 위한 프러포즈

"유림아, 프러포즈 이벤트는 뭐가 좋을까?"

"예?"

민의 말을 듣던 유림이 미간을 찌푸리며 되물었다. 지금 결혼
은커녕, 연애도 하지 않는 23살의 여자에게 무슨 말을 하는 것
인가?

"지금 저한테 조언을 구하시는 거예요?"

"아니, 조언이라고 하기보다는, 여자로서 그리는 프러포즈의
로망 같은 게 있잖아. 너는 뭘까, 싶어서."

"글쎄요."

유림은 그저 어깨를 으쓱이고 핸드폰으로 시선을 돌렸다.

그렇게 많이 산 건 아니지만, 그래도 23살이면 연애 한두 번

쯤은 해 봤을 나이였다. 그러나 유림은 그쪽엔 그리 관심이 없는 편이다.

계속 혼자 살아오다 보니 다른 사람이 거추장스럽게 느껴지고, 자신 말고 다른 사람의 감정을 신경 써야 하는 게 싫어서 굳이 그렇게까지 해서 만날 필요가 없다고 생각하는 독신주의자이다.

"없어?"

"사장님. 절 그렇게 모르세요?"

유림의 말에 민이 잠시 생각하더니, 이내 고개를 끄덕이며 시선을 돌렸다.

"아, 너 독신주의자였지."

"네."

"그렇군."

민도 더 이상 말을 하지 않았다. 알면서도 슬그머니 찔러본 것인데, 단칼에 자를 줄이야.

"아아, 그냥 결혼하자 말하는 프러포즈는 하기 싫은데. 무대에서 노래라도 불러야 하나?"

민의 중얼거림에 유림이 믿을 수 없다는 표정을 지었다.

"설마 그 흔한 짓을 하시려고?"

"흔한 짓이라니. 무대에서 노래를 부르는 것 자체가 나에게는 큰 용기를 필요로 하는 거라고."

"저는 영……."

유림은 영 마음에 들지 않는다는 표정으로 고개를 절레절레 저었다.

민은 유림의 마음에 들지 않는다는 표정을 보며 관자놀이를 긁적였다. 하지만 자신으로서는 이것이 최선이었다. 그리고 유림은 흔하다고 했지만, 무대에서 노래를 부르며 수많은 사람 앞에서 프러포즈를 하는 건 결코 흔하지 않다고 생각한다.

'여자들은 다른가?'

하긴 유림은 연예인이다. 연예인으로서의 입장에서 봤을 때는 그런 프러포즈가 식상하게 느껴질 수 있다.

"하지만 유림아."

"네."

"촛불과 풍선으로 꾸며 놓고 프러포즈를 하는 것보다는 훨씬 덜 흔하지 않을까?"

"그런 건 정성을 보는 거죠."

"나도 정성스레 준비할 거야!"

"누가 뭐래요? 그렇다는 거지."

유림이는 무심하게 말을 던져 놓고는 핸드폰을 주머니에 넣으며 자리에서 일어나 키보드 앞에 앉았다.

"근데 요즘 'H'에 관해서 말 많은 거 알죠?"

"앨범 발매하자마자 나왔던 이야기잖아? 새삼스럽지도 않은데, 왜?"

"제가 콘서트를 한다는 소문이 돌면서 'H'의 이야기가 수그러들지 않아요. 'H'를 볼 수 있는 거냐고."

"설마."

"혹시라도 콘서트를 하게 되면 드러낼 생각은 없는 거예요?"

"없어. 나도 없고, 세희 씨도 드러낼 생각 없고."

"물어봤어요?"

"말하지 않아도 아는 것이 연인이란다."

"닭살이야, 아무튼."

유림은 민을 슬쩍 노려보고는 악보로 시선을 돌렸다. 민의 도움을 받아서 작사뿐만이 아니라 작곡도 해 보려고 준비 중인데, 보통 어려운 게 아니다. 이 보통 어려운 일이 아닌 것을 척척 해내는 민이 정말 존경스럽다.

"아."

혼자 심각한 표정을 짓던 유림이 뭔가 생각났는지, 다시 민을 쳐다보았다.

"그럼 반지는 준비하신 거예요?"

"반지 준비는 옛날에 했지."

"그럼 하기만 하면 되겠네요. 어떻게 하시려고요? 예정에도 없는 콘서트라도 열어요? 사장님의 프러포즈를 위해서?"

"아, 그건 좀 생각해 보고."

"거참."

아니라고도 하지 않는 민을 보며 유림이 기가 차다는 표정을 지었다.

"아, 세희 씨네 가 봐야겠다. 보고 싶어서 안 되겠어. 무슨 일 있으면 연락해."

유림은 뒤도 돌아보지도 않고 일 있으면 연락하라는 영혼 없는 말을 던지고 떠나는 민을 보며 고개를 절레절레 저었다.

사랑에 빠진 남자는 하나하나가 다 걱정이고, 그 모습은 바보 같아 보였다.

"아니, 저 사람은 그냥 바보야."

지잉―

"응?"

유림은 핸드폰 진동 소리에 시선을 돌렸다. 무음으로 해 놓은 줄 알았더니 아닌 모양이다.

"근데 누구지?"

유림은 장문의 메시지를 읽다가 다시 한 번 풉, 웃었다.

"어쩜……."

물론 마지막으로 고개를 절레절레 저어 주는 것도 잊지 않았다.

☆

토요일에 시간을 내서 오랜만에 데이트를 나왔다. 세희가 사람들의 시선을 부담스러워한다는 걸 깨닫고는 밖으로 나가는 걸 좀 자제했는데, 오늘은 세희가 먼저 제안을 한 일이라서 마음 놓고 거리를 누볐다.

"응? 왜요?"

어느덧 많은 사람의 시선을 덤덤하게 받아들이는 듯한 세희를 물끄러미 보고 있지 그녀가 민을 돌아보았다. 그는 피식 웃으며 고개를 절레절레 저었다.

"아! 저 옷 예쁘다. 민 씨, 이리 좀 와 봐요."

고개를 갸우뚱거리던 세희가 고개를 돌리더니, 마음에 드는 옷을 발견한 모양인지 민의 손을 꼭 잡고 옷가게 앞으로 갔다.

"저거 어때요? 예쁘지 않아요?"

세희가 가리킨 옷은 마네킹의 몸매를 여지없이 보여 주는 짧은 원피스였다. 겨울 상품이라 위에 퍼를 하나 걸쳐 놓았지만, 스키니진만 입어도 남자들의 시선이 알게 모르게 세희의 다리로 고정되고, 조금만 붙는 상의를 입어도 가슴으로 시선이 고정되는데, 저런 옷을 입었다가는…….

민은 상상하기 싫은 장면에 고개를 절레절레 저었다.

"안 돼요. 너무 야해."

"왜요? 저것보다 더 야한 옷도 있는데?"

"겨울이야. 저렇게 입었다가는 얼어 죽기 딱 좋겠네."

"에이, 위에 퍼도 있는데?"

"안 돼. 이렇게 추운 날씨에 뭐하려고 다리를 드러내? 안 돼, 안 돼."

민은 저런 옷만큼은 막아야겠다 싶어서 필사적으로 잘랐다.

그런데 세희가 조용하다 싶어서 고개를 돌렸더니, 그 원피스를 빤히 쳐다보다가 이내 고개를 끄덕였다.

"음, 이해. 저렇게 드러냈다가는 춥겠네요. 그럼 저건요?"

세희는 다시 민의 손을 잡고 다른 옷가게로 향했다.

밖으로 나올 때마다 이렇게 쇼핑에 관심이 있던 적이 없었는데 마음에 드는 옷이 많은 모양인지 여기저기 옷가게를 돌아다니며 민의 의견을 물었다. 하지만 고민만 하고 사지는 않는 세희를 보며 민이 고개를 갸우뚱거렸다.

"물어보기만 하고 왜 막상 사는 건 없어?"

"그냥요. 사려다가도 나한테 정말 필요한 옷인가 생각해 보니까 선뜻 손이 안 가더라고요."

"그래? 내가 사 줘?"

"에이, 괜찮아요. 내가 나중에 사고 싶을 때 사지, 뭐."

세희가 배시시 웃으며 하는 말에 민이 피식 웃으며 잡고 있던 손을 놓고, 옆으로 끌어당겨 안았다.

"누구 애인인지 참 알뜰하게 사네."

민의 말에 세희가 푸스스 웃다가 갑자기 주변을 두리번거렸다.

"왜?"

"노랫소리 안 들려요?"

"노래?"

세희의 말에 잠시 발걸음을 멈추고 귀를 기울이자, 악기 소리와 그 사이에 울리는 노래가 들려왔다.

"아, 들린다."

"가 볼래요?"

"그럴래?"

"네. 가요."

세희는 들떠 보이는 얼굴로 발걸음을 옮겼다. 정확한 위치를 알 수 없는 상태에서 소리만 듣고 찾아가는 거라서 조금 돌아가기는 했지만, 모여 있던 사람들이 두 사람을 알아보고 비켜 준 덕분에 앞에서 공연을 볼 수 있었다.

"우와, 저 친구들 노래 잘하네."

"쟤네 유명한 인디밴드잖아. 뒤에 돈 많은 스폰서가 있어서 공연할 수 있도록 공연 장비를 대 준다는 말이 있을 정도로 장비도 좋고."

민과 세희가 길거리를 돌아다니며 데이트를 하다 말고 인디밴드의 공연을 보며 이런저런 대화를 나누었다. 그런 두 사람을 보며 힐끔거리거나 사진을 찍는 사람도 있었지만, 워낙에 기사에 노출이 많았던 두 사람이라서 이제는 관심도 많이 죽었고, 많은 사람들에게 이제는 익숙해진 모습이었다.

"오, 어쩐지 장비가 남다르더라니…… 어머?"

이야기하는 도중 남자 보컬이 세희를 보며 윙크를 날리자, 민이 얼굴을 찌푸리며 세희를 끌어당겨 안았다. 그런 두 사람의 행동에 사람들은 야유를 퍼부었지만, 민은 꼼짝도 하지 않았다.

"뭐 해요."

세희가 웃음기 가득한 목소리로 민을 툭 쳤다. 하지만 민은 여전히 심각한 표정으로 세희를 더 꼭 끌어안았다.

"저 어린 녀석이 당신한테 눈독 들이잖아."

"에이, 그냥 하는 거겠죠. 빨리 놔줘요. 나 숨 막혀."

"아, 미안."

민은 세희의 숨 막힌다는 말에 화들짝 놀라며 팔을 풀어 주었다. 세희는 그런 민이 귀여워서 가만히 보고 있다가, 민의 허리를 꽉 끌어안고는 푸스스 웃었다.

"그리고 아무리 나한테 눈독 들여 봤자 나는 당신 여잔데, 뭘 걱정해요."

"아니야. 당신은 너무 예뻐서 항상 경계를 늦추지 말아야 돼. 누가 데리고 가면 어쩌려고. 어휴, 안 되지."

민의 진심이 담긴 장난 같은 말에 세희가 큭큭 웃다가 허리를 놓고 민의 귓가에 속삭였다.

"나 잠시…… 좀 다녀올게요."

"어딜?"

"에이, 알면서. 말하기 부끄럽게."

세희가 민을 툭, 치자. 민은 멍청한 표정으로 있다가 이내 이해했다는 표정을 지으며 피식 웃었다.

"미안, 미안. 내가 좀 둔했다. 다녀와."

그냥 화장실을 다녀온다고 하면 될 텐데. 아직도 작은 거 하나에 부끄러워하는 세희가 귀여워서 민은 저 멀리 가는 세희의 뒷모습을 보다가 다시 인디밴드에게로 시선을 돌렸다.

"응?"

순간 밴드 멤버들이 자신을 보고 웃고 있었던 것 같은데, 착각일까.

민은 뭔가 찝찝한 마음에 시선도 돌리지 않고 심각한 표정으로 그들을 바라보았다. 하지만 그것도 잠시, 장난을 치면서 즐겁게 음악 하는 모습에 자신도 모르게 피식 웃어 버렸다.

무대를 즐기는 모습을 보고 있으려니 민도 괜히 즐거워졌다. 완벽하진 않지만, 저 아이들은 음악을 즐기며 하고 있다. 돈이 많아서 돈 걱정이 없기에 저러는 건지는 모르겠지만, 즐기면서도 실수하지 않으려 열심히 하는 모습이 참으로 보기 좋았다.

노래가 끝나고, 마이크에 대고 아아, 하는 소리를 내며 테스트를 하던 보컬이 입을 열었다.

"자, 자. 오늘의 하이라이트 곡입니다! 여러분, 몇 달이 지나도록 음원 차트에서 좀처럼 내려올 생각을 하지 않는 노래, 하면 어떤 곡이 떠오릅니까?"

보컬이 말을 던지자, 사람들이 민을 힐끔거리며 일제히 외쳤다.

"1초만이라도!"

많은 사람의 말에 민은 흡족한 표정으로 고개를 끄덕였다.

시간이 흐른 만큼, 이미 1위 자리는 다른 가수에게 넘겨줬지만, 끊임없이 10위 이내에 머물고 있는 건 대단한 일이었다.

"그 노래의 다른 버전은 뭐가 있죠?"

"한순간도!"

이번에도 사람들은 같은 목소리로 대답했다.

이별곡인 '1초만이라도'를 사랑 노래로 개사한 노래인 '한순간도'라는 노래는 앨범에는 수록하지 않고 음원으로만 공개되었지만, 온라인 차트에서 '1초만이라도'와 동등한 인기를 얻고 있는 노래다.

"저희가 그 노래를 한번 불러 볼까 합니다. 그럼, 다른 말은 하지 않고 바로 시작하겠습니다. '한순간도'."

전주가 조용히 울린다. 신나던 곡이 이어지다 조용하고 부드러운 곡이 울리자, 그렇게 시끄럽던 사람들이 아무런 말도 하지 않고 반주에 귀를 기울였다.

"*한순간도 널 잊은 적 없어. 모든 생각에 널 끼워 넣었지. 한순간도 널 사랑하지 않은 적이 없어. 그저 표현이 서툴렀을 뿐.*"

"응?"

분명히 보컬은 남자 한 명뿐인데, 여자의 목소리가 울려 퍼진다. 그것도 이 노래에서 가장 익숙한 목소리, 'H'의 목소리가.

"뭐야, 뭐? 뭔데? 진짜 'H'야?"

사람들이 술렁거리며 주변을 두리번거리기 시작했다. 그리고 그중에서 가장 당황한 민이 딱딱하게 굳어 놀란 얼굴로 주변을 두리번거렸다.

AR를 틀어 놨다고 생각을 할 법도 하지만, 목소리를 들어 봤을 때 이건 라이브다. 그럼 그녀의 목소리를 똑같이 흉내 낼 수 있는 여자가 있다는 걸까?

'아니, 이건 분명히 세희 씨 목소리야.'

아무리 생각해도 이 정도로 똑같이 따라 할 순 없었다. 가창법과 노래를 부를 때의 버릇까지 너무 똑같았다.

"어?! 어!"

일부 사람들이 놀란 소리를 내며 손가락으로 한 곳을 가리켰다. 민도 덩달아서 그곳으로 시선을 돌리니, 그곳에서 화장실을 간다고 수줍게 말하던 세희가 마이크를 들고 당당하게 노래를 부르며 걸어오고 있었다.

사람들은 자연스럽게 길을 열어 주고 세희는 자연스럽게 민에게 다가가며 그의 손을 잡고 노래를 불렀다.

"한순간도 변하지 않았던 이 마음을 당신에게 바칠게……. 나의 이 마음을 받아 주겠어요?"

"어, 어떻게……."

세희가 민의 손에 입을 맞추자, 사람들이 상황 파악을 하고 환호성을 질렀다. 그중에는 야유를 퍼붓는 사람들도 있지만, 대부분의 사람은 이 상황에 흥분하며 동영상을 찍기 바빴다.

"당신, 무대공포증 있다고 하지 않았어?"

"죽도록 노력했죠. 당신이 바빠서 못 만난다는 건 핑계고, 사실 내가 바빴어요. 유림이가 도와준 거라 완전 지옥 훈련이었거든요."

세희의 목소리에는 웃음기가 묻어 나왔다. 다시 한 번 피식 웃은 세희가 고개를 한쪽으로 갸웃거렸다.

"그나저나 대답 안 할 거예요? 내 마음, 안 받아 줄 거예요?"

"음."

세희의 말에 민이 잠시 고민하더니, 뒤로 한 발자국 물러났다.

"응. 안 받아 줄래."

"네?"

예상치 못한 민의 말에 세희가 멍청한 표정을 지었다. 그러자 민이 피식 웃으며 바닥에 한쪽 무릎을 꿇었다.

"당신이 내 마음을 받아 줘야지."

민은 항상 주머니 속에 넣어서 다니던 반지 케이스를 꺼내고는 그 안에서 반지를 꺼내었다. 손을 내미니 그녀가 그 위에 살포시 자신의 손을 얹었다.

민은 세희의 왼손 네 번째 손가락에 끼워 주고 손등에 가볍게 입을 맞췄다. 그러고는 그녀의 손에 들려 있는 마이크를 빼앗아 들었다.

"바보처럼 프러포즈를 못 하고 있는 나에게 오히려 이런 서프라이즈 프러포즈를 해 준 나의 연인, 강세희 씨. 이 많은 사람 앞에서 노래를 부르는 것이 힘들었을 텐데도, 열심히 노력해서 나를 놀라게 해 준 내 사랑 강세희 씨. 바라만 봐도 행복하고, 웃음이 나는 걸 알게 해 준 나의 사람 강세희 씨. 이제는 나만의 연인, 나만의 사랑, 나만의 사람이 되어 나와 함께해 주지 않겠습니까?"

민의 말에 사람들은 조용해졌다. 모두 조용히 세희의 대답만을 기다리고 있는 가운데, 그녀가 싱긋 웃었다.

"두말하면 잔소리죠!"

세희의 말에 민이 마이크를 바닥에 놓고는 자리에서 일어나, 세희를 와락 안으며 키스를 퍼붓기 시작했다.

"꺄아아아아!"

"와아아아아!"

그 순간 수많은 사람은 비명 소리와 더불어서 함성 소리까지, 여러 가지 소리가 울려 퍼졌다. 그리고 보고 있는 이의 얼굴이 빨개질 정도로 진한 키스를 퍼붓던 민은 입술을 떼더니 씩 웃었다.

"사랑해."

☆

「'H'의 정체는 라민의 애인!」

「라민의 애인이 'H'?! 일부 반응 "알고 있었다."」

「라민의 애인 'H'의 노래 프러포즈!」

"흠."

중권이 낮게 소리를 내자 핸드폰으로 그에게 인터넷 기사들을 보여 주던 소안이 조용히 물러나 자리를 잡고 앉았다. 그러자 옆에서 오두방정을 떨던 재윤이 얼굴에 홍조를 띠고 감출 수 없는 미소를 지으며 맞은편에 앉아 있는 세희와 민을 보았다.

"그래, 식은 언제 치를 거니?"

말을 하기 전에 이미 기사로 상황을 다 알았기에 긴말은 필요하지 않았다. 그건 다른 식구들도 마찬가지였고, 세희도 저런 재윤의 반응을 예상하고 있던 터라 뒤통수만 긁적거렸다.

"상의하려고 온 건데. 언제 할 거라고 정해 놨으면 '언제 결혼할 겁니다!' 이러지, 그냥 결혼한다고만 했겠어? 보통 언제 할 거라는 건 부모님이랑 같이 정하지 않나?"

"아, 그러네. 언제가 좋을까?"

"뭐, 화려하게 할 생각이니?"

소훈이 나지막하게 말을 꺼냈다. 그 질문에 세희와 민은 서로를 쳐다보다가 고개를 절레절레 저었다.

"아니, 그럴 생각은 없어. 나는 사람 많은 거 별로라서 비공개로 했으면 좋겠는데, 친척들이랑 친한 사람 몇 명만 부르고. 어때요?"

세희가 민을 쳐다보며 물었다.

"상관은 없지만 몇 명이라고 해도 인원수가 많아질 것 같은데."

"뭐, 친척, 친구, 선후배, 뭐 이러다 보면 많아지겠죠. 내 말은 나도, 당신도 모르는 사람이 많아서 복잡한 건 싫다는 말이에요."

민이 대답 대신에 고개를 끄덕였다. 그리고 잠시 고개를 숙이고 뭔가 생각하는가 싶더니 다시 고개를 들어 입을 열었다.

"결혼식도 화려하게 할 생각은 없고, 혼수니, 예물이니 이런 것도 크게 할 생각은 없어요. 예물이야 세희 씨가 원한다면 남들이 하는 것만큼은 할 수 있고, 집은 제 집에서 지낼 거고, 전자제품이나 가구 같은 경우에는 인테리어를 생각하면서 천천히 바꿀 생각이고, 필요 없다 싶으면 안 바꿔도 상관은 없고요."

"뭐하러 바꿔요. 아직 좋기만 한데. 그리고 예물은 저도 크게 필요 없어요."

민의 집에 있는 가전제품이나 가구들이 대부분 5년 이상 된 것들이기는 하지만, 민이 집에 있는 날이 드물다 보니 사람이 쓴 흔적은 거의 없어서 새것이나 다름이 없어 보였다.

그리고 지금 민의 집도 화이트 계열로 남자가 사는 집치고는 깔끔하게 잘해 놔서 굳이 바꿀 필요를 못 느꼈다.

거기다가 예물 같은 경우에는 제빵 일을 하면서 귀걸이니, 반지니 착용한 적이 없기에 꾸미려고 착용하면 괜히 답답하고 불편하기만 할 것이다.

나중에 자식한테 물려주기 위해 가지고 있는 것도 나쁘지는 않겠지만, 굳이 있어야 할 필요성을 느끼지 못했다. 나중에 필요할 때가 되면 그때 구매하면 된다는 생각이다.

"아, 하지만 김치 냉장고는 하나 필요할 것 같아요. 오븐도 큰 거로 바꾸고."

"뭐, 예상 비용이나 그런 건 천천히 둘이서 상의하도록 하고……."

조용히 듣고만 있던 대훈이 처음으로 입을 열었다. 대훈은 매우 진지한 표정으로 세희와 민을 빤히 쳐다보며 천천히 입을 열었다.

"애는 언제 낳을 거냐?"

역시나.

모두 예상했던 말을 대훈이 내뱉었다. 서두르는 기미가 없는 걸 보아하니, 아직 애는 없는 모양이고……. 설사 애가 들어섰다고 해도 말을 안 할 아이들이 아니다. 그에게 가장 중요한 것은 증손주였기 때문에 결혼 이야기가 나오자마자 그 계획부터 확인하는 것이다.

"아직 계획 없는데요."

세희가 딱 잘라 말했다. 그러자 대훈의 얼굴에 실망감이 비쳤고, 한숨을 푹 내쉬었다.

"이 할애비가 그렇게 말을 했는데도 계획이 없다는 말이 저리 잘도 나오다니……."

"계획이 없는 걸 어떻게 해요. 나는 이 사람하고 같이 살려고 결혼하는 거지, 애 낳으려고 결혼하는 거 아니란 말이에요."

세희는 자신의 의사를 확실하게 전달했다. 저렇게 원하면 빈말이라도 할 법도 한데 세희에게 그런 것은 전혀 없었다. 그러자 대훈의 얼굴이 실망한 표정에서 시무룩한 표정으로 바뀌며 한숨을 푹 내쉬고는 혼자 툴툴거리기 시작했다. 나이를 먹으면 애가 된다더니, 딱 그런 것 같았다.

"할아버지, 그렇게 툴툴거리실 거 없어요. 누가 안 낳는대요? 지금은 계획이 없다는 거지."

"흥."

그나마 세희가 풀어 보고자 하는 말에도 대훈은 삐친 표정을 풀지 않았다. 재윤과 중권의 표정을 보아하니, 두 사람 또한 말은 안 해도 실망한 것 같아 보였다.

"너무 실망하지 마세요. 꼭 계획적이어야만 하나요. 거기다가 저는 빨리 낳고 싶은걸요."

민의 말에 대훈과 중권, 재윤의 표정이 눈에 띄게 밝아졌다. 세희가 표정을 숨기지 못하는 건 유전이 아닐까.

"그러니까 걱정들 하지 마시고 결혼식 날짜만 잡아 주세요. 나머지는 알아서 할게요."

"알겠다."

민의 몇 마디에 다시 화기애애해진 집안 분위기에 세희가 쩝, 소리를 내며 입맛을 다셨다. 무슨 소리냐며 한 소리 하고 싶었지만, 자신의 한마디에 분위기를 싸하게 만들 수는 없지 않은가.

"너무 딱 잘라 말했어."

한껏 화기애애한 분위기를 즐기고 방으로 들어오자마자 민이 세희를 나무랐다.

"하지만 낳을 계획이 없는 걸 있다고 할 수는 없잖아요. 있다고 하는 즉시 언제 만들 거냐부터 시작해서 매일 닦달할걸요."

세희는 상상을 한 모양인지 고개를 절레절레 저었다.

"그리고 진심이에요? 아기 빨리 낳고 싶다는 말?"

"응. 나는 당신이 임신하면 언제나 배에 마사지해 줄 준비가 되어 있고, 당신과 함께 병원 갈 준비가 되어 있고, 아이가 태어나기 전에 아기용품을 살 준비가 되어 있어. 아이가 태어나면 아이가 커 가는 모습을 당신과 계속 지켜볼 준비도 되어 있고, 아이의 미래를 위해서 무엇부터 준비해야 하는지 알고 있고, 모든 것을 이행할 준비가 되어 있어. 나에게는 당신과의 미래가 항상 준비되어 있는데 따로 계획이 필요해?"

"……"

실은 조금 뭐라고 할 생각이었다. 부모님과 할아버지한테처럼 확실하게 자신의 의사를 전달할 생각이었다.

그런데 저렇게까지 말하는 사람을 앞에 두고 자신의 의견을 확고하게 전달할 수가 없었다. 민은 헛된 말을 할 사람이 아니다. 그 말은 즉, 모든 준비가 되어 있다는 그 말이 모두 진심이라는 소리다.

'내 의사를 전달하면 분명히 자신의 말을 믿지 않는다고 생각하겠지.'

자기 생각에는 변함이 없지만, 한편으로 자신과 민의 아이가 생긴다면 어떨까, 하고 생각해 보니 웃음이 나왔다.

민을 닮았다면 무척 개구쟁이일 것이고, 매우 밝은 아이일 것이다. 너무 밝다 못해 사고를 치고 다니며 자신을 힘들게 할 것 같지만, 민의 성격을 닮은 그 아이는 아이답지 않은 어른스러움으로 자신을 놀라게 할 것이다.

"만약 나를 닮은 딸이 태어나면 어쩌려고?"

"난 좋아. 당신을 닮았으면 우리 딸은 말은 못해도 뭘 원하는지 표정으로 다 알려 주겠지? 그러면 나도 우리 딸도 편할 거야. 잘 아니까. 그리고 당신의 손재주까지 닮았다면 빵은 아주 기막히게 만들겠네. 최연소 파티시에가 될지도 몰라. 또 자기의 재능까지 닮았다면 우리 딸은 엄청난 노래 솜씨를 가지고 있겠지? 가수를 시켜야 할지도 몰라."

상상하는 민의 표정은 참으로 행복해 보였다. 그런 민을 보고 있자니, 벌써 자신들에게 딸과 아들이 존재하는 것 같았다.

딸은 자신이 빵을 만들 때 옆에서 기웃거리며 같이 조몰락거리고 있고, 민을 닮은 개구쟁이 아들은 같이 조몰락거리는가 싶다가 금세 밀가루로 장난을 치겠지.

그러면 어느새 민까지 같이 합세해서 네 가족은 밀가루로 장난을 치다가 밀가루 범벅이 되는 거지.

"행복하겠다."

세희가 민의 가슴에 얼굴을 묻으며 중얼거렸다. 집이 엉망이 돼도 좋다. 밀가루로 범벅이 되더라도 참으로 행복할 것이다. 물론 현실은 마냥 행복하지만은 않겠지만, 적어도 상상 속의 가족은 너무나도 행복했다.

☆

"오늘 네 동창 봤어."

"내 동창? 누구?"

아침에 일어나 우유 한 잔을 마시고 있는데, 재윤의 뜬금없는 소리에 잠시 고개를 갸우뚱거렸다. 동창 중에 재윤이 아는 사람이 있던가?

"누구 말하는 거야?"

"그, 왜 있잖아. 레은인가? 예쁘게 생긴 애."

"아아."

기억한다. 강유에게 사고가 나기 전에 자주 어울려서 놀았던 아이. 하지만 그 사고 이후에 자연스럽게 멀어졌던 걸로 기억한다.

"알지. 걔를 봤어? 어디서? 나도 걔를 못 봤는데?"

"어제 집 앞에서 봤어. 오랜만에 봐서 인사하니까, 걔도 나 알아보더라. 강유 새로운 편집자라던데?"

"아, 그래?"

재윤의 간단한 말에 도아와 강유의 사이가 안 좋아졌거나, 두 사람이 헤어졌다는 생각을 자연스럽게 하게 됐다. 물론 담당자가 바뀌는 건 있을 법한 일이지만, 연인 관계였던 두 사람 사이를 추측하는 것은 이것이 한계였다.

"걔는 여전히 예쁘더라. 예의 바르고. 거의 10년 만에 봤더니 아가씨더라고. 시간 참 빠르지."

"그럼. 우리 나이가 벌써 28살인데."

"아, 벌써 그렇게 됐구나."

재윤이 푸스스 웃으며 양파를 썰었다. 그런 재윤의 말에 고개를 끄덕이던 세희가 아무런 행동도 하지 않고, 재윤의 뒷모습을 빤히 바라보았다.

"다른 할 말 있어?"

"응?"

그 시선을 느꼈는지 재윤이 그녀에게 물었다.

"나한테 할 말 있어?"

"아니, 그냥. 아무것도 아니야."

"응?"

세희는 두 손을 힘차게 흔들어 보이며 주방에서 후다닥 나와 자신의 방으로 들어갔다. 재윤은 이미 방 안에 들어가고 없는 세희의 빈자리를 빤히 쳐다보며 한숨을 푹 내쉬었다.

"지지배."

항상 맑고 빠르던 도마에 칼 부딪히는 소리가 느리고 둔탁해졌다. 아마 세희도 느끼고 있겠지, 이 가슴의 먹먹함을. 28년 동안 키운 딸이다. 가까이에 살고 언제든지 볼 수 있지만, 그래도 결혼하면 출가외인이다.

"우리 엄마도 이러셨을까."

아직 결혼식을 올리려면 한참 남았는데 벌써 세희를 보면 가슴이 찡하다.

아침에 일어나자마자 부스스한 몰골로 우유를 컵에 따르지도 않고 벌컥벌컥 마시는 모습을 볼 수 없다는 생각에, 장을 보러 나가면 자연스럽게 사던 우유를 사지 않아도 된다는 생각에, 쉬는 날이면 집에서 항상 나던 빵 냄새가 나지 않을 것이라는 생각에, 자신이 요리하고 있으면 뒤에서 와락 안으며 코맹맹이 소리로 애교를 부리던 딸아이가 없어진다는 생각에.

"이런."

참으로 이상하다. 경사스러운 일인데, 그냥 다른 집에 가서 사는 것뿐인데. 언제든지 볼 수 있는데……. 그런 생각이 머릿속에서 계속 맴돌지만, 그래도 코끝이 찡해지고 가슴이 먹먹하다.

"우리 딸…… 정말 다 컸구나."

항상 어린 줄만 알았다. 학교 다닐 때부터 좀 컸다고 자신에게 투덜거릴 때도 있고, 그러다 보니 다툴 때도 있었지만, 그래도 자신에게 애교를 부리며 다가오는 어린아이라고 생각했다.

근데 자신이 아이라고 생각하는 딸이 결혼해서 한 가정을 이룬다고 한다.

'그리고 곧 나처럼 엄마가 되겠지.'

엄마가 된다. 그리고 자신은 할머니가 되겠지.

"억. 할머니라니. 내가 벌써 그렇게 늙었단 말이야? 마음만은 항상 십 대인데."

세희와 민을 닮은 아이가 자신을 할머니라고 부르는 상상을 하니, 말과는 다르게 얼굴에 웃음이 퍼졌다. 그래, 어차피 가는 세월, 이미 많이 먹은 나이만큼 가는 날에 맞게 자신이 할머니가 되는 것이 당연하고 그것이 행복인 게지.

"참……. 언제 이렇게 시간이 흘렀대. 애들 아빠하고 연애하던 게 엊그제 같은데."

무뚝뚝한 남편이 자신을 닮아 가는 걸 느낄 때마다 시간이 참 많이 흘렀구나, 하고 생각은 했지만 다시 한 번 새삼스럽게 느끼게 된다.

"참……."

기분이 참 묘하다. 오늘은 친정에 전화해야겠다고 생각한 재윤이었다.

14화

사랑, 행복, 기쁨 그리고……

　이제 4월, 봄이다. 날이 따뜻하다가도 바람이 불면 춥더니, 오늘은 좀 괜찮았다.

　날이 풀린 만큼이나 결혼식의 준비도 순조롭게 진행되었다.

　흔히들 기본으로 한다는 웨딩 촬영과 드레스, 메이크업은 민이 아는 곳에서 웬만한 곳의 패키지보다 저렴하게 할 수 있었다.

　거기다가 예단이니 예물이니 크게 신경을 쓸 것이 없던 두 사람은 생각보다 마음도 시간도 여유로웠다.

　세희는 맑고 푸른 하늘을 보니 괜스레 밖으로 나가고 싶어서 옷을 대충 주워 입고 밖으로 나갔다.

　사람들이 쳐다보면 어떠하리, 대충 입은 스타일을 찍어 인터넷에 올리면 어떠하리.

그로 인해 인터넷상에서 자신을 욕해도 별 상관하지 않았다. 세희는 요즘 도를 닦는 기분이었다.

'오늘도 민 씨는 오기 어려운가.'

요새 민은 결혼 준비 쪽이 여유로운 대신, 다른 일로 정신없이 바빴다.

민은 지금 기획사를 차릴 준비를 하고 있었다. 그 기획사는 사실상 M엔터테인먼트라는 이름으로 존재하고 있었다. 다만 아직 준비 기간으로 M엔터테인먼트에서 데뷔한 사람이 하유림, 한 명뿐이었다.

하지만 언제까지고 이 상태를 유지하고만 있을 수는 없어서 본격적으로 직원을 채용하는 등 회사의 기본 구성을 채우고 엔터테인먼트 사업에 뛰어들 준비를 하고 있었다. 그러니 사장이라는 직책을 달고 있는 민이 한가할 수가 없었다.

세희는 그 사실을 알고 나자 왜 유림이 작업실에 계속 있었는지, 왜 민에게 '사장님'이라고 불렀는지 이해할 수 있었다.

"저기, 저……."

가까운 카페에서 카푸치노를 하나 시키고는 민을 생각하며 멍하니 밖만 쳐다보고 있는데, 누군가 말을 걸었다. 고개를 돌려 보니 긴 생머리의 예쁘장한 여학생이 수줍게 자신을 쳐다보고 있었다.

"네?"

"저기…… 'H'…… 맞으시죠?"

"아, 예."

세희가 빙긋 웃으며 대답했다. 화장도 안 한 얼굴에 대충 입은 옷이라서 한편으로는 못 알아보지 않을까 생각했지만 그건 사람들의 눈썰미를 무시한 처사였던 모양이다.

"저기 사인을 좀……."

"아……. 별거 없는데."

세희가 쑥스러운 표정을 지으며 뒤통수를 긁적이고는 여학생이 내민 종이를 받아 들었다.

"저, 이름이 어떻게 돼요?"

"아, 정미라요."

세희는 예전에 'tasty'에서 아르바이트했던 천이가 생각나 방긋 웃어 보였다. 민과 함께 합작으로 만든 사인을 그리다시피해 주고, 정미라는 여학생에게 다시 주었다.

"저, 노래 잘 듣고 있어요."

"정식 데뷔를 한 게 아니라, 피처링 곡밖에 없는걸요."

"그래도."

여학생이 배시시 웃어 보였다. 자신이 부른 노래를 정말로 좋아하는 모양이었다.

그 여학생이 자리를 뜬 후에 용기를 낸 여러 사람이 몰려와 사인을 받아 갔다. 처음 사인을 받아 간 학생에게 한 말처럼 정식 데뷔를 한 것이 아니기 때문에 사람들이 신경을 쓸까 싶었는데, 가끔 나오면 이렇게 사람들이 다가와 사인을 받아 그럴 때마다 항상 신기하다.

'인터넷이라는 게 참 대단하네.'

세희는 새삼스레 다시 느끼며 이미 다 식어 버린 카푸치노를 홀짝이면서 핸드폰을 들었다. 밖의 날씨를 즐기기 위해서 나오기는 했는데 막상 나오니 할 것이라고는 핸드폰을 만지는 일뿐이라니.

집에 혼자 있자니 무료하기도 하고 날이 따뜻해서 나오기는 했는데, 결국 구경한 건 사람밖에 없었다. 아니, 반대로 자신이 사람들에게 구경거리가 되고 있었다.

'내가 그렇게 눈에 띄는 스타일은 아닐 텐데.'

혼자 속으로 중얼거리며 시선을 다른 곳으로 돌리다가 자신의 맞은편에서 당당하게 걸어오는 사람을 발견했다. 그 사람의 눈과 마주쳤을 때 본능적으로 적신호를 감지한 세희는 자연스럽게 자리에서 일어나, 반대편으로 걸어갔다.

그냥 다른 사람과 다를 바가 없었지만, 세희의 감이 그 사람이 '기자'라는 걸 말해 주고 있었다.

세희는 익숙하지 않은 만큼 이런 일이 생기면 당황하거나 제대로 방어를 하지 못하기 때문에 민이 없으면 최대한 말을 아꼈다. 웬만한 건 민이 처리를 해 주었다.

그래서 대부분의 기자들은 세희가 혼자 있을 때 접근을 해 봤자 답을 듣지 못할 것을 알아서 말을 걸지 않았다.

하지만 가끔 저렇게 그녀를 꺾어 보려는 심산으로 당당하게 정면 돌파하는 이가 있다. 이럴 때는 자연스럽게 자리를 피하는 게 상책이다.

세희는 집에서 가까운 카페였던 것을 다행으로 생각하며 안도의 한숨을 내쉬고는 재빠르게 집으로 향했다.

"어?"

거실에는 자신을 반겨 주는 가족 대신에 익숙한 뒤통수가 보였다. 그리고 그 익숙한 뒤통수가 자리에서 일어나더니, 뒤를 돌아서 예쁘게 웃는다.

"세희 씨 왔어? 기다리느라고 눈 빠지는 줄 알았네."

"민 씨!"

세희는 거의 열흘 만에 본 민에게 달려가서 폭 안겼다. 민도 그런 세희가 반가운 모양인지, 그녀의 등을 감싸 안으며 힘을 주어 안았다.

"으아, 으아, 진짜 얼굴 잊어버리는 줄 알았어요."

"에이, 열흘 못 봤다고 잊어버리면 안 되지."

"그 정도로 보고 싶었다는 거예요."

세희의 투정에 민이 푸스스 웃으며 세희의 머리카락을 부드럽게 쓸어내렸다.

"알아, 알아. 알고 있으면서도 괜히 말해 봤어. 그나저나 어디 다녀온 거야?"

"밖에, 잠시 카페에요."

"그래? 이상한 사람들은 안 만났고?"

"사인해 달라는 사람은 있었는데……. 음, 이상한 사람은 오기 전에 내가 도망쳤어요. 잘했죠?"

민의 허리에 팔을 감고 뒤로 상체를 살짝 뺀 세희가 배시시 웃고는 다시 민을 꽉 끌어안았다.

"거기서 아주 영화를 찍어라."

"응?"

세희는 워낙에 조용해서 없는 줄 알았던 소안의 등장에 민에게서 살짝 떨어져서, 방문 옆에서 삐딱한 자세로 못마땅한 표정을 짓고 있는 소안을 빤히 보았다.

"왜, 뭐. 결혼할 사람끼리 안고 있겠다는데, 뭐가 그렇게 불만이 가득해? 애인이랑 싸우기라도 했어?"

"싸우기는 개뿔!"

소안은 괜히 큰소리를 내더니 소파로 쿵쿵거리며 걸어와서는 털썩 앉았다. 그런 소안의 모습을 본 세희가 고개를 절레절레 저었다.

'싸운 게 맞네. 아, 그나저나 애인이 있었어?'

친한 이성이 많다는 건 알지만, 한 번도 애인을 본 적이 없어서 의아했다. 농담처럼 말한 거였는데 한 번도 본 적 없었을 정도로 기분 나빠 하는 걸 보니 진짜인가 싶기도 하다.

"쫌팽이."

민에게서 떨어지면서 세희가 투덜거렸다. 그걸 귀가 밝은 소안이 들었는지 미간을 찌푸리며 노려보자, 세희는 그저 어깨를 한 번 으쓱이고 말았다.

그날 저녁, 민과 함께 늦을 것 같다던 소훈까지 온 식구들이 식탁에 앉아서 오순도순 이야기를 나누었다.

그중에서도 밥 먹는 도중에 전화를 받고 와서는 기분이 한껏 좋아진 소안을 보고 온 가족이 의심스러운 눈초리를 거두지 못했다.

"작은오빠, 아무래도 수상해. 애인 있지?"

"뭐?"

자신의 말에 소안이 얼굴을 살짝 찌푸리자, 세희가 피식 웃었다.

"숨기려고 해도 소용없어. 표정 관리, 감정 관리가 그렇게 철저한 사람이 화냈다가 전화 한 통에 기분이 좋아져서 들어오는 거면 뭐겠어? 십중팔구 애인이지. 맞지?"

세희의 말에 온 가족이 소안을 보며 시선을 거두지 않았다. 소안은 가족들을 둘러보더니 이내 한숨을 푹 내쉬며 두 손을 들어 올렸다.

"항복, 항복. 맞아요. 애인 있습니다."

소안의 말은 온 가족을 떠들썩하게 만들기에 충분했다.

소훈 같은 경우에는 워낙에 무뚝뚝하고, 말수가 적어서 다가오는 사람에 비해 곁에 있는 사람이 적다.

하지만 반대로 소안은 성격이 워낙에 좋아서 남녀 가릴 것 없이 친구가 많았기에 애인이 없는 게 이상할 정도라고 생각됐는데, 30살이 넘어서야 애인 소식을 듣게 되니 밥 먹는 분위기가 조용할 리가 없었다.

"응? 세희 너는 왜 그렇게 깨작거려?"

대훈의 질문 공세를 받는 소안을 구경하던 세희가 재윤의 질문에 고개를 갸우뚱거렸다.

"응?"

"오늘 왜 그렇게 못 먹어?"

"아."

세희는 자신이 먹던 밥을 내려다보며 고개를 절레절레 저었다.

"그냥. 밥맛이 없어."

"뭐?"

세희의 말에 재윤이 미간을 찌푸렸다.

아플 때를 제외하고는 항상 숟가락으로 밥을 듬뿍 퍼서 복스럽게 먹는 애가 밥맛이 없다니.

"어디 또 아프니?"

"잘 모르겠어. 카페에서 커피 마신 게 잘못된 건가. 속이 왜 이렇게 울렁거리지."

세희가 결국 밥알을 헤집던 젓가락을 식탁 위에 내려놓았다. 과자를 먹을 때까지만 해도 이러지 않았다. 저녁 준비할 때, 음식 냄새에 낯선 반응을 보이는 몸을 느끼고 미간을 찌푸리기는 했지만, 이젠 속까지 좋지 않았다.

"너 왜 그래? 꼭 내가 임신했을 때……처럼……."

재윤은 아무렇지 않게 말을 하다가 말고 말끝을 흐리더니 설마 하는 표정으로 세희를 빤히 쳐다보기 시작했다. 그리고 그건 다른 사람들도 마찬가지였다. 순간적으로 몰린 시선에 세희는 미간을 찌푸렸다.

"뭐야? 왜들 그렇게 봐?"

"엄마 말이 무슨 말인지 이해 못 했어?"

"뭔 말?"

"너만 이해 못 했구나."

재윤이 한숨을 길게 내쉬었다. 자신의 속에서 나온 딸이지만, 이렇게 답답하고 둔해서야.

"너 임신한 거 아니냐고!"

"뭐?"

재윤이 직설적으로 말하자, 이제야 이해가 됐는지 미간을 찌푸리고는 잠시 생각에 잠기는가 싶더니 이내 고개를 절레절레 저었다.

"에이, 설마."

"설마라니?"

"아…… 아니, 아무것도 아니야."

차마 피임을 꼬박꼬박 하고 있다는 말은 하지는 못하고 입안으로 삼켰다.

하지만 재윤은 뭔가를 확신한 듯, 자리에서 벌떡 일어나서 목에 걸치고 있던 앞치마를 대충 의자 등받이에 걸어 놓고는 나갈 채비를 했다.

"어디 가?"

"어디 가기는. 임신 테스트기 사러 간다. 기다려!"

"아, 엄마! 잠깐만!"

세희가 큰 소리로 재윤을 불렀지만, 재윤은 50대 중후반의 나이가 무색할 만큼 재빠르게 사라졌다. 그리고 세희는 재윤이 나간 후에 자신에게 쏠려 있는 시선에 당황해하며 옆에 있는 민의 옆구리를 쿡 찔렀다.

"무슨 말이라도 좀 해 봐요."

"뭘?"

민이 웃고 있는 것처럼 보인다면 자신의 착각일까.

왜 하필 이 시대에는 임신 테스트기를 편의점에서도 살 수가 있는 걸까, 하고 원망했다.

빠르게 나갔던 만큼 재윤은 빠르게 돌아왔다. 테스트기를 사 온 재윤은 사실 여부를 빨리 확인하고 싶은 마음에 세희를 반강제적으로 화장실로 밀어 넣고는 아까부터 조용한 민을 살펴보았다.

"라 서방?"

아까는 너무 정신이 없어서 몰랐는데, 지금 보니까 조용히 히죽거리며 웃고 있는 게 눈에 들어왔다.

증상이 임신이 맞는다고 추측을 할 뿐, 아직 정확히 판단하기에는 무리가 있다. 그런데 저렇게 히죽거려도 괜찮을까. 걱정된다.

"라 서방. 벌써 그렇게 좋아하지 않는 게 좋을 것 같은데……?"

재윤이 조심스럽게 말했다. 자신도 아직 정확하게 판단하기에는 어려워서 괜히 기대했다가 나중에 실망이 커질까 봐 기쁨을 표현하지 못하고 있는데, 민은 지금 얼굴 전체로 방글방글 웃다 못해서 바보처럼 헤실헤실 웃고 있는 얼굴이었다.

"계획대로 됐어요."

"응?"

"에?"

그냥 웃고만 있던 민의 두 마디에 모든 이들이 멍청한 표정을 지었다. 계획대로라니?

다들 뒤에 이어질 대답을 원하는 표정이었지만, 민은 그냥 의미심장하게 웃을 뿐이었다.

"무슨 계획인지 말할 생각은 없는 거예요?"

소안이 물었지만, 민은 그저 싱긋 웃어 보일 뿐, 대답은 해 주지 않았다.

"계획이…… 있었어요?"

"응?"

갑자기 들려오는 세희의 목소리에 민을 제외한 나머지 사람들이 모두 고개를 돌렸고, 그곳에는 웃어야 할지, 울어야 할지, 화를 내야 할지 모르겠다고 얼굴에 쓰여 있는 세희가 서 있었다.

"어? 양성이네?"

소안이 그새를 못 참고 세희가 멍청한 표정을 짓고 있는 틈을 타 그녀의 손에서 테스트기를 빼앗아서 보며 중얼거렸다. 하지만 정적 사이의 중얼거림은 너무나도 크게 들려와서 모든 이들이 멍한 표정을 짓게 하였다.

"하아……."

미묘하게 지속되던 정적은 세희의 한숨으로 인하여 깨졌고, 대훈, 중권, 재윤, 누구 할 거 없이 모두 웃기 시작했다. 특히 중권이 헤벌쭉 웃는 건 극히 드문 모습이라, 소안과 소훈도 지금 이 상황이 신기하고 좋아서 웃었다.

"정말이지……."

세희는 민을 밉지 않게 노려보았다. 온 가족이 저렇게 좋아하면서 웃고 있는데, 자신이라고 어찌 기쁘지 않으랴. 다만 기분이 싱숭생숭한 건 사실이었다.

자신이 엄마가 된다니. 열 달 후, 아니 어쩌면 그 전에 자신의 자식이 태어날 수도 있다니.

기뻐할 일이 맞는데 아직 어리둥절하기도 하고, 믿기지도 않아서 어떻게 표현해야 할지 모르겠다.

"안 기뻐? 나는 무지 기쁜데."

어느덧 자리에서 일어나 세희에게 다가간 민이 허리를 숙여 속삭였다. 세희는 자신을 빤히 쳐다보고 있는 민을 보며 혼란스

360

러운 표정을 지었다. 민은 그런 세희의 표정을 읽고는 피식 웃었다.

"순수하게 기뻐해도 돼. 우리 둘의 아기…… 정말 예쁠 거야."

민의 나지막한 목소리와 말에 옆에서 듣고 있던 이들은 온몸에 닭살이 돋음을 느꼈지만, 오늘같이 경사스러운 날에는 그냥 내버려 둬도 되겠다는 생각에 그냥 서로를 바라보며 웃고 말았다.

"우리가 방해일 것 같아서 피해 주고 싶지만, 우리도 밥은 먹어야 되겠으니까, 둘이 들어가 봐."

재윤이 웃는 얼굴로 거의 껴안다시피 한 두 사람을 향해 말했다. 어른들 앞이라 예의상 안지는 않은 것 같지만, 둘이 있으면 필시 꽉 안고 난리가 났으리라.

"예. 그럼 실례하겠습니다."

민은 넉살 좋은 얼굴로 허리를 푹 숙여 인사를 해 보이고는 세희의 허리에 손을 얹고, 조심히 그리고 천천히 방 안으로 데리고 들어갔다.

평소에는 몇 걸음 안 걸리는 이 거리가 왜 이리도 길고 오래 걸리는지.

"아, 어쩌지. 표정이 변하질 않아."

민의 말에 세희가 고개를 들어 올려 보니 민의 얼굴은 헤실거리던 그 표정 그대로였다. 항상 방글방글 웃는 얼굴이기는 했지만, 저렇게 오랫동안 바보처럼 웃고 있던 적은 없었는데 정말 좋기는 좋은 모양이었다.

"혹시 상의도 없이 이렇게 일 저질러서 화난 건 아니지?"

"화났다고 해도 어떻게 할 건데요? 이미 일은 저질러 놓고?"

"에이, 그걸 노린 거지."

솔직히 당황스럽기도 하고 조금은 화도 났지만, 저렇게 좋아하는 모습을 보니 화를 낼 수가 없어서 그냥 피식 웃어 버렸다. 그러자 민이 세희를 살짝 끌어안았다.

"그리고 내 아이를 가져 줘서 고마워."

민의 말에 세희가 민을 살짝 밀어내며 어깨를 툭, 쳤다.

"민 씨도 참. '내' 아이라고 표현하는 게 아니라, '우리' 아이인 거예요. 당연한걸요."

"이것 말고도 고마운 건 많아. 나를 사랑해 줘서, 나를 행복하게 해 줘서, 나를 웃게 해 줘서, 나에게 가족이라는 걸 갖게 해 줘서, 그리고……."

"그만."

세희가 웃는 얼굴로 민의 입술에 자신의 검지를 올려 말을 멈추게 했다.

"됐어요. 그렇게 따지면 나도 고마운 건 마찬가지예요. 내가 이렇게 행복할 줄 꿈에도 상상하지 못했고, 당신과 가족이라는 걸 만들 줄도 몰랐고, 이렇게 사랑받을 줄도 몰랐고, 이렇게 웃게 될 줄도 몰랐는데, 이런 일들을 당신이 전부 일어나게 해 줬잖아요. 정말 고마워해야 할 사람은 나예요."

이 순간의 기쁨을, 고마움을, 사랑을 어찌 말로써 다 표현 할 수 있을까.

세희가 너무나도 사랑스러워 어쩔 줄 몰라 하던 민은 결국 세희를 꽉 안았다. 자신의 뜨거운 심장을 세희가 느낄 수 있도록. 매일 봐도 미칠 듯이 두근거리는 이 심장 소리를 세희가 들을 수 있도록.

"고마워, 그리고…… 사랑해."

민의 달콤하고 아름다운 속삭임은 세희의 귓가에, 그리고 문 밖에서 몰래 엿듣고 있던 이들의 귓가에 울려 퍼졌다. 잔잔하게.

—fin

에필로그

빠져들다

화이트와 블랙, 그리고 레드로 포인트를 준 깔끔한 집 안의 거실 한쪽은 모두 사진 액자로 장식되어 있었다.

그냥 평상복을 입고 찍은 것 같은 사진 속의 남녀도 너무나도 아름다웠지만, 역시나 돋보이는 사진은 웨딩 사진이었다.

모든 사진 밑에는 그 사진을 찍은 날짜와 글이 적혀 있었는데, 웨딩 사진 밑에 있는 유독 큰 글씨가 눈에 띄었다.

『둘이 아닌 셋이서.』

모르는 사람들이 봤으면 고개를 갸우뚱거릴 만한 말이었지만, 이 부부를 아는 사람들은 저 말이 무슨 뜻인지 단번에 알 수 있다.

"급히 진행한 것치고는 잘된 것 같은데?"

집에 들어오자마자 급하다며 화장실부터 다녀온 신주가 얌전히 앉아서 뜨개질하고 있는 세희를 향해 말했다. 신주의 말에 세희는 웃으며 고개를 끄덕였다.

세희의 임신 사실을 알고 난 뒤에 결혼식은 비상을 맞았다.

병원에서 검사해 보니 이미 5주. 계획대로 넉 달 뒤에 진행을 한다면 세희의 배는 더 이상 어찌할 도리가 없을 만큼 불러 올 것이라는 판단하에, 세희와 민은 큰맘 먹고 결혼식 예정을 모두 앞당겨 급히 움직이기 시작했다.

"그때는 정말 미치는 줄 알았다니까. 나도 같이 움직여야 하는데, 민 씨는 나보고 가만히 있으라고만 하지, 좀 괜찮다 싶은 예식장은 예약하기 힘들지."

그때만 생각하면 아찔한 모양인지 세희가 고개를 절레절레 저었다.

하지만 두 사람에게 그런 위기는 얼마 가지 않았다. 도대체 어디서부터 어떻게 알고 연락이 왔는지는 모르겠지만, 대기업에서 인수하여 새로 오픈한 호화 예식장에서 홍보를 겸하여 협찬해 준다고 민의 사무실로 친히 연락이 온 것이다.

물론 두 사람의 결혼식 사진을 홍보에 쓴다는 조건을 붙여서. 세희와 민은 자신들의 사진이 대대적으로 뿌려질 것에 대해서 약간의 고민을 하기는 했지만 그때의 상황에서는 뭐 어떠냐는 생각이 더 컸다.

어차피 결혼식 사진이야 아무리 잘해도 결국에는 인터넷에 떠

돌아다닐 것이고, 전속 모델 계약 같은 것도 아니기에 그 제의를 쉽게 받아들였다. 물론 계약서의 꼼꼼한 체크는 잊지 않았다.

"출산 예정일이 내년 1월 초라고 했지?"

"응."

"아, 지금 뜨고 있는 게 아기 옷? 이르지 않나?"

"아니, 이건 민 씨 목도리. 길고 예쁘게 만들고 싶은데 처음 해 보는 거라 손이 느려서 일찌감치 시작했어. 망해도 서두르지 않으려고."

"아하."

신주와 세희는 서로 자연스러운 말투로 대화를 나누며 편하게 말을 이어 갔다.

프러포즈의 일이나 결혼 예정일에 대해서 신주는 자신에게 먼저 말해 주지 않았다고 내내 우는소리를 했다. 배신자 소리까지 듣게 되다 보니, 그 뒤로 더욱더 연락을 자주 하게 됐고, 그 덕에 세희와 언니 동생 사이가 돼 버렸다.

요즘에는 굳이 기사로 쓸 일이 없더라도 자주 연락하며 만나는 사이가 되었다. 거기다가 나중에 알고 보니 소안과 신주는 고등학교 동창이란다. 많이 친했던 모양인지 만나자마자 포옹이나 어깨동무를 하는 등 스킨십도 굉장히 자연스러웠다.

하지만 역시 어른인 재윤과 중권, 대훈이 보기에는 이상했던 모양인지, 무슨 사이냐고 묻자 그들은 입을 모아 그냥 형제 같은 사이라고 했다.

두 사람 다 그렇게 얘기하는데 더 이상 무슨 말을 할 수가 있을까. 더군다나 소안은 애인이 있고, 남녀라는 편견을 버리고 봤을 땐 정말로 형제 같은 모습이었다.

"근데 언니는 요즘 우리 집에 너무 자주 온다. 일 안 해?"

세희가 의아함을 느끼며 신주에게 물었다.

프리랜서로 자유로운 영혼이던 신주는 이번 세희와 민의 일 때문에 누리꾼들 사이에서는 사실 보도로 꽤 유명해졌다. 그런 사람이 여전히 자유로운 영혼인지, 자주 와도 너무 자주 온다. 아무리 속도위반을 했어도 신혼집은 신혼집인데.

"일하니까 걱정하지 마. 그리고 내가 라민 씨 없는 시간에 잘 맞춰 오잖냐."

"그렇기는 하지만."

세희가 쩝 소리를 내고는 더 이상 아무런 말도 하지 않았다. 신주 덕분에 집에 거의 혼자 있을 시간이 없다 보니 심심하지도 않았고, 그녀가 항상 명랑하고 재미있어 우울함은 느낄 새도 없었다. 가끔 먹고 싶은 걸 말하면 사다 주기도 한다.

"어떻게 보면 언니가 내 남편 같아."

"어머, 엄한 소리 하지 마, 얘. 내가 아무리 늙었다지만 결혼은 포기하지 않고 있어. 그런 소리 하면 색다른 취향 가진 줄 알고 오해들 할라."

세희가 풉, 하고 웃어 버렸다. 말투가 어째 언니라고 하기보다는 엄마 같았다.

신주는 자신을 늙었다고 말하고 있지만 사실 그리 많은 나이도 아니다. 요즘 여자 나이 31살에 결혼하지 않는 건 흔한 일이 아니던가. 하지만 신주의 부모님은 아닌 모양인지 결혼하라고 성화를 부리신다고 한다.

"언니, 결혼을 생각하기 전에 연애부터 하는 건 어때?"

"아직."

"선보려고?"

"그건 싫고."

"흠."

세희가 보기에 신주는 늦게 결혼을 할 타입이었다. 연애는 아직이다, 선보는 건 싫다. 언젠가는 소개팅을 주선해 주려 했더니 그것도 싫다고 그랬다. 정말로 결혼하려는 생각이 있는 게 맞는지 잘 모르겠다.

"언니, 그러다가 평생 혼자 살다 갈 거야."

"내 짝이 있음 나타나겠지. 없으면 혼자 살다 가는 것도 나쁘지 않고."

신주는 인생 자체가 우유부단한 사람이었다. 딱히 자신에게 피해가 오지 않으면 이것도 괜찮고 저것도 괜찮은 사람. 하지만 한 가지 분명한 사실은, 자신이 필요하거나 이게 아니면 안 된다 싶은 거에는 이도 저도 아닌 것은 없다는 것이다.

"그나저나 너 요즘에 말들이 많아."

"응?"

"정식으로 가수 활동할 생각은 없는 거야?"

"없어. 연습생 생활을 몇 년씩이나 하는 애들이 얼마나 많은데, 내가 굳이 왜 나서. 거기다가 남편 빽으로 움직이는 거 같아서 별로야."

"빽이 아니라는 건 네가 더 잘 알잖아. 네 실력 때문에 널 찾는 사람들이 많다는 거."

"뭐, 그거야……."

세희가 열심히 뜨개질하던 손을 멈추고 신주를 향해서 어설프게 웃어 버렸다.

많은 사람이 자신의 목소리를 좋아한다는 건 알고 있다. 그걸 좋게 생각하기는 하지만, 그게 정식으로 데뷔할 이유가 되는지는 잘 모르겠다.

"나는 원래 가수를 할 생각이 없었고, 그건 지금도 마찬가지야. 피처링을 하게 된 것도 아직 내 스스로도 놀라운 일인걸."

"그래?"

신주의 말에 세희는 고개를 끄덕이는 것으로 대신 대답했다.

"그럼 아이가 태어날 때까지 이러고 있다가 태어나면 육아에 전념하려고?"

"지금은 그럴 생각인데, 잘 모르지."

미래의 일은 아직 정확하지 않았다. 자신의 본업인 제빵은 본디 강유 때문에 시작하게 된 일이기 때문에 그동안 한 것이 아깝기는 해도 미치도록 하고 싶다는 생각은 없었다.

물론 빵을 만들고 싶고, 자신의 빵을 먹고 즐거워하던 사람들을 못 본다는 것이 조금 슬프기는 한 것이 사실이다. 자신이 제일 오랫동안 즐거워하며 해 온 일인데 어찌 아무런 생각이 없겠는가.

"나는 가끔 네가 만든 빵이 먹고 싶어. 베이커리를 다시 할 생각은 없어?"

"아무래도 좀……."

세희가 어깨를 으쓱이고는 다시 입을 열었다.

"남편의 입장도 있고, 이제는 내가 'H'라는 걸 아는 사람은 다 알잖아. 그런데 어떻게 예전처럼 일할 수가 있겠어."

"왜, 'H'이기 때문에 가게 홍보가 더 잘 될 수도 있는 거잖아."

"나는 그런 게 싫으니까."

"융통성이 없구나. 그런 건 이용해도 되는데."

"나는 그다지 그러고 싶은 마음이 없으니까 하는 말이지."

이번에는 신주가 어깨를 으쓱였다. 연예인이라고는 할 수 없지만, 그래도 많은 사람이 아는 만큼 그 유명세를 베이커리 홍보에 이용할 만도 하다. 거기다가 세희의 빵 만드는 솜씨는 먹어 본 사람들은 다 인정하는 사실인데.

"아깝네."

"왜 언니가 아까워해."

"말했잖아. 네가 만든 빵이 먹고 싶다니까?"

"나중에 만들어 줄게."

"아싸."

신주의 포기는 빨랐다. 워낙에 단순한 성격 탓도 있지만, 먹는 걸 다른 사람보다 배 이상으로 좋아하는 탓도 있었다.

"자, 그럼."

신주는 세희 집에 올 때마다 가지고 오는 노트북을 꺼냈다. 그런 신주의 뜬금없는 행동에도 세희는 별 신경도 쓰지 않고 뜨개질에만 전념했으며, 신주 또한 이런 상황이 익숙한 듯 파일을 열어 작업을 시작했다.

딩— 동—

초인종 소리치고는 맑은 소리가 거실에 울려 퍼졌다. 세희는 이 시간에 누군가 싶어서 인터폰 화면을 보고는 윤지의 얼굴이 보이자 싱긋 웃으며 문을 열어 주었다.

"헤이."

문을 열자마자 윤지가 가볍게 인사했다. 그런 윤지에게서 종이 가방을 받아 든 세희가 안의 내용물을 보고 미간을 찌푸렸다.

"뭘 또 사 왔어?"

"그냥. 보이기에 사 왔어."

"아이고, 이제 그만 사 와도 돼."

"그냥 예뻐서 사 온 거야."

아기는 별로 좋아하지 않는 윤지가 이렇게 예쁘다면서 뭘 자꾸 사 들고 오니 자신의 아기가 태어나기도 전부터 사랑받는 것 같아서 기분은 좋았다. 그래도 한두 번 사 오는 게 아니라서 금전적으로 부담이 될까 봐, 그게 걱정이었다.

"어? 신주 씨도 와 있었네요."

윤지는 타닥타닥 소리를 내며 열심히 작업 중인 신주의 뒷모습을 보며 말했다. 하지만 하나에 집중하면 아무 소리도 듣지 못하는 신주는 아무런 대답이 없었고, 윤지는 그것에 익숙한 듯 아무렇지 않은 표정으로 소파에 자리를 잡고 앉았다.

"그나저나 너는 임신한 애 맞아? 별 티가 안 난다?"

"지금 박스 티 입어서 그래. 달라붙는 거 입으면 티 많이 나."

세희는 말을 돌리는 윤지에게 잔소리하기를 포기하고는 친히 옷을 뒤로 잡아당겨 보이며 말했다. 그러자 헐렁한 티 안에 가려져 있던 세희의 배가 나왔다.

"민 씨는 좋아 죽지?"

"좋아 죽지. 오자마자 하는 일이 우리 동동이한테 말 거는 거잖아. 나는 완전히 뒷전이라니까."

세희는 서운하다는 듯 말하고 있지만, 얼굴만은 활짝 웃고 있었다. 민은 하루에 적어도 세 번은 집에 들러서 배 속에 있는 아기한테 말을 걸고 자신에게 입을 맞추고 다시 일하러 가곤 한다.

"그런데 왜 태명이 동동이야?"

"부르기 쉬워서. 그리고 사랑스럽잖아. 어감도, 느낌도. 동동 동동동."

세희가 여전히 활짝 웃는 얼굴로 말했다. 그래, 좋아 죽으려는 건 민뿐만이 아닐 거다. 그녀 역시 처음에는 자신이 그리고 있던 신혼 생활이 깨진 것에 실망하기는 했지만, 그건 아주 잠깐일 뿐이었다.

병원에 다녀올 때마다 아이가 커 가는 걸 눈으로 확인하고, 점점 불러 오는 배를 느끼고, 태어나려면 아직 먼 아이를 내내 기다리며 세희는 무척 행복해 보였다. 윤지는 경험해 보지 않아도 알 것 같은 느낌에 푸스스 웃었다.

"그나저나 너도 결혼하고 애까지 가졌는데, 오빠들은 별 소식 없어? 소안 오빠 애인 있다고 하지 않았나?"

윤지는 세희가 가져다준 우유를 한 모금 마시고 입을 열었다. 그러자 세희는 한숨을 푹 내쉬더니 고개를 절레절레 저었다.

"모르겠어. 애인 있다고 집을 그렇게 떠들썩하게 만들더니, 정작 데리고 오지는 않더라고. 이제 31살이라 결혼을 할 때가 되기는 했는데 말이야."

"소훈 오빠는?"

"켁! 콜록콜록!"

"응?"

윤지와 세희가 대화를 나누고 있는 도중 갑자기 옆에서 사레가 들린 신주를 보며 놀란 얼굴로 쳐다봤다. 윤지가 재빠르게 자신이 마시던 우유를 건네자 벌컥벌컥 마신 신주가 겨우 기침을 멈추고 숨을 골랐다.

"후아……"

"뭐야. 작업하던 사람이 웬 사례? 우리 몰래 뭐 훔쳐 먹었어?"

"그, 그러게."

신주가 어설프게 웃어 보였다. 말까지 더듬는 게 이상하기는 했지만, 다시 작업에 열중하는 신주를 보며 더는 추궁하지 않기로 하고 다시 윤지에게로 시선을 돌렸다.

"큰오빠야 뭐…… 말도 없고, 워낙에 무뚝뚝한 사람이라 28년을 같이 산 나도 모르겠어. 일 끝나고 운동하고 집에 와서 밥 먹고 방에 들어가서 서류 보고."

말을 하던 세희가 뭔가 불현듯 생각난 표정을 지으며 다시 입을 열었다.

"아, 그러고 보니 요즘에는 집에 들어오는 시간이 좀 늦던데. 주말에도 어딜 자꾸 나가고."

"여자 생긴 거 아니야?"

"그럴지도 모르지. 아무튼, 소안 오빠보다 급한 게 소훈 오빠긴 하지. 이제 33살이잖아. 다른 사람은 둘째 치고 엄마가 난리야. 옛날에 33살이면 이미 애가 다섯은 있겠다면서."

세희의 말에 윤지가 푸스스 웃었다. 재윤의 성격에 얼마나 달달 볶았을지, 그 잔소리에 소훈이 어떻게 대처했을지 너무나도 생생하게 머릿속을 맴돌았다.

딩— 동—

"응?"

세희는 예고 없는 초인종 소리에 고개를 갸우뚱거렸다.

'온다고 연락 온 사람이 없는데, 누구지?'

"아, 오빠다."

세희는 인터폰 화면으로 보이는 소훈을 보며 혼자 중얼거리고
는 현관문을 열어 주었다.

"오빠도 양반은 못 되는구나. 어쩐 일이야?"

"쉬는 날이잖아. 자."

언제나 표정이 달라지지 않는 소훈이 과일바구니를 세희에게
내밀었다. 이제껏 자신의 집에 세 번을 놀러 왔지만, 올 때마다
가져오는 과일바구니는 항상 똑같았다. 이렇게 똑같은 것도 참
찾기 힘들 텐데.

"오늘은 이만해야겠다."

세희가 주방에 과일바구니를 가져다 놓으려고 발걸음을 돌리
는데 뒤에서 신주의 목소리가 들려왔다. 세희가 고개를 돌렸을
때는 신주가 이미 노트북을 재빠르게 정리하고 자리에서 일어날
채비를 마친 뒤였다.

"응? 다 안 하고 가? 다 하고 가지, 왜?"

"가 봐야지. 점점 사람이 많아질 것 같은데 내가 방해될 것
같기도 하고, 내가 작업하는 게 조금 힘들 거 같기도 하고."

신주가 살짝 웃어 보였다. 어색한 웃음인데 어색해 보이지 않
으려고 노력하는 웃음. 억지로 웃는 건 아닌데, 얼굴 근육이 자
연스럽지는 않았다.

"그럼 가 볼게. 내가 조금 바빠서 말이지. 밀린 이야기는 나중에 하자."

신주는 세희와 윤지를 향해서 웃어 보이고는 현관으로 발을 돌렸다.

"저, 이만."

신주는 아까부터 계속 현관에서 들어오지 않고 자신이 나가지 못하게 막고 있는 소훈을 한 번 흘끔 올려다보고는, 고개를 꾸벅이며 길을 비켜 주길 재촉했다. 하지만 소훈은 아무런 말도 없이, 자세와 표정에도 아무런 변화 없이 서 있기만 했다.

"오빠, 뭐 해. 언니 간다잖아. 빨리 비켜 줘."

"사람이 많으면 더 좋습니다."

"응?"

세희는 자신의 말에 동문서답하는 소훈을 쳐다보았다. 소훈의 시선은 신주에게 고정되어 있었고, 신주는 그 시선을 피하며 고개를 숙이고 있었다.

"그리고 작업은 끝마치신 거 아니십니까?"

"그건……."

말을 제대로 하지 못하는 걸 보니 끝마친 모양이다. 신주는 워낙에 솔직해서 거짓말을 못 하는 성격이라 상대방이 맞는 말을 하면 절대로 부정하지 못했다.

"그럼 들어가세요. 이따가 소안이도 오기로 했습니다."

"아뇨, 저기……."

소안이 온다는 소리에도 신주는 쉽사리 대답하지 못했다. 그렇게 몇 분을 비켜 주지 않는 소훈을 보며 한숨을 쉬고 있는데, 누군가 소훈의 뒤에서 불쑥 튀어나왔다.

"어, 신주!"

"아."

누가 불쑥 튀어나왔나 했더니 소안이었다. 소안이 기둥같이 서 있는 소훈을 보고 툭툭 치자 소훈이 쉽게 옆으로 비켜났다.

"뭐야? 나 이제 왔는데 가려고?"

"아니, 좀 바빠서."

"뭐가 바빠. 너 프리랜서잖아."

"프리랜서는 만날 놀기만 하는 줄 알아?"

"너 만날 노는 거밖에 못 봤는데."

"이씨. 죽을래?"

신주는 도망가는 소안을 쫓아가며 때리기 시작했고, 그로 인하여 자연스럽게 거실로 다시 들어오게 됐다.

"너 나랑 놀아 줘야 돼. 가면 안 된다."

"바쁘다고!"

"됐다고. 안 바쁜 거 안다고."

"저놈이."

그 이후로 무한 반복. 소안은 놀리고, 신주는 때리고, 소안은 또 그런 신주를 피해서 도망가고. 정녕 31살의 나이를 지닌 사람들이 맞나 싶었다.

"그래서, 재미있게 놀았어?"

집을 시끌벅적하게 만들었던 사람들이 다 가고 나서, 저녁에 집에 들어온 민이 옷을 벗으며 물었다.

"응. 근데 내가 이상한 건가?"

"뭐가?"

"아니, 큰오빠랑 신주 말이에요. 분위기가 심상치 않다니까요. 신주 언니가 사람 피하거나 그런 사람이 아닌데, 이상하게 소훈 오빠는 피하는 거 같았어."

세희가 미간을 찌푸리며 진지하게 고민했다.

"무슨 일 있었나."

세희는 이리저리 눈동자를 굴리다가 그만 생각하기로 했다. 소훈의 눈치로 봐서는 단순한 일은 아니지만 자신이 신경 쓴다고 변화가 생길 사람이 아니다.

"남녀 간의 일일지도 몰라. 그러니까 그냥 둬."

"아무래도 그러는 게 좋겠죠?"

"응."

민의 대답에 세희가 고개를 끄덕였다. 지금도 신주가 저리 피하고 있는데, 자신이 불쑥 끼어들었다가는 신주는 더 도망가리라. 소훈이 잡지도 못할 정도로.

세희는 숨을 길게 내쉬고는 나른한 미소를 지었다.

지금 되돌려 생각해 보면 민을 만나고 나서 결혼 전까지의 일이 모두 옛날 일 같았고, 머릿속에 남아 있기만 한 영상 같았다.

세희가 누워서 민이 해 주는 오일 마사지를 받으며 피식 웃었다.

"민 씨."

"응?"

"나는 아무래도 당신한테 처음부터 빠져들었던 것 같아요."

"어? 정말? 노래방에서부터?"

세희는 민의 말에 그저 웃었다. 그리고 곰곰이 자신이 민을 처음 본 순간을 떠올렸다. 까맣게 잊고 있다가 최근에야 떠올린 꽤 오래된 기억이었다.

어렸을 적, 강유네 집에서 TV를 봤을 때, 자신의 시선을 사로잡았던 그 남자. 자기 또래의 어려 보이는 얼굴이었지만, 그 눈빛과 옷 속에 감추어 있었던 탄탄한 몸매에 시선을 떼지 못했던 적이 있었다.

그리고 카페에서 그와 닮은 사람인지, 그인지 모를 사람을 보고 홀린 듯 그 자리를 박차고 나갔던 기억도 떠오른다.

그리고 이해했다. 자신이 민과 단둘이 있었을 때 왜 긴장을 했는지.

"어쩌면 인연은 정해져 있었을지도 몰라요."

"그 인연이 나고?"

"그럼 다른 사람이기를 바라요?"

"어허. 유부녀가 못 하는 소리가 없어."

세희는 마사지를 하던 손길을 멈추고 엄한 표정을 짓고 있는 민을 보며 푸스스 웃었다.

"당신인 거 알면서 괜히 그런다."

"에잇. 삐칠 뻔했네."

"하하, 하하하."

시간이 가도 변하지 않는 민을 보며, 이대로 영원히 변하지 않을 사랑을 그리면서 세희가 소리 내어 웃었다.

부족한 글로 내는 두 번째 종이책입니다.

이 글은 2009년도에 '내 목소리가 들릴 때까지' 라는 제목으로 연재를 시작했지만 슬럼프가 오면서 2013년도에 완결을 하게 된 글입니다.

보통은 완결까지 오랜 시간이 걸리면 뭔가 꼼꼼하고, 치밀한 스토리가 있다고 하는데…… 저는 정말 슬럼프 때 안 써지는 글을 억지로(진짜 거의 억지로 썼던 것 같습니다) 써 가면서 내용은 점점 산으로 올라가서 완결 후에 수많은 수정을 거쳐야 했고, 그 결과 2년 뒤인 2015년도에 종이책으로 출간을 하게 됐네요. 하핫.

수정을 거쳐도 부족한 부분이 있고, 모자란 구석이 많습니다.

그럼에도 읽어 주시고, 응원해 주시는 독자님들 덕분에 전 항상 힘을 내고 있습니다(뭔가 짧아서 진심이 안 느껴지시겠지만, 정말입니다. 믿어주세요♡ 에헷).

그리고 항상 격려를 아끼지 않고, 충고와 도움을 아끼지 않는 우리 로화 가족들에게 정말 감사하다는 말씀밖에 드릴 게 없네요. 아는 게 없어서 쩔쩔매는 바보 같은 제가 귀찮을 수도 있는데, 항상 괜찮다고 하시며 받아 주시는 로화 가족 여러분, 정말 감사하고 사랑합니다♡

그리고 이 부족한 글을 봐 주시고 교정해 주시느라 엄청 고생하셨을 게 눈에 보이는 이은정 편집자님께 감사의 말씀을 드립니다(초등학교 저학년 때 학교를 다니기 싫어하는 반항아(?)였어요. 많이 힘드셨죠? 흑흑). 가까이 살면 밥이라도 한 끼 사 드릴 텐데, 너무 멀리 있어서 어렵겠네요. 쿨럭…….

그리고 언제나 내 일을 본인 일처럼 기뻐해 주는 우리 유지니, 글 쓰는 데 방해될까 봐, 조심조심하는 게 눈에 보여서 미안한 룸메이트 아연이. 그리고 내 출간 소식과 더불어서 둘째 임신이라는 기쁜 소식을 가져다준 재훈이와 항상 응원해 주는 친구들♡ 한 명 한 명 이름을 거론하기에는 너무 많아서…… 이해해 줄 거라고 생각한다♡

부족한 글에 부족한 사람이 이런 사랑을 받으면서 보답은 좋은 글로 해야 할 텐데, 확답은 드리지 못하고……(흑흑) 그저 열심히 노력하겠다는 말씀을 드리겠습니다.

어느덧 여름이 다가오고 있네요. 저는 독하다는 바다 모기에 물려서 고생을 좀 했는데, 여러분은 조심하세요!

그럼 나중에 또다시 뵙도록 노력하겠습니다!

감사합니다!

루연 드림.

그에게
빠져들다

1판 1쇄 찍음 2015년 6월 1일
1판 1쇄 펴냄 2015년 6월 5일

지은이 | 루 연
펴낸이 | 정 필
펴낸곳 | (주)뿔미디어

편집장 | 이재권
기획 · 편집 | 이은정

출판등록 | 2002년 9월 11일 (제1081-1-132호)
주소 | 경기도 부천시 원미구 소향로 17, 303(두성프라자)
전화 | 032)651-6513 / 팩스 032)651-6094
E-mail | scarlets2012@hanmail.net
블로그 | http://blog.naver.com/dahyangs
홈페이지 | http://bbulmedia.com

값 9,000원

ISBN 979-11-315-6457-8 03810

Scarlet
스칼렛

www.bbulmedia.com